HEYNE <

Das Buch

Nach ihrer Scheidung und dem erbitterten Kampf um ihre beiden Kinder sehnt sich die Ärztin Marta Luther nach einem Neuanfang. Da kommt ihr die unerwartete Erbschaft eines alten Hauses auf dem Land wie gerufen. Die verwunschene Villa gehörte ihrem Großvater. Marta zieht begeistert mit ihren Kindern dort ein und eröffnet eine Praxis. Doch schon nach kurzer Zeit geschehen seltsame Dinge: Unbekannte brechen in das Haus ein und verwüsten es, und eines Tages steht ein Fremder vor der Tür, der behauptet, Marta sei eine Nachfahrin der Rosenkreuzer und habe deren geheimes Weltwissen geerbt. Auch ihr Großvater habe das Geheimnis gekannt, und in dem Haus müsse der Schlüssel dazu versteckt sein. Als dann auch noch ihre Kinder entführt werden, hat Marta keine andere Wahl, als die Vergangenheit ihrer Familie zu erforschen, um herauszufinden, was die Entführer von ihr wollen. Sie begibt sich auf eine abenteuerliche Reise, und nach und nach erfährt sie alles über Maria und Christian Rosenkreuz, die Jahrhunderte vor ihr lebten und mit denen sie dennoch schicksalhaft verbunden ist.

Die Autorin

Marie Klausen hat nach dem Studium der Theaterwissenschaften als freie Künstlerin gearbeitet und unter anderem für Film und Fernsehen geschrieben. Sie lebt mit ihrer Familie in Norddeutschland und beschäftigt sich seit vielen Jahren mit den Rosenkreuzern und ihrer Geschichte.

MARIE KLAUSEN

Das Geheimnis der Rosenkreuzerin

Historischer Roman

WILHELM HEYNE VERLAG
MÜNCHEN

MIX
Papier aus verantwortungsvollen Quellen
FSC® C014496
www.fsc.org

Verlagsgruppe Random House FSC-DEU-0100
Das für dieses Buch verwendete
FSC®-zertifizierte Papier *Holmen Book Cream*
liefert Holmen Paper, Hallstavik, Schweden.

Originalausgabe 10/2011

Printed in Germany 2011
Umschlagillustration und -gestaltung: © Nele Schütz Design, München
Satz: Leingärtner, Nabburg
Druck und Bindung: GGP Media GmbH, Pößneck

ISBN: 978-3-453-47106-1

www.heyne.de

Für Maria

Was aus dem Fleisch geboren ist, das ist Fleisch;
was aber aus dem Geist geboren ist, das ist Geist.
Wundere dich nicht, dass ich dir sagte:
Ihr müsst von neuem geboren werden.
Der Wind weht, wo er will; du hörst sein Brausen,
weißt aber nicht, woher er kommt und wohin er geht.
So ist es mit jedem, der aus dem Geist geboren ist.

Johannes 3, 6–8

… unsere Fähigkeit, das eigene Imaginäre zu beherrschen,
ist verloren gegangen.

Ioan P. Culianu

Der Weg ist begonnen, vollende die Reise …

Johann Wolfgang von Goethe

Kapitel 1

Ein Mann, mit Kippa und Kaftan bekleidet, sprang vom Esstisch auf und griff nach dem Brotmesser. Das fremdländische Aussehen des Schwarzbärtigen wirkte seltsam in der Stube, die ansonsten den Eindruck des Hauptzimmers eines süddeutschen Fachwerkhauses in früherer Zeit vermittelte. Bedrohlich stand ihm ein Priester zwischen zwei mit Messern und einer Keule bewaffneten Gestalten gegenüber, die man gut und gern zwielichtig nennen durfte. Im Kamin prasselte ein trügerische Behaglichkeit verbreitendes Feuer.

»Das Jüdlein will frech werden«, feixte der Geistliche.

»Was haben wir euch getan, Chorherr?«

»Ihr habt unseren Herrgott ermordet! Und wie heißt es doch so treffend: Sein Blut komme über euch!«

»Flieht, flieht«, rief der Schwarzbärtige seiner Frau und seinen Kindern auf Hebräisch zu. Auf dem Tisch dampfte in einer irdenen Schüssel eine Suppe. Daneben lagen Brotstücke auf einer Platte. Die kleine, rundliche Frau mit dem gütigen Gesicht stand auf und schob ihre beiden Kinder, einen etwa siebenjährigen Jungen und ein vielleicht zwölfjähriges Mädchen, vor sich her. Ein Mann mit Wolfsgesicht, der linker Hand des Priesters stand, stieß ihr im Vorübergehen seinen Dolch in die Seite. »Die wird nicht mehr weit kommen«, höhnte er.

»Keiner wird unserem Pogrom entkommen, Männer nicht, Frauen nicht, Kinder nicht. Keiner von euch Christusmördern«, triumphierte der Geistliche mit teuflischer Freude.

Kaum aus der Tür heraus, wankte die Frau auch schon und glitt langsam und sacht zu Boden, als gäben nur einfach ihre müden Beine nach. Der weiche Schnee umfing sie wie ein großes Daunenbett, während ihr Blick sich noch am Münster festzuhalten versuchte, das auf der gegenüberliegenden Seite des großen Platzes aufragte.

»Myriam, Myriam, was ist mit Mutter?«, fragte der Junge aufgeregt.

»Ruhig, ruhig!«, beschwor das Mädchen ihren kleinen Bruder, gleichsam die eigene Panik bekämpfend. Myriam spürte die Gefahr, doch wohin sollte sie sich wenden? Sie war ratlos und überfordert. Statt zu fliehen, hockte sie sich neben die Mutter und ergriff deren linke Hand. Jetzt spürte das Mädchen, wie das Leben dem Körper Grad um Grad entwich, während das Kinn des kleinen Bruders sich schmerzhaft in ihre Halsbeuge grub und er ihre Schulter mit heißen Tränen benetzte, die durch den dünnen Leinenstoff sickerten. Fieberhaft überlegte sie, wie sie das vergehende Leben hindern konnte, den Leib der Mutter zu verlassen. Verzweifelt drückte sie die erschlaffte Hand, in der Hoffnung, ihr auf diese Weise neue Lebensenergie zu übertragen. Dabei flüsterte sie, wie um sich zu betäuben, beschwörend: »Erhoben und geheiligt, sein großer Name, in der Welt, die er erneuern wird. Er belebt die Toten und führt sie empor zu ewigem Leben, er erbaut die Stadt Jeruschalajim und errichtet seinen Tempel auf ihren Höhen ...«

Der Tod umgab sie wie ein eiserner Käfig. Die Glocken des Münsters läuteten Sturm, und der Sensenmann schien ihr Glöckner zu sein. Wie konnte das Mädchen die Einsicht zulassen, dass ihre Mutter tot war? Sie hockte einfach bei ihr und hoffte auf ein Wunder. In ihrem Warten und Hoffen stimmte sie leise auf Hebräisch den siebten Psalm an, nur begleitet vom Wimmern ihres Bruders:

»Auf dich, HERR, mein Gott, traue ich!
Hilf mir von allen meinen Verfolgern
und errette mich, dass sie nicht
wie Löwen mich packen und zerreißen,
weil kein Retter da ist ...«

Die gutturale Sprache wärmte sie. Während das Mädchen sang, hoffte es mit allen Fasern seines fast noch kindlichen Herzens, dass entgegen aller Wahrscheinlichkeit ihr Vater die Mörder doch noch überwinden und zu ihnen stoßen, der Mutter die Hand auflegen und sie so heilen würde, denn sie war zutiefst davon überzeugt, dass ihr weiser Vater Wunderkraft besäße. Als vom Münster her Schreie, verursacht von entsetzlicher Qual, die ihr wie ein scharfes Messer durchs Herz schnitten, herüberdrangen, blickte sie in diese Richtung, bereute es aber sofort, denn vor ihren Augen fraßen sich gierig Flammen an den Leibern von Menschen empor, die man an Pfähle gebunden hatte. Die lodernden Menschenfackeln nahmen sich makaber aus im Schnee, gleich einem Feuer in der Kälte. Kurz darauf entdeckte sie einen Mann mit funkelnden blauen Augen unter einer hohen Stirn, der sich ihnen vom Münster näherte. Der Schnee vor seinen Füßen war von roten Rinnsalen durchzogen und mit Rußteilchen bedeckt, die kleinen schwarzen Inseln glichen. Um den hageren Leib schlackerte die Dominikanerkutte. Raumgreifend kämpften sich seine Schritte vorwärts, während er sein Gesicht mit heftiger Abneigung von den Scheiterhaufen abwandte. Das Mädchen kannte den Mönch, doch wirkte seine feine Nase heute ungewöhnlich spitz, sein sonst lustig runder Mund klein und hart. Der Dominikaner war ein enger Freund ihres Vaters. Doch besaßen die Juden überhaupt Freunde? Das Mädchen zweifelte daran, seit die grundlose Gewalt über sie wie das Armageddon hereingebrochen war.

Der Mönch erreichte die Kinder im gleichen Moment, als die Feuerzungen laut prasselnd durch das Dach des Fachwerkhauses schlugen und Teile des Gebälks krachend einstürzten.

Schon stürzte mit viehischem Gesichtsausdruck der Chorherr in Begleitung zweier Männer aus dem Haus und hielt mit schmierigem Lächeln auf die Kinder zu. Der Chorherr fletschte unwillkürlich die Zähne, als er den Dominikaner entdeckte. Myriam spürte, wie der Mönch kräftig ihre Hand und die ihres Bruders packte und sie beide auf die Füße hochzog. Eilig nahm er das filigrane Kreuz von seinem Hals und hängte es dem Bruder wie einen wunderwirkenden Talisman um. Dann sah er beiden fest in die Augen und bat mit einem einzigen Blick um ihr Vertrauen. Mehr Zeit blieb ihm nicht, denn schon stand der Geistliche mit seinen Mordgesellen vor ihm. Wie in einer Gloriole des Satans ging in dessen Rücken das Haus des Rabbiners nun vollständig in Flammen auf. Einer der Mörder, der, dessen Gesicht einer Wolfsschnauze glich, hatte sich die goldene Kette ihres Vaters um den Hals gehängt. Die Beobachtung stimmte sie traurig, denn nun wusste sie mit Bestimmtheit, dass ihr Vater erschlagen worden war. Wie gern hätte sie dem Schinder einen scharfen Dolch in den Leib gerammt! Aber was konnte sie, ein zartgliedriges Mädchen, gegen solch vierschrötige Kerle schon ausrichten? Sie beschloss, sich die Gesichter der Mörder ihrer Mutter und ihres Vaters für jetzt und alle Zeit einzuprägen. Das Gedächtnis sollte ihr zur einzigen Waffe gegen die Hilflosigkeit werden.

»Was glotzt die mich so an?«, brüllte der Wolfsschnäuzige, dem der durchdringende Blick des Mädchens sichtlich unangenehm war.

»Lucifer hat ein neues Kleid bekommen,

das hat sich von selbst gesponnen

aus dem Mist aller kotigen Sünden«, predigte der Dominikaner.

»Was redet das Mönchlein da?«, wandte sich der mit der Wolfsschnauze an den Chorherrn, doch der antwortete nicht, sondern fixierte den Predigerbruder, der dem Blick des Weltgeistlichen standhielt. Myriam spürte den unversöhnlichen Hass, mit dem sich der Mönch und der Chorherr musterten.

»Der Chorherr August von Virneburg bei christlicher Verrichtung!«, stellte der Mönch verächtlich fest.

»Geh in dein Kloster, Johannes!«, entgegnete Virneburg drohend. Der Weltgeistliche in seinem schwarzen Habit, auf dem dunkelbraune, noch feuchte Flecken glänzten, zügelte sichtlich seinen Zorn über das Eingreifen des Predigers, während der mit der Wolfsschnauze losbellte: »Wie haben wir's denn, Mönchlein?! Schleppst du Judenbälger fort? Bist vielleicht selbst ein verkleideter Christusmörder.«

»Dich soll der Teufel stäupen für all die Gülle, die aus deinem Mund kommt! Es sind christliche Kinder!«

»Christliche Kinder? Ich habe sie selbst in der Judenhütte dort gesehen. Was haben denn christliche Kinder beim Juden zu suchen?«

»Die Juden hatten sie verschleppt! Wage es nicht, sie anzurühren!« Instinktiv hielt Myriam ihrem kleinen Bruder den Mund zu, bevor er protestieren konnte, denn sie spürte, dass Johannes versuchte, ihr Leben zu retten. Von fern drang jetzt auf Hebräisch das Kaddisch an ihr Ohr, gesungen von einer hohen Stimme in nie gehörter Reinheit, die sich mit dem Rauch in den Himmel zu Gott erhob:

»Erhoben und geheiligt werde sein großer Name auf
der Welt,
die nach seinem Willen von Ihm erschaffen wurde –
sein Reich erstehe in eurem Leben in euren Tagen
und im Leben des ganzen Hauses Israel,
schnell und in nächster Zeit, sprecht: Amen!
Sein großer Name sei gepriesen in Ewigkeit
und Ewigkeit der Ewigkeiten …«

Tränen traten ihr in die Augen, denn es war ihr, als führte der Gesang die Seelen ihrer Eltern mit sich. Und das bedeutete, dass sie nun durch ein Leben getrennt voneinander waren. Doch für wie lange, vermochte niemand zu sagen. Niemand, außer der Allerhöchste, gelobt sei sein Name.

Der mit der Wolfsschnauze ließ indes nicht nach: »Ei, ei, christliche Kinder sollen es sein? Wie heißen denn christliche Kinder?«

»Nun, sie heißen Christian!«

»Christian? Ein feiner Name. Zu fein für den da! Und wie weiter?«

Johannes schaute auf den Jungen und dann auf das Kreuz. »Rosenkreuz. Christian Rosenkreuz. Und das ist Maria.«

Bis dahin hatte der Chorherr nur schweigend zugehört und die Zeit genutzt, den Jungen mit seinen Blicken genüsslich zu entkleiden. In den Augen des Kirchenmannes stand überdeutlich, worauf er sich bereits freute. Myriam staunte über die Festigkeit, die der zierliche Mönch gegen die vierschrötigen Kerle an den Tag legte.

Jetzt wandte sich August von Virneburg dem Dominikaner zu. »Nun lass es mit der Posse ein Bewenden haben, Bruder Johannes. Wie ich schon sagte, kehr brav in dein Kloster zurück und vergrab dich in die gelehrten Schriften der Doctores, aber lass uns unser christlich Werk vollenden! Der Junge geht mit mir, das Mädchen kannst du meinetwegen haben.«

Myriam entging nicht der drohende Unterton in der Stimme des Kirchenmannes. Der mit der Wolfschnauze brummte wütend, weil ihm das Mädchen zu entgehen drohte, wenn der Handel zustande käme.

»Hör gut zu, Chorherr, du lässt mich jetzt mit den Kindern gehen!«

»Andernfalls?«, fragte August von Virneburg höhnisch.

»Wirst du mit deinen Spießgesellen brennen!«

»Ei, guter Mann, weshalb denn das?« Der Chorherr hielt sich den Bauch vor Lachen, auch seine Knechte fielen in die böse Heiterkeit ein.

»Wegen widernatürlicher Unzucht! Weiß du denn nicht, dass der Papst uns die heilige Inquisition übertragen hat? Wage es ja nicht, den Generalinquisitor von Straßburg anzugreifen oder sich ihm in den Weg zu stellen!« Dann fasste er die Spießgesellen scharf ins Auge. »In den Staub mit euch elenden Sündern!«

Die Mörder sanken wider Willen auf die Knie, und der Chorherr schien für einen Moment tatsächlich unschlüssig. Der Mönch hatte sie zwar überrumpelt, aber das würde nicht allzu lange halten, denn wer hinderte die Verbrecher daran, ihn zu erschlagen und hinterher zu behaupten, es wären die Juden gewesen? Indes genügte dem Dominikaner die Zeit der Verwirrung, sich mit den Kindern aus dem Staub zu machen. Den Jungen nahm er auf den Arm und hielt ihm die Augen zu, als sie das schauerliche Spalier der Scheiterhaufen mit ihren brennenden oder in Asche verwandelten Leibern passierten. »Schau nicht hin, Mädchen, schau nicht hin. Ihre Seelen sind dennoch im Himmel«, rief er ihr eindringlich zu.

Sie hatten gerade die Ecke des Münsters erreicht, da hörte er trotz des Orkans aus Schreien, Weinen und Klagen die Anweisung des Chorherrn, das Mönchlein zu erschlagen, ihm das feine Knäblein aber zu bringen. Johannes wich gerade noch rechtzeitig einer Dachlawine aus, die wie der Zorn Gottes vom Münster heruntergesaust kam, und beschleunigte dann seinen Schritt. Aber die zwei Spießgesellen schlossen bedrohlich schnell auf. In seiner Not rief er fünf Männer zu sich, die gerade dabei waren, tote Juden ihrer Kleidung und ihres Schmuckes zu berauben, und befahl ihnen im Namen des Herrn und der Heiligen Inquisition, seine Verfolger zu ergreifen und ordentlich durchzuprügeln. »Alles, was sich in ihren Taschen findet, gehört euch«, stachelte er den Ehrgeiz der zwielichtigen Gestalten an. Dann kam ihm ein böser Einfall, und auch wenn er Gott dafür später unzählige Male um Verzeihung bitten sollte, konnte er sich dessen nicht enthalten. Zu gewaltig war sein Zorn. »Es sind Juden, die sich für Christen ausgeben!«, behauptete er kühl, bedenkend, dass sich die Schläger des Chorherrn mit Kleidung und Schmuck des Rabbiners reichlich versorgt hatten. Sie sahen, was Jacken, Pelze und Schmuck betraf, tatsächlich wie halbe Juden aus.

»Juden, die sich für Christen ausgeben?«, fragte der Anführer mit grollender Stimme.

»Ja, Juden, die sich für Christen ausgeben!«, bestätigte Johannes mit wilder Freude. Am liebsten hätte er sich die Hände gerieben. »Macht mit ihnen, was ihr wollt, aber lasst diesen Frevel nicht durchgehen«, rief er ihnen zu, bevor er sie segnete. *»Ego te absolvo a peccatis tuis in nomine patris et filii et spiritus sancti.«* Für die Sünden, die sie gleich begehen würden, belohnt und sogar noch von ihnen losgesprochen zu werden, gefiel den Plünderern.

Wie im Taumel erreichte Myriam an der Hand des Dominikaners das Kloster der Predigerbrüder, das dem Heiligen Nikolaus geweiht war. Ihr geliebtes Straßburg hatte sich in wenigen Stunden für immer vollkommen verwandelt, als hätten sich die Pforten der Hölle aufgetan und ihre ganze Bosheit über die Stadt und ihre Bewohner ergossen. Sie wäre lieber tot als lebendig, lieber bei ihren Eltern, wo immer sie jetzt auch sein mochten, als in diesem dreckigen, stinkenden und blutigen Leben. Was der Mönch für eine Rettung hielt, empfand sie als Qual. Hätte nicht auch sie auf dem Rücken des Rauches in den Himmel steigen können?

Die Spannung, die den Mönch beherrschte, ließ auch innerhalb der Klostermauern nicht nach. Seine Wangen glühten. Die Gefahr saß ihnen immer noch im Nacken. Johannes schickte eilig einen Boten zu Mechthild von Helfta, der Oberin der Beginen. Dann lotste er die Kinder, möglichst ohne Aufsehen zu erregen, in sein Arbeitszimmer hinter dem Scriptorium. Je weniger Mönche von ihrem Aufenthalt wussten, umso besser.

Sie schaute sich nicht um, wozu auch. Ihr war, als ob das, was gerade geschah, nicht ihr widerfuhr. In diesem

Moment war sie sich vollkommen fremd. Johannes setzte ihren Bruder auf die Dielen ab. Myriams Blick fiel auf den schmächtigen Knaben. Starr wie ein Eiszapfen, der bei der geringsten Berührung zerbrechen könnte, stand er inmitten des Arbeitszimmers. David so hilflos und fremd, so entrückt zu sehen, löste eine Welle des Mitleids bei ihr aus. Sie schämte sich, nur an sich gedacht zu haben. Ihr kleiner Bruder brauchte sie doch. Jetzt wusste Myriam, warum sie der Herr verschont hatte. Ihre Aufgabe bestand darin, sich jetzt anstelle der Eltern um David zu kümmern. Mit halbem Ohr vernahm sie, wie Johannes einen anderen Dominikaner, den er gerufen hatte und Bruder Odo nannte, bat, den Kindern unauffällig Ordenskleidung zu besorgen. Myriam nahm David zärtlich in die Arme und drückte ihn fest an sich, um ihn mit ihrem Körper aufzuwärmen. Sie spürte, dass seine Kälte aus dem Herzen kam.

»Ruhig, David, ruhig.«

»Ich will zur Mame!«

»Die Mame ist auf einer großen Reise.«

»Dann zum Taten«, sagte er trotzig, sich die Tränen aus den Augen wischend. Ein Wunder, dass sie nicht wie kleine Seen gefroren waren, dachte sie.

»Ach, mein David, glaubst du denn, dass der Tate die Mame allein reisen lässt?«

»Und was ist mit mir?«

»Für dich bin ich da. Die Mame und der Tate haben

mir aufgetragen, mich um dich zu kümmern, solange sie unterwegs sind.«

»Aber wie lange wird das sein?«

»Solange sie eben brauchen. Es ist noch nicht einmal gewiss, ob wir uns hier oder woanders wiedersehen.«

Der Junge dachte nach. Wenigstens kam wieder Leben in ihn. Doch etwas erfüllte den Siebenjährigen mit Skepsis. Er biss sich auf die Lippen. »Aber die Mame hat doch vor dem Haus gelegen?«

Hilfesuchend schaute Myriam zu dem Dominikaner. Der beugte sich nun zu den Kindern. »Weißt du, kleiner Mann, es gibt auch Reisen, die man ohne den Körper macht.«

»Reisen ohne Körper?«

»Nur die Seele reist.«

»Wie Engel?«

»Ja, wie Engel.« So etwas wie ein Lächeln erhellte kurz die Augen des Jungen. Es war stolz. »Die Mame und der Tate reisen wie Engel?«

»Ja, sie reisen wie Engel. Willst du das lernen, mein Junge, zu reisen wie die Engel?«

»Geht das? Kann ich das wirklich lernen?«

»Ich bringe es dir bei. Ich schwöre es bei Gott.« Ein leises Klopfen an der Tür unterbrach sie.

»Herein«, rief Johannes, und Bruder Odo kehrte mit einem Bündel Kleider auf dem Arm zurück. »Das habe ich von den kleinen Novizen geholt.«

»Danke, Bruder Odo, du kannst gehen.« Johannes legte die Sachen auf seinen Arbeitstisch. »Trennt euch von allem, was ihr tragt. Wir werden es verbrennen müssen. Und zieht das da an.« Johannes zeigte auf den Kleiderhaufen, dann wandte er sich ab.

Myriam half ihrem Bruder, die Ordenstracht der Dominikaner anzulegen. Anschließend musterte sie ihn mit gemischten Gefühlen. Niemand würde jetzt mehr in dem kleinen Dominikanernovizen den Sohn des Rabbiners ausmachen können. Sosehr es sie auch erleichterte, sosehr tat es ihr weh. Nachdem sie auch sich selbst umgekleidet hatte, wandte sie sich an den Mönch. »Dürfen wir das Habit überhaupt tragen? Wir sind doch Juden.«

»Anders kann ich euch nicht retten.«

»Verleugnen wir nicht Gott dadurch?«

»Was liegt daran, ob ihr Juden oder Christen seid, beten wir nicht alle zu demselben Gott, zu dem Allerhöchsten, den vollkommen zu benennen uns nie gelingen wird? Um zum Allerhöchsten, den man auch den Überguten nennt, zu kommen, müssen wir alle Äußerlichkeiten ablegen, Stück für Stück. Sich auf den beschwerlichen Weg zu ihm zu machen, bedeutet, die Prägungen der profanen Welt zu überwinden, denn es sind die Prägungen des Teufels. Vom Profanum zum Fanum!«

Myriam zweifelte, ob sie dem Christen, wenn er auch der Freund ihres Vaters war, glauben durfte, ob sie einfach leugnen durfte, Jüdin zu sein, und damit den Gott verraten, der einen Bund mit ihrem Volk geschlossen hatte. Würde sie den Bund dadurch nicht sogar brechen? Stellte Gott sie auf die Probe wie einst Hiob? Andererseits leuchtete ihr ein, was der Mönch sagte. Ach, wenn sie nur den Vater um Rat bitten könnte! Plötzlich wurden ihr Entscheidungen abverlangt, die zu fällen sie sich für zu jung und für zu unerfahren hielt.

Der ausgesandte Bote führte unterdessen eine Frau in einem grauen Kleid herein und zog sich sogleich wieder zurück. Johannes erklärte ihr in kurzen Sätzen, worum es ging. Die Frau verstand sofort. Sie hockte sich ebenfalls zu den Kindern. Myriam sah die vielen kleinen Falten um Mund und Augen der Frau, die wohl ihre Eltern an Jahren überragte, aber dennoch jung wirkte. Ihr Lächeln besaß einen mädchenhaften Charme, weil es aus dem Herzen kam.

»Du kommst mit zu uns Beginen.«

»Beginen?«, fragte Myriam erstaunt.

»Ja, wir leben ganz auf uns allein gestellt in einem großen Haus. Dienen Gott und verdienen unser Geld mit Putzarbeiten, Nähen und Krankenpflege.«

»Und was sagen eure Männer dazu?«

»Wir haben keine Männer. Deswegen leben wir ja zusammen, weil wir weder ins Kloster gehen noch verheiratet werden wollten! Wir sind eine Gemeinschaft frommer Frauen, die Christus nachstreben.«

Myriams runde Augen wurden vor Staunen noch größer. Frauen, die ganz allein und nur auf sich gestellt lebten.

Mechthild strich dem Mädchen übers Haar und schaute sie mitleidig an. »Ach, ihr beiden. Wir können euch nur schützen, wenn wir euch trennen.«

Myriam umklammerte ihren Bruder und schüttelte heftig das Haupt. Nie und nimmer würde sie von ihrem Bruder scheiden, er war doch das Einzige, was sie auf der Welt noch besaß.

»Wenn etwas Gras über die Geschichte gewachsen ist, dürft ihr euch natürlich heimlich besuchen«, versuchte Johannes, sie zu trösten. »Willst du, dass dein Bruder lebt, dass es ihm gut ergeht, er weder an geistiger noch an körperlicher oder seelischer Nahrung jemals Mangel leiden soll? Oder ziehst du es vor, dass er dem Chorherrn in die gotteslästerlichen Pfoten fällt?« Myriam vermochte dem klaren Blick der Begine nicht standzuhalten.

Johannes schloss die beiden Kinder fest in seine Arme. »Verabschiedet euch nun voneinander! Myriam kommt zu den Beginen, während David bei mir bleibt. Du heißt ab heute Maria und bist die Tochter von Seilern, die an der Pest starben, und du bist Christian Rosenkreuz, Sohn eines Ministerialen, der ebenfalls mit der ganzen Familie an der Seuche zugrunde ging. Kinder, ich kann euch nicht anders retten. Schnell, schnell, wir haben keine Zeit zu verlieren«, sprach er auf sie ein.

»Nein!«, schrie jetzt der siebenjährige Junge.

Myriam küsste ihn auf die Stirn. »Ach David, es muss sein. Du willst doch reisen wie die Engel und den Taten und die Mame wiedersehen?« Woher die Kraft kam, die Myriam diese Worte ruhig und klar sprechen ließ, wusste sie selbst nicht und würde es auch niemals erfahren, sooft sie sich später auch an diese Begebenheit erinnern sollte. Mechthild nahm Myriams Hand in die ihre und zog sie mit sanftem Druck mit sich fort. Willenlos ließ das Mädchen es geschehen.

»Warte, warte!«, rief der Junge aufgeregt. Sie wandte sich um, da stand der kleine Mann vor ihr und wirkte ganz ernst. Er nahm das Kreuz von seinem Hals und brach es entzwei. Die obere Hälfte reichte er ihr. »Eines Tages kommen wir wieder zusammen! Dann wird auch das Kreuz wieder heil werden.«

Johannes schaute erstaunt auf den Sohn des Rabbiners, und auch in Mechthilds Augen war Bewunderung zu lesen.

»Bald schon, Bruderherz, bald schon. Versprich mir eins!« Wortlos hob der Junge die Schwurfinger. Sein Gesicht drückte Bereitschaft aus. »Folge in allem Bruder Johannes, er ist unser Freund. Sage immer, dass du Christian Rosenkreuz heißt, und verrate niemandem, wer wir in Wahrheit sind. Sprich nicht hebräisch, singe keine jüdischen Lieder, habe zu niemanden sonst Vertrauen!« Myriam ließ ihren Teil des Kreuzes in der linken Faust verschwinden. Dann presste sie die Hand ans Herz, lächelte ihrem Bruder noch einmal zu und ging, gefolgt von der Begine, während Johannes hinter David stehend seine Arme über dem Oberkörper des Jungen kreuzte.

Kapitel 2

Marta spürte, dass jemand heftig an ihr rüttelte. »Mama, jetzt wach doch endlich auf! Wach auf! Benjamin weint!«, hallte es unerbittlich in ihren Ohren. Mühsam befreite sich Marta aus den Fängen des Traums, starrte ihre dreizehnjährige Tochter mit weit aufgerissenen Augen an und blickte sich dann ungläubig im Zimmer um. Sie brauchte einen Augenblick, bis sie begriff, dass sie die Kinderärztin Marta Luther war und in ihrem Bett in ihrer Hamburger Wohnung lag. So sehr hatte sie der Traum in seinen Bann gezogen. Marta sprang auf. Ihr wurde schwarz vor Augen, und sie schwankte, weil sich ihr Kreislauf noch im Tiefschlaf befand. Sie stützte sich am Fensterbrett ab.

»Was ist mit Benjamin?«, fuhr sie die Tochter heftig an. Sie bereute den rauen Ton sofort, denn ihr Verhältnis gestaltete sich von Tag zu Tag gespannter. Statt zu antworten, zog sich Katharina wieder hinter die Fassade ihres gelangweilten Gesichtsausdrucks zurück, an dem jede weitere Frage hoffnungslos zerschellte und der Marta zur Weißglut trieb. Aber für Wut hatte sie jetzt keine Zeit. Mühsam bekam sie ihren Kreislauf unter Kontrolle. Sie stürzte ins Schlafzimmer des Sohnes, verzichtete aber darauf, die Lampe anzuschalten, weil sie ihn nicht blenden wollte. Der schwache Lichtschein durch die Tür des Schlafzimmers genügte, der Mond und der sternenklare Himmel taten ein Übriges.

Benjamin saß in seinem Bett unter einem riesigen Tigerposter, das er sehr liebte, und schrie herzzerreißend. Mit aller Kraft presste er seinen Schlafgesellen, einen kleinen Plüschtiger, an seine Brust. Dass Benjamins Weinen sie nicht geweckt hatte, wunderte sie, denn sie hatte eigentlich einen leichten Schlaf. Nicht einmal ein Hüsteln der Kinder entging ihr. Aber vielleicht war sie nach der emotionalen Achterbahn der letzten Monate einfach zu erschöpft.

»Beruhig dich, Benni! Was hast du denn?«, fragte Marta und streichelte ihm tröstend übers Haar. Ein süßlich beißender Geruch stieg ihr in die Nase. Ihr siebenjähriger Sohn hatte ins Bett gemacht. Marta nahm ihn auf den Arm, obwohl er für die zierliche Frau inzwischen eigentlich zu schwer war.

Sie setzte Benjamin vor der Badewanne ab und zog ihm die Schlafsachen aus, die sie in eine kleine Wanne warf. Dann duschte sie ihn. »Das ist nicht schlimm, Benni. Wirklich nicht. So was kann passieren«, sprach sie begütigend auf ihn ein. Marta zwang sich, gelassen zu wirken. Als Kinderärztin wusste sie, dass plötzliches Bettnässen auf psychische Probleme, vielleicht sogar auf ein Trauma hinwies. Sie trocknete den Sohn mit dem großen blauen Handtuch ab und wollte ihm einen Kuss geben, doch er wandte den Kopf ab. Wenigstens weinte er nicht mehr. Bevor sie ihn wieder ins Bett bringen konnte, klingelte ihr Handy. Sie wusste genau, wer sie mitten in der Nacht anrief. »Geh schon mal vor«, rief sie ihrem Sohn zu und sah ihm einen Augenblick lang nach. Er schämte sich. Wie ein begossener Pudel, dachte sie, und das Bild brannte sich in ihr Gehirn, denn sie zweifelte nicht daran, dass die Ursache für das Malheur bei ihr lag. Das Handy gab keine Ruhe. Mit einem leisen Fluch nahm sie den Anruf an. »Marta Luther!«

»Marta, du musst sofort in die Klinik kommen. Karl ist ausgefallen. Eine Not-OP«, brüllte am anderen Ende der Leitung Stationsarzt Gundolf, der Nachtdienst hatte.

»Bin schon unterwegs«, hörte sie sich routiniert antworten. Sie schaltete das Handy aus und spürte Katharinas kalten Blick auf sich. »Es tut mir leid, Katharina.«

»Kari!«

»Es tut mir leid, Kari, aber eine Not-OP…«

»Ich weiß, du musst mal wieder Leben retten. Geh schon, ich kümmere mich um Benni.« Kalt und gelangweilt hatte ihre Tochter das gesagt, ohne auch nur die geringste Neigung zu einer Diskussion erkennen zu lassen. Sie wirkte nicht einmal mehr zornig.

So schroff Katharina auf ihre Mutter reagierte, so liebevoll ging sie mit ihrem Bruder um. »Komm Benni, kannst bei mir schlafen.«

»Wirklich?!« Marta konnte der Stimme ihres Sohnes förmlich anhören, wie seine Augen leuchteten.

»Ja, wirklich«, antwortete Katharina liebevoll.

Schnell zog Marta Jeans, einen Pullover und den Mantel an. Als sie auf die Straße trat, knirschte Neuschnee unter ihren Schuhen. Schneeflocken tanzten wie kleine Wattesterne durch die Luft, als spielten sie mit den Lichtstrahlen der Laternen Haschen. Die Luft war feucht, zu feucht, als dass die weiße Pracht liegen bleiben würde. Sie blickte noch einmal zu den Fenstern ihrer Wohnung hinauf. Das Licht im Zimmer der Tochter erlosch. Wahrscheinlich würde sie Benjamin leise noch eine kleine Geschichte erzählen, bevor auch sie weiterschlafen würde. Beim Einsteigen in ihren VW Polo nahm sie sich vor, mit Katharina ein ernstes, ein Gespräch von Frau zu Frau zu führen. Aber wie oft hatte sie das im letzten halben Jahr schon tun wollen und es schließlich doch immer wieder verschoben. Als sie losfuhr, wurde sie kurz durch Scheinwerfer im Rückspiegel geblendet. »Noch ein Nachtschneeanbeter«, sagte sie mit einem Lächeln zu sich selbst. Anscheinend war sie nicht die Einzige, die zu so später oder so früher Stunde unterwegs sein musste.

Während sie fuhr, ging ihr der seltsame Traum nach. Sein Inhalt war ihr so fremd, dass sie sich irritiert fragte, woher er kam. Er stimmte mit nichts überein, was sie jemals gesehen, gehört, gelesen oder gar erlebt hatte. Bis zu diesem Alp war ihr nicht einmal bekannt, dass es im Mittelalter ein Pogrom gegen die Juden in Straßburg gegeben haben sollte. Auch die Namen, die ihr im Schlaf so geläufig gewesen waren, sagten ihr im Wachen nichts. Wie also kamen diese Bilder in ihr Unterbewusstsein? Oder genauer: Woher stammten sie? Irgendetwas stimmte mit ihr nicht. Übermüdung? Sie gab sich alle erdenkliche Mühe, dieser Erklärung Glauben zu schenken. Dagegen sprach allerdings, dass der Traum in seinem Detailreichtum ihr eher wie ein Film vorkam, den jemand in ihrem Gehirn abgespielt hatte und an den sie sich jetzt erinnerte.

In der Klinik angekommen, ging alles sehr schnell, Einweisung in den Fall des vierjährigen Mädchens, dessen Leben am seidenen Faden hing, Anziehen der OP-Sachen, Desinfektion und Anästhesie. Marta schaute auf das blasse Gesicht des Kindes. Dann ließ sie sich von der OP-Schwester das Skalpell geben. Alles, was nicht mit der Operation in Zusammenhang stand und sie bis eben noch beschäftigt hatte, war restlos ausgelöscht. Die Müdigkeit hatte einer stählernen Konzentration Platz gemacht.

Als Marta drei Stunden später vollkommen geschafft und durchgeschwitzt den OP-Saal verließ, leuchtete die Sonne bereits durch die hohen Krankenhausfenster, brach ein neuer Tag an, auch für das vierjährige Mädchen, das Dank ihr weiterleben würde.

Marta freute sich schon auf eine heißkalte Dusche, während sie dem mit weißen und roten Kacheln gefliesten Klinikflur folgte. Aber die Erfüllung dieses Wunsches musste sie erst mal verschieben. Denn vor ihrem Dienstzimmer erwartete sie eine Frau, Mitte dreißig, streng gescheiteltes Haar mit einer ovalen Brille, Katharinas Klassenlehrerin. Der frühe Besuch konnte nichts Gutes bedeuten. Mit klopfendem Herzen ging Marta auf sie zu. Plötzlich fühlte sie wieder das Blei in den Knochen, diese verfluchte Müdigkeit, die ihr Leben zu beherrschen begann, als flöße ihr jemand pausenlos Valium ein.

Mit professionellem Lächeln hielt sie auf die Besucherin zu. Ihre zielstrebigen Schritte hallten energisch. »Guten Morgen, Frau Hiller, was führt Sie zu mir?«

Der Lehrerin war sichtlich unangenehm, was sie ihr mitzuteilen hatte. »Was soll ich lange um den heißen Brei reden. Wissen Sie, dass Ihre Tochter die Schule schwänzt?«

Die Mitteilung traf Marta wie ein Schlag in die Magengrube. Sie mobilisierte all ihre Selbstbeherrschung, um sich nichts anmerken zu lassen, und bat die Lehrerin in ihr Zimmer.

Auf dem grünen Linoleumboden stand ein einfacher Holzstuhl hinter einem weiß gestrichenen Schreibtisch, auf dem sich der übliche Computer langweilte. Davor waren zwei mit braunem Kunstleder bezogene Polsterstühle postiert. Eine Liege und ein Arzneischrank komplettierten den spartanisch eingerichteten Raum. Keine Pflanze zierte das Fensterbrett, im Grunde enthielt das Zimmer nichts Persönliches.

Dass die Lehrerin auf dem Patientenstuhl saß, half Marta zumindest äußerlich, sich gelassen zu geben. Sie ließ sich alle Fehltage Katharinas aufzählen und die Veränderung, die mit ihrer Tochter vorging, minutiös beschreiben. Überraschung empfand sie nicht, denn alles, was die Lehrerin schilderte, beobachtete auch Marta an ihr, ohne es sich freilich eingestehen zu wollen. Es stimmte sie nur unendlich traurig. Beim Zuhören verwandelte sich ein fröhliches und freundliches Mädchen zusehends in einen düsteren und ruppigen Teenager. Nach der etwa halbstündigen Unterredung verabschiedete sie sich mit professioneller Freundlichkeit, hinter der sie ihre Erschütterung verbarg. Kaum hatte sie die Tür hinter der Lehrerin geschlossen, da kamen ihr auch schon die Tränen. Ihr Sohn urinierte ins Bett, und ihre Tochter schwänzte die Schule. Erfolgreicher konnte man in Sachen Erziehung kaum sein. Sie warf sich vor zu versagen. Wie gern würde sie jetzt nach Hause, zu ihren Kindern gehen. Eine so elementare Sehnsucht hatte sie in ihrem Leben noch nie empfunden. Aber nun begann erst einmal die reguläre Tagesschicht, die quälende zehn Stunden dauern würde. Wenn sie nach aufreibender Parkplatzsuche gegen 18 oder 18.30 Uhr ihre Wohnung betreten würde, blieb kaum noch Zeit, um die Probleme ernsthaft anzugehen. Sie unterdrückte einen Fluch. Wie sollte sie diesen Teufelskreis nur durchbrechen?

Ein Blick auf die Uhr verriet ihr, dass Katharina jetzt für Benjamin und für sich selbst Frühstück machen und ihren Bruder anschließend in die Privatschule bringen würde. Was sie danach unternehmen würde, das wusste Marta seit heute Morgen nicht mehr. Ein Abgrund der Ratlosigkeit hatte sich vor ihr aufgetan. Den Impuls anzurufen, um ihre Stimmen zu hören, ließ sie verebben, denn sie wusste nicht, was sie sagen sollte. Das Gefühl, dass ihre Kinder ihr langsam, aber unaufhaltbar entglitten, schnürte ihr die Kehle zu. Dabei schien die Lösung sehr einfach zu sein, sie benötigte einfach mehr Zeit.

Als Chirurgin in der Unfallklinik für Kinder, die notorisch mit Ärzten unterbesetzt war, konnte sie davon allerdings nur träumen. Andererseits brauchte sie den Job und die bezahlten Überstunden, da ihr geschiedener Mann, der Schönheitschirurg Prof. Dr. Alexander Rubin, nur den vom Gericht festgelegten Satz zahlte. Nicht aus Armut oder Geiz, vielmehr aus Berechnung überwies er das Geld immer so spät wie möglich, außerdem nie vollständig, stets fehlte ein gewisser Betrag, den sie dann mühselig nachfordern musste. Rubins teurem Anwalt war es im Scheidungsprozess nicht gelungen, ihr das Sorgerecht zu nehmen. Nun versuchte ihr Exmann, mittels Zermürbungstaktik neue Fakten zu schaffen. Er wollte die Kinder – ganz gleich, welche Mittel er dafür anwenden musste – aus reinem Narzissmus. Sollte Katharina noch einmal den Unterricht schwänzen, hatte die Lehrerin gesagt, müsse sie das Jugendamt verständigen. Und das war genau das, worauf Prof. Dr. Rubin wartete. Er hatte eine unentrinnbare Falle aufgestellt. Und sogar ihre eigene Mutter stand auf der Seite ihres Exmannes. Es war ein Elend.

Sie hielt inne, ging zum Waschbecken und blickte in den Spiegel. Das verheulte, aber immer noch mädchenhaft wirkende Gesicht einer vierundvierzigjährigen Frau starrte ihr daraus entgegen. Tränen waren in ihrem Alter einfach indiskutabel, entschied sie, und wusch sie weg. Ihr Verstand setzte ein, und sie tadelte sich wegen des hysterischen Ausbruchs. Schließlich existierte für alles eine Lösung, wenn man nur gründlich genug nachdachte und sich nicht dunklen Emotionen überließ. Ja, sie brauchte Zeit für ihre Kinder. Sie konnte nicht auf den Urlaub warten, in der Hoffnung, dann alles in Ordnung zu bringen, weil es dann vielleicht zu spät dafür war. Was nützte es, fremde Kinder zu retten, wenn ihre eigenen Kinder dafür den Preis bezahlten? Opferte sie ihrem Idealismus das Glück ihrer Kinder, wie ihr ihre Mutter beim letzten Streit vorgeworfen hatte? Auch dieser Vorwurf war nur eine andere Formulierung für den Hohn ihres geschiedenen Mannes, der vor dem Scheidungsrichter böse behauptet hatte, dass sie selbstsüchtig selbstlos wäre. Sie griff zum Telefon, um Katharina ans Herz zu legen, in die Schule zu gehen. Auch wenn das vermutlich nicht zum Erfolg führen würde, wollte sie nichts unversucht lassen. Auf einen kleinen Disput am Telefon hatte sie sich eingestellt, nicht aber darauf, dass sie beim Anrufbeantworter landen würde, weil Katharina entweder mit Benjamin schon aufgebrochen war oder einfach nicht ans Telefon ging. Sie legte den Hörer auf. Es klopfte an der Tür. Frech, verspielt, unbekümmert. Sie wusste, wem der grazile Fingerknochen, der an die Tür getrommelt hatte, gehörte. So klopfte nur einer an. Deshalb versteckte sie noch den kleinsten Rest einer Gefühlsregung hinter einem gleichmütigen Gesichtsausdruck. »Herein«, rief sie kühl.

Karl betrat den Raum, wie einer Arztserie des deutschen Fernsehens entstiegen: überbezahlt, makellos und mit einer gefährlich dummen Ausstrahlung. »Danke, dass du für mich eingesprungen bist. Ich hatte eine Autopanne«, sagte er und ließ zweiunddreißig extrageweißte Zähne aufblitzen. Sie spürte, dass der Schönling sie anlog. Wahrscheinlich hatte er mal wieder nicht aus den Federn gefunden und sich darauf verlassen, dass Marta seine Bereitschaft übernehmen würde, die immer und ewig hilfsbereite und engagierte Marta.

Sie schluckte. Die primitive Lüge beleidigte ihre Intelligenz. Hatte er es nicht einmal mehr nötig, sich etwas mehr Mühe zu geben, um sie hinters Licht zu führen? Im ersten Moment wollte sie ihn fragen, was es für das vierjährige Mädchen bedeutet hätte, wenn auch Marta nicht zu erreichen gewesen wäre. Aber ein Blick auf den schlanken jungen Mann mit den dichten schwarzen Haaren, der teuren Titanbrille und dem solariumgebräunten Gesicht überzeugte sie von der Nutzlosigkeit eines moralischen Appells. Er würde auf der Kinderunfallstation nur die notwendigen sozialen Meriten einsammeln, um anschließend Karriere zu machen. Ein Halbgott in Weiß. Genauso hatte es ihr Exmann auch gehalten, nur dass sie beide zuvor für *Ärzte ohne Grenzen* gearbeitet hatten, bevor er seine gutgehende Praxis für Schönheitschirurgie an der Elbchaussee eröffnete. Beim Medienpöbel, der immer irgendeine Verschönerung benötigte und dank sprudelnder Gebühren dafür exorbitant gut zahlte, machte es sich besonders gut, wenn Alexander Rubin mit seinem sozialen Engagement prahlte. Von einem Mann, der farbigen Babys das Leben gerettet hatte, geliftet zu werden, war fast so, als hätte man selbst afrikanische Kinder vor dem Tod bewahrt.

Diese Bigotterie hatte ihre Liebe erdrosselt. Und Karl war aus dem gleichen Holz geschnitzt wie ihr Exmann. Ihr kam ein besserer Einfall. Sphinxhaft lächelte sie ihn an. »Keine Ursache, Karl. Habe ich gern getan. Aber weißt du, was ich jetzt mache?«

»Einen Kaffee mit mir trinken gehen? Du bist natürlich eingeladen. Sogar auf zwei Kaffee«, griente er wie ein Gebrauchtwagenhändler.

Arschloch, dachte sie und zog ihren Kittel aus. »Nein. Ich schaue jetzt noch einmal zu der kleinen Prinzessin. Kannst ja mitkommen, wenn du willst. Und dann gehe ich nach Hause, weil du sicher gern meine Schicht übernimmst.« Sie hatte es in einem Ton gesagt, der keinen Widerspruch zuließ. Dem Schönling fiel die Kinnlade herunter. Das interessierte sie schon nicht mehr, es zog sie nur noch mit einer existenziellen Gewalt, die sie nie zuvor erlebt hatte, zu ihren Kindern.

Kapitel 3

Das bisschen Schnee, das sich draußen auf die Wege und die Straßen verirrt hatte, verwandelte sich schon wieder in eine grau-schwarze Masse, aus der wie durch ein Wunder noch kleine weiße Flächen aufleuchteten, als hätte der Schmutz vergessen, sie sich einzuverleiben. Beim Verlassen der Klinik verunsicherte sie wieder der Traum, der ihr noch immer durch den Kopf ging. Sie war noch nie in Straßburg gewesen, wieso also dann in ihrem Traum? Hinzu kam, dass der beeindruckende Dominikaner, den sie im Schlaf gesehen hatte, völlig dem Klischee des sadistischen Inquisitors widersprach, das sich aus irgendeinem unerfindlichen Grund bei ihr festgesetzt hatte. Allerdings interessierte sie sich auch nicht sonderlich dafür. Das Fach Geschichte hatte sie als Schülerin gehasst, und auch heute verschwendete sie ihre Zeit nicht mit Vergangenem. Hielt die Gegenwart nicht mehr als genug an Aufgaben bereit? Die Toten sollten für sich selber sorgen, Marta Luther hatte mit ihren kleinen Patienten mehr als genug zu tun. Gerade dadurch, dass der Traum wie eine Erinnerung an etwas Selbsterlebtes wirkte und Menschen in ihm vorkamen, von denen sie zwar noch nie etwas gehört hatte, die ihr aber dennoch vertraut vorkamen, vertraut wie ihre Kollegen und vertraut auch wie – sie schreckte zunächst vor dem Gedanken zurück, vermochte ihn aber dennoch nicht abzuschütteln – ja, vertraut wie sie selbst, ließ er sich nicht so einfach abschütteln. Nicht wie ein Nachtgespinst, sondern wie eine Botschaft erschien er ihr. Doch von wem und wofür? Sie rieb sich verstohlen die Augen und gähnte etwas gekünstelt.

Der Weg durch das morgendliche Hamburg kam ihr überraschend fremd vor. Als befände sie sich in einer anderen Stadt. Ein einsamer Opel hatte offensichtlich den gleichen Weg wie sie. Kurz nachdem sie den Klinikparkplatz verlassen hatte, war ihr der Wagen aufgefallen, der in gleichbleibendem Abstand hinter ihr blieb. Wenn sie sich für bedeutend oder reich hielte, wäre sie vielleicht auf den Gedanken verfallen, dass ihr jemand folgte. Aber wer sollte sich dieser Mühe unterziehen? Die einzige halbwegs plausible Erklärung, die ihr einfiel, war, dass ihr geschiedener Mann einen Privatdetektiv engagiert hatte, um Beweise dafür zu sammeln, dass sie nicht in der Lage wäre, ihre Kinder zu erziehen. Sie entschied sich, lieber an einen Zufall zu glauben. Zudem hätte er sicher keinen derartigen Stümper engagiert, dessen Verfolgung selbst ihr auffallen musste.

Die wieder aufflackernde Sorge um ihre Tochter verdrängte den Opelfahrer jedoch schnell. Irgendwo hier draußen trieb sich Katharina herum. Und es gab gefährliche Ecken in der Stadt. Kreuzgefährlich sogar für ein überhebliches und zutiefst verunsichertes Mädchen wie ihre Tochter. Siedend heiß wurde ihr bewusst, welcher Gefahr Katharina sich aussetzte und dass es möglicherweise ihre letzte Chance war, die wuchernden Probleme in den Griff zu bekommen. Ihr Instinkt warnte sie, diese Chance ungenutzt verstreichen zu lassen. Es war höchste Zeit, eine Entscheidung zu treffen.

Sie griff nach dem Handy und wählte die Nummer des Stationsarztes. »Hallo Gerd, ich brauche dringend eine Woche Urlaub«, sagte sie ohne Umschweife.

»Das geht nicht! Wie stellst du dir das vor?«, hörte sie ihn mit aufsteigender Panik in der Stimme.

Er würde wie immer versuchen, sie moralisch unter Druck zu setzen, was bei ihr der einfachste Weg war, weil die Argumente Verantwortung und Pflicht sie stets entwaffneten. Doch diesmal hielt die Angst um ihre Tochter ihr Denken in eisernem Griff. »Doch, Gerd, das geht. Diesmal muss es gehen! Ich bin in einer Woche zur Frühschicht wieder im Krankenhaus«, beendete sie das Gespräch und atmete erleichtert aus. Unmittelbar darauf klingelte das Handy. Marta brauchte nicht aufs Display zu schauen, um zu wissen, dass ihr Chef versuchen wollte, sie umzustimmen. Um am Ende nicht doch seinen Argumenten, Appellen und Versprechungen zu erliegen, nahm sie den Anruf erst gar nicht an, sondern schüttelte nur den Kopf und gab unwillkürlich Gas.

Ein Versuch, wenig später ihre Tochter zu erreichen, schlug fehl. Im Grunde hatte sie nichts anderes erwartet. Also hinterließ sie auf Katharinas Mailbox die dringende Bitte um Rückruf. Dann rief sie die Lehrerin an, die ihr mitteilte, dass ihre Tochter auch heute nicht zum Unterricht erschienen sei. In der Sorge, die Lehrerin könnte ihre Drohung, dem Jugendamt Mitteilung zu erstatten, in die Tat umsetzen, griff sie zu einer Lüge und erklärte, sie befinde sich auf dem Weg nach Hause, was stimmte, weil ihre Tochter erkrankt sei, was eindeutig nicht stimmte. Von einer vagen Hoffnung getrieben, erkundigte sie sich möglichst beiläufig, ob ein anderer Junge oder ein anderes Mädchen mit Katharina gemeinsam die Schule geschwänzt hätte. Die Lehrerin verneinte und wünschte Katharina gute Besserung. Marta bedankte sich automatisch, denn ihre Aufmerksamkeit galt bereits wieder ihrer Tochter. Katharina war somit entweder alleine oder mit Leuten unterwegs, die sie, Marta, nicht kannte und über die sie nicht das Geringste wusste. Das gefiel ihr überhaupt nicht.

Vor ihrem Haus angekommen, stellte sie überrascht fest, wie leicht es um diese Zeit war, einen Parkplatz zu finden. Beim Aussteigen fiel ihr auf, dass sie fast einen halben Meter vom Bürgersteig entfernt geparkt hatte. Wenn ihr das sonst passierte, rangierte sie gewöhnlich so lange, bis sie perfekt stand, doch heute nahm sie es lediglich desinteressiert zur Kenntnis. Sie hoffte inständig, ihre

Tochter zu Hause anzutreffen. Das hielt sie, je näher sie ihrer Wohnung kam, sogar für sehr wahrscheinlich, schließlich konnte Katharina nicht damit rechnen, dass Marta jetzt schon nach Hause käme. Sie redete sich sogar ein, dass die Wohnung aus Katharinas Sicht der sicherste und attraktivste Ort sein musste. Was sollte sich das Mädchen dem nasskalten Erkältungswetter aussetzen?

Mit schnellen Schritten stürmte sie die zwei Treppen hoch, angelte auf dem Weg nach oben die Schlüssel aus ihrer schwarzen Lederhandtasche, schloss die mit der Zeit nachgedunkelte schwere Holztür mit dem Spion auf Brusthöhe auf und betrat die Wohnung. Sie nahm sich vor, nicht zu schimpfen und ruhig mit der Tochter zu reden. Aber Katharina war nicht da. Die Enttäuschung machte Marta hilflos und die Hilflosigkeit zornig.

Die Teller und Becher in der Spülmaschine verrieten ihr, dass ihre Tochter das Frühstück gemacht und danach die Küche aufgeräumt hatte. Ein Telefonat mit der Privatschule informierte sie, dass Benjamin pünktlich abgegeben worden war. Aber wo steckte Katharina?

Im Zimmer der Tochter auf und ab laufend, zerbrach Marta sich den Kopf darüber. Kurz erwog sie, Katharinas Sachen zu durchsuchen, verwarf den Gedanken allerdings angewidert. Das wollte sie ihr und sich selbst nicht antun. Dann hielt sie es nicht mehr zu Hause aus. Sie musste irgendetwas tun, und wenn es noch so sinnlos wäre, aber das Warten brachte sie um den Verstand.

Nur, wo sollte sie mit der Suche beginnen? Marta lief die Lieblingsecken ihrer Tochter in Altona ab, zumindest die, die sie kannte, den Spielplatz, den Markt. Vergebens. Von Sorge gepeinigt trieb es sie zur Reeperbahn. Während sie die berüchtigte Straße mit ihren Sex-Angeboten entlanglief, die ein wenig wie Ramschangebote im Schlussverkauf wirkten, überkam sie das beschämende Gefühl, einem Boulevardzeitungsklischee aufzusitzen. *Junges Mädchen von Zuhälter verführt.* Die Vorstellung erschien ihr so abgeschmackt wie die Tatsache, dass sie Katharina hier zu finden hoffte. Ihre Tochter mochte vielleicht ein aufmüpfiger Teenager sein, blöd war sie deshalb aber nicht. Plötzlich kam ihr ein Gedanke, diffus, wenig wahrscheinlich, aber auf krude Art zwingend. Verkroch Katharina sich vielleicht in Kindheitserinnerungen, flüchtete sie vielleicht in eine Zeit, als die Welt für sie noch in Ordnung schien und sie eine richtige Familie waren?

Marta rannte zu ihrem Wagen zurück, rammte beinah die linke Stoßstange des vor ihr parkenden Mercedes und kämpfte sich durch den träge fließenden Stadtverkehr zu Hagenbecks Tierpark im Norden der Stadt durch. Früher hatte Katharina diesen Ort geliebt. Wie oft hatte Marta den Tierpark mit den Kindern besucht, und nicht nur sie, auch ihr Mann. Zeitweilig besaßen sie sogar eine Dauerkarte.

Zielsicher lenkte sie ihre Schritte zu den Eisbären. Und da kauerte sie allein auf der Bank, wie ein Häufchen Elend, die Hände tief in die Ärmel des Parkas zurückgezogen, den Kopf zwischen die Schultern geklemmt, der Rücken halbrund wie die Sichel des Mondes. Marta setzte sich neben sie, doch Katharina würdigte sie keines Blickes, als wäre ihre Mutter eine fremde Frau. Einzig das Bearbeiten der Lippen mit den Zähnen verriet die Erregung des Mädchens. Marta suchte nach den richtigen Worten. Sie fürchtete, mit dem falschen Wort alles zu verderben, deshalb schwieg sie. Sie hatte sie ja gefunden, sie waren ja jetzt beieinander, das musste fürs Erste genügen. In gewisser Weise genoss Marta die Situation, die körperliche Nähe trotz aller Ferne, die Ruhe.

Nach einer Weile hielt es Katharina nicht mehr aus. »Musst du denn nicht in der Klinik sein? Leben retten?«, fragte sie, und es klang so, als wollte sie sagen: Wegen mir musst du nicht hier sein.

»Ich habe Urlaub genommen!«

»Viel Spaß.«

»Den werden wir haben. Ein paar Tage Luftveränderung werden uns guttun«, entgegnete Marta fest.

»Du willst verreisen?« Sie hatte mit dieser Ankündigung allerdings nicht nur ihre Tochter, sondern auch sich selbst überrascht. »Wohin?«

»Wart's ab.« Die Idee, die Stadt für ein paar Tage zu verlassen, ähnelte eher einer Flucht als einer gereiften Überlegung. Marta wollte einfach nur weg. Sie ertappte sich dabei, dass auch sie sich nach den alten Zeiten zurücksehnte, in denen ihre Welt noch heil war. Damals hatte sie die Arbeit bei *Ärzte ohne Grenzen* aufgegeben, weil sie mit Katharina schwanger war. Während Alexander im Klinikum anfing, richtete sie die Wohnung ein und ging, wenn sie etwas Ruhe und Erholung brauchte, hierher, wie später auch mit den Kindern. Am liebsten aber hatten sie die Eisbären, auch wenn man sie nicht immer sah, weil sie sich, wie Katharina mit drei Jahren feststellte, »verkrümelt« hatten. Und jetzt, zehn Jahre später, saßen sie wieder hier.

»Hast du dir schon eine Strafe für mich überlegt?«, fragte Katharina schließlich in gelangweiltem Ton, als frage sie aus reiner Höflichkeit, weil keine Bestrafung sie wirklich treffen könnte, es sich aber nun einmal so gehörte. Wie um ihrer Mutter einen Gefallen zu tun.

Es begann zu regnen, sie rührten sich beide jedoch nicht von der Stelle, als könnte das Wasser ihnen nichts anhaben. »Die letzte Zeit war Strafe genug für uns. Wir haben uns einen Urlaub verdient.«

»Taschengeldentzug oder Hausarrest wären mir lieber!«

»Das heben wir uns für später auf, wenn dir unbedingt danach ist. Jetzt komm, wir holen Benjamin ab, und dann fahren wir nach Hause.«

»Muss ich?«

»Ja!«

Eigentlich sollte sie mit ihr über das Schulschwänzen reden. Dieses Gespräch würde jedoch nur in einer Sackgasse enden. Als Ärztin wusste sie, dass sie nicht die Symptome, sondern die Ursache behandeln musste, und der Grund dafür, dass Katharina nicht mehr zur Schule ging, lag eindeutig nicht bei ihr.

Jetzt freute sie sich über ihren Entschluss, sich Urlaub zu nehmen, um Zeit für die Kinder zu haben, auch wenn sie sich vor der Auseinandersetzung mit ihrer Tochter fürchtete. Denn es war keineswegs sicher, dass sie Erfolg haben würde.

Die Wahl, wohin sie ein paar Tage mit Katharina und Benjamin fahren wollte, nahm ihr ein Brief der Stadtverwaltung von Altdorf ab, den sie zwischen der Werbung im Postkasten fand. Der Absender überraschte sie, denn sie kannte weder die Stadt noch einen Menschen, der dort lebte. Als sie den Brief las, stieg ihre Verwunderung ins Unermessliche.

Die Verwaltung teilte ihr nämlich mit, dass bei einer Neuvermessung der Gemarkung herausgekommen war, dass sie von ihrem Großvater Daniel Valentin Luther ein Grundstück mit einem Haus darauf geerbt hätte. Marta ließ sich auf einen Stuhl plumpsen. Zuerst hielt sie den Brief für einen schlechten Scherz, las ihn wieder und wieder. Dann rief sie in der Stadtverwaltung an. Dort bestätigte man ihr die Richtigkeit des Schreibens.

Seltsam war das Ganze in der Tat. Mysteriös und verstörend wie der Traum, den Marta auch nicht einzuordnen verstand, denn ihr Großvater lag seit siebenundzwanzig Jahren auf dem Friedhof des Hamburger Ortsteils Ohlsdorf begraben. Im Internet sah sie nach, wo um alles in der Welt dieses Altdorf zu finden war, und stellte fest, dass die kleine Stadt sich in der Nähe von Nürnberg befand. Im Grunde lag ganz Deutschland zwischen dem Ort, in dem ihr Großvater begraben worden war, und dem Städtchen, in dem er ein Haus besessen hatte. Das verwunderte sie. Und sie dachte mit leiser Melancholie an die Trauerfeier für ihren Großvater, an die Beisetzung des Mannes, der versucht hatte, die Vaterstelle in ihrem Leben auszufüllen, obwohl er dazu wenig geeignet schien.

Ihr Hirn hatte die Bilder säuberlich gespeichert. Ein typischer Hamburger Pastor mit Talar und Beffchen, die ganze Last des Protestantismus auf seinen Schultern tragend, baute sich neben dem Grabstein auf, von dem der Name Daniel Valentin Luther in Goldlettern im Sonnenlicht erstrahlte. Vier Träger hatten den Eichenholzsarg neben die Grube gestellt. Marta lehnte sich sacht an ihre Mutter. Gemeinsam mit ihnen erwiesen noch ein Onkel, zwei Tanten und ein paar Freunde dem Großvater die letzte Ehre, eine kleine Trauergemeinde, die sonst nichts miteinander verband.

Es wäre zu viel gesagt, der Großvater hätte Martas Vater, der kurz nach ihrer Geburt bei einer Bergtour im Himalaya verschollen war, ersetzen können, aber er hatte sich zumindest darum bemüht. Und nun nahm sie für immer Abschied von dem Mann, den sie wie einen Vater geliebt hatte und der dennoch für sie ein Rätsel geblieben war. Immer hatte sie das Gefühl gehabt, dass er noch ein anderes, ein geheimes Leben führte, wie ein Geheimagent, dachte sie als Kind. Auch seine häufigen Reisen, die er immer überraschend antrat und Dienstreisen nannte, beflügelten ihre Fantasie, weil sie so ungeplant, so unerwartet notwendig wurden. Obwohl sie ihren Großvater liebte und sich sicher war, dass er genauso tiefe Gefühle für sie hegte, schmerzte es sie, als sie mit dem Älterwerden immer stärker fühlte, dass es im Leben des Großvaters einen Bereich gab, den er sorgfältig vor ihr verbarg, zu dem es für sie keinen Zutritt gab.

Die Freundlichkeit des Sonnenlichts wirkte künstlich, die Vögel wetteiferten in fröhlichen Harmonien, als wollten sie den traurigen Anlass umlügen, und das Grün der Bäume suchte dreist den Tod zu verdrängen. Ort und Anlass stimmten für ihr Empfinden überhaupt nicht überein. Das irritierte das siebzehnjährige Mädchen, das sie damals war.

Plötzlich hatte sie gespürt, dass jemand in ihrem Rücken sie beobachtete. Vorsichtig spähte sie über die

Schulter. Unter einer weit ausladenden Ulme entdeckte sie eine verschleierte Dame. Sie stütze sich auf einen jungen Mann mit dichten schwarzen Locken. Genaueres vermochte sie durch den Vorhang der Tränen nicht zu erkennen. In ihren Schläfen pochte die drängende Frage, wer die fremde Frau und der Junge waren und in welcher Beziehung sie zu ihrem Großvater gestanden haben mochten. Plötzlich trafen sich ihre Blicke mit denen des jungen Mannes. Warum sie darüber erschrak, wusste sie nicht. Sie fühlte sich von ihm angezogen und abgestoßen zugleich. Sein Gesicht war schmal, die Haut blass, einzig die Augen strahlten blau und starr wie Puppenaugen. Für sich gab sie dem Jungen den Namen »der schreckliche Alfons«. Wie sie auf diesen Namen gekommen war, vermochte sie nicht zu sagen. Sie hatte aber gefunden, dass Alfons zu ihm passte.

Der Brief hatte Martas Neugier geweckt. Nachdem sie Benjamin zu Bett gebracht, ihm verständnisvoll zugeredet hatte, einfach rechtzeitig wach zu werden, wenn er zur Toilette müsse, und ihm anschließend eine lange Geschichte vorgelesen hatte, begann sie, im Internet zu recherchieren. Das Haus befand sich an der Straße nach Nürnberg und war von einem sehr großen Grundstück umgeben. Ihr kam eine Idee. Kurz entschlossen buchte sie in Altdorf ein Dreibettzimmer für die nächsten Tage.

Katharina reagierte ablehnend. »Was sagst du denen in der Schule?«, erkundigte sie sich maliziös.

»Dass ihr einen Infekt auskurieren müsst.«

»Das ist gelogen«, genoss das Mädchen die Situation, ihre Mutter ins Unrecht setzen zu können.

»So falsch ist es nicht, auch wenn es sich um keinen grippalen Infekt handelt.« Als Katharina merkte, dass sie auf diesem Weg nicht weiterkam, maulte sie, sie hätte keinen Bock auf ein Kuhdorf, wo sie sicher vor Langeweile sterben würde. Es nützte nichts, dass Marta ihr entgegenhielt, Altdorf sei eine Stadt und habe früher sogar eine Universität besessen.

»Seit wann interessierst du dich denn für Geschichte?«, konterte Katharina böse.

»Pack lieber deine Sachen. Wenn du es morgen früh machst, vergisst du die Hälfte.«

»Diese ganze Idee ist doch zum Vergessen! Andere Leute fliegen bei diesem Sauwetter in die Karibik oder nach Lanzarote oder Mallorca. London, New York oder Paris gingen doch auch! Aber Altdorf? Das kann ich keinem Menschen erzählen, das ist so peinlich«, schimpfte Katharina und verdrehte vor Empörung so sehr die Augen, dass Marta schon befürchtete, sie könnten für immer so stehen bleiben. Dann zog sie sich mit lautem Türenschlagen in ihr Zimmer zurück.

Als sie Katharinas Zimmertür leise und vorsichtig schloss, spürte sie das Klopfen ihres Herzens. Nach Altdorf zu reisen, war bei Lichte besehen eine Schnapsidee, vielleicht auch eine Flucht, die sie sich nicht eingestand, aber tief in ihrem Innern sagte ihr etwas, dass sich ihr Leben ändern würde.

Kaum hatte sie sich in ihr Bett gekuschelt und waren ihre schweren Augenlider zugefallen, da stürzten wieder bedrückende und fremde Bilder auf sie ein …

Kapitel 4

Allmählich gewöhnte sich Myriam an ihren neuen Namen Maria und an das Leben bei den Beginen, während David, der sich bei Johannes im Kloster der Dominikaner perfekt eingelebt hatte, so konsequent auf den Namen Christian hörte, dass die Kinder ihre Geburtsnamen fast vergaßen.

Unter der Anleitung Mechthilds von Helfta und des Dominikaners Bruder Johannes drang sie in die Geheimnisse des christlichen Glaubens ein. Besonders liebte Maria diese Unterweisungen, wenn sie gemeinsam mit ihrem Bruder stattfanden. Nachdem eine gewisse Zeit ins Land gegangen war und niemand mehr nach den Kindern des Rabbiners suchte, weil man sie allenthalben für tot hielt, trafen sich Bruder und Schwester regelmäßig.

Bei allem Wissensdurst, den Maria zu stillen versuchte, fand sie dennoch keine Erklärung für das Massaker, das die Christen an den Juden verübt hatten. Diese Grausamkeit blieb ihr unverständlich, zumal sich das Christentum eine Religion der Liebe nannte und Jesus Nachsicht und Vergebung, Friedfertigkeit und Barmherzigkeit gepredigt hatte. Und war Gottes Sohn nicht von Geburt Jude, König Davids Stamm entsprossen? Hatte dieser Jesus, oder auf Hebräisch Jeschua, nicht angeblich im Namen Gottes gepredigt: *In meines Vaters Haus sind viele Wohnungen?*

Johannes hatte Recht, wenn er lehrte, dass alles darauf ankäme, den eigenen, den individuellen Weg zu Gott zu finden.

Immer häufiger stellten die Geschwister gemeinsame Studien an oder diskutierten eifrig über das, was sie gelesen oder von ihren Lehrmeistern gehört hatten. So, wie sie die Welt kennengelernt hatten, konnte sie unmöglich Gottes Welt sein. Der Verlust der Eltern und die grausamen Bilder, die sich ihnen tief eingeprägt hatten, trieben sie unermüdlich an, verlangten nach der einen und einzigen Antwort auf die Frage, wie Gott das Grauen zulassen konnte. Und wenn hierfür schon keine Erklärung gefunden werden konnte, so musste doch zumindest ein Weg existieren, auf dem man zu Gott käme, auf dem man Gottes Welt verwirklichen und Mord und Gier, Neid und Habsucht, Sadismus und Gleichgültigkeit, Brutalität, mit einem Wort, das Böse ein für alle Mal zu verdammen vermochte. Wenn Gott wirklich die Welt erschaffen hatte, dann widersprach es seiner Definition, dass er dabei die Möglichkeit des Glücks vergessen haben sollte.

Sowohl Mechthild als auch Johannes gaben den Geschwistern sehr persönliche, sehr individuelle Antworten. Für sie war es nur dem einzelnen Mensch vorbehalten, auf geheimnisvollem, aber einsamem Weg zum Allerhöchsten zu gelangen und in der Vereinigung mit ihm das vollkommene Glück zu finden. Christian jedoch zweifelte an der mystischen Lehre seines Meisters. Denn wozu bedurfte es der materiellen Welt, wenn Glück nur in der Flucht vor ihr zu erreichen wäre? Und Maria vermochte einfach nicht zu akzeptieren, dass so viele wehrlose Frauen und unschuldige Kinder leiden und ausgeschlossen bleiben sollten von dem persönlichen Weg zu Gott und von der Glückseligkeit.

Mit einer Intensität, als ginge es um ihr Leben, suchten sie in den Schriften der Alten, in den Werken der Kirchenväter, in der Bibel und den Lehren der Theologen und Philosophen und im Denken ihrer Lehrer nach Antworten, wie eine gute Welt möglich wäre, ohne sie jedoch wirklich zu finden. Ihr Verlangen blieb ungestillt, doch konnten sie nicht von der Suche lassen, wenn sie sich nicht verlieren wollten. Es war das erlebte Grauen, das sie immer von neuem antrieb, endlich einen höheren Sinn in all dem Leid und Blut zu entdecken, um nicht von ihren Erlebnissen wahnsinnig zu werden.

So verging die Zeit wie im Fluge. Sie kamen im Studium der Heiligen Schrift und einiger Theologen verblüffend schnell voran. Maria genoss die Unterweisung in Heilkräutern und Pflanzenkunde bei den Beginen. Manchmal scherzte Maria, wenn sie wieder einmal einen Nachmittag mit ihrem Bruder verbringen durfte, dass sie sich als Mann verkleiden würde, um ihn zum Studium an die Hohe Schule begleiten zu können. Und Christian lachte darüber, fragte sie scherzend, ob sie sich einen Bart stehen lassen würde, freute sich aber insgeheim darüber, dass Maria vorhatte, ihn an die Universität zu begleiten. So malten sich die Geschwister an den beiden Nachmittagen in der Woche, an denen sie heimlich zusammenkamen, ihre Zukunft aus.

Eines Tages aber druckste Christian, inzwischen siebzehn Jahre alt, nach der gemeinsamen Lektüre im Arbeitszimmer des Predigerbruders verlegen herum, bis er sich endlich ein Herz nahm und sich von Maria verabschiedete, weil er am nächsten Tag mit Bruder Johannes zu einer Wallfahrt aufbrechen würde.

»Wohin?«, fragte Maria, erschrocken und neugierig zugleich.

»Wohin? Nach Jerusalem doch! Dorthin, wo alles begonnen hat!«

»Ja, dort hat tatsächlich alles begonnen. Wenn es eine Antwort auf die Frage gibt, wie Gott den Mord an unseren Eltern, an unseren Verwandten und an all den anderen armen Menschen zulassen konnte, dann finden wir sie in der Heiligen Stadt.« Maria legte den Kopf schief. »Erinnerst du dich noch?«, fragte sie ihren Bruder, dann begann sie, so leise auf Hebräisch zu singen, dass man sie kaum hören konnte:

»Ich freute mich über die, die mir sagten:
Lasset uns ziehen zum Hause des HERRN!
Nun stehen unsere Füße in deinen Toren, Jeruschalajim.«

Und Christian fiel ein:

»Jeruschalajim ist gebaut als eine Stadt,
in der man zusammenkommen soll,
wohin die Stämme hinaufziehen,
die Stämme des HERRN …«

Weil er stockte, übernahm sie wieder:

»… Es möge wohlgehen denen, die dich lieben!
Es möge Friede sein in deinen Mauern
und Glück in deinen Palästen!«

Als sie geendet hatte, versetzte sie ihrem Bruder einen freundschaftlichen Stoß. »Wann rückst du endlich heraus damit?«

»Womit?«

»Mit der Frage, ob ich mitkomme?«

Christian schaute traurig nach unten. »Du weißt, dass das nicht geht.«

Maria hatte den Vorstoß wider besseres Wissen unternommen, denn sie ertrug den Gedanken nicht, sich von ihrem Bruder zu trennen. »Warum denn nicht? Wir wollten doch auch gemeinsam studieren?!« »Der Weg nach Paris oder nach Erfurt ist bei weitem nicht so gefährlich wie der nach Jerusalem. Du weißt doch, dass Not, Krankheit, Räuberbanden, Piraten und mörderische Muslime zwischen Straßburg und Jerusalem lauern. Ist dir nicht bewusst, dass schon die Reise dorthin eine Prüfung ist, der ich mich unterziehen muss? Du weißt doch, dass Gott sich mir nur offenbart, wenn ich allein, ohne Ablenkung, nur mit dem Gedanken an ihn dem Kreuzweg folge?«

Sie wich seinem Blick aus. »Ja, ich weiß es.«

»Mach es mir nicht schwer! Ich muss nach Jerusalem, wenn ich endlich Antworten finden will auf unsere Fragen, Myriam, lass mich gehen«, bat er sie um ihr Einverständnis. Er hatte sie bei ihrem alten Namen genannt. Das schnitt ihr ins Herz.

Am nächsten Tag stand Maria sehr früh auf. Sie hatte ohnehin keine Ruhe gefunden. Ihr war, als hätte man ihr das Herz bei lebendigem Leib herausgerissen. Pilgerreisen in die Heilige Stadt waren lebensgefährlich. Tödliche Krankheiten, Mord, Raub und Verkauf in die Sklaverei gehörten zu den alltäglichen Risiken, mit denen die Pilger konfrontiert waren. Ganz abgesehen davon, selbst wenn Christian allen Gefahren erfolgreich trotzte, würde sie ein bis zwei Jahre von ihm getrennt sein, ein bis zwei Jahre voll quälender Sorgen, weil sie nicht erfahren würde, wie es ihrem Bruder ging. Und er war doch alles, was ihr geblieben war!

Klopfenden Herzens passierte sie das große Stadttor und die breite Brücke, die über den Ill führte. Im nahe gelegenen Wäldchen versteckte sie sich im Unterholz. Obwohl der Frühling mit Macht und blühenden Krokussen anbrach, blieb es in der Früh noch empfindlich kalt.

Sie musste nicht lange warten, da entdeckte sie Christian und Johannes im Habit der Dominikaner, ein Alter und ein Junger, ein Meister und sein Schüler. Auf dem Rücken trug jeder ein Bündel, und sie holten beim Gehen kräftig aus. Nachdem sie die Brücke hinter sich gelassen hatten, kamen sie an Maria vorbei, die sich versteckt hielt. Als sie auf ihrer Höhe waren, senkte sie den Blick, denn sie hätte seinen Anblick in der Stunde der Trennung nicht ertragen. Dafür hörte sie seine Stimme im Duett mit Bruder Johannes. Sie sangen einen Psalm.

Nach einer Weile sprang sie aus dem Wald auf die Straße und sah den beiden Männern nach. Sie marschierten der aufgehenden Sonne entgegen. Groß und gelb strahlte das Gestirn. Plötzlich blieben die Pilger stehen und drehten sich um. Es freute Maria, dass er ihre Anwesenheit doch noch gespürt hatte. Sie beschirmte die Augen mit der Handfläche und blinzelte. Christian winkte ihr zu und lächelte dabei etwas verunglückt. Dann setzten die beiden Dominikaner ihren Weg mit einer Zielstrebigkeit fort, als liefen sie geradewegs in die Sonne hinein. Am schwersten, dachte Maria, ist es immer für den, der zurückbleibt.

Immer kleiner und schließlich vom Horizont verschluckt, das war das letzte Bild, das ihr von ihrem Bruder bleiben sollte.

Kapitel 5

Zum ersten Mal seit Monaten fühlte Marta sich frei und aller Last enthoben. Die Fahrt von Hamburg nach Altdorf, die sie einmal längs durch Deutschland führte, hätte zu einem Erlebnis werden können, wenn sie nicht auf den anonymen, immer gleichen Autobahnen Teil eines stumpf dahinfließenden Blechstromes geworden wären. Doch bei dem Winterwetter wollte sie kein größeres Risiko als unbedingt nötig eingehen.

Trotzdem entwickelte sich die Fahrt angenehmer, als sie zu hoffen gewagt hatte. Und das war Benjamin zu verdanken, der mit seiner Mutter ein Lied nach dem anderen sang und seiner muffligen großen Schwester so lange zusetzte, bis auch sie, anfangs verhalten, dann immer begeisterter, mitmachte. Marta genoss das gemeinsame Singen, die plötzlich im Auto entstandene unbeschwerte Atmosphäre, die sie an glücklichere Zeiten erinnerte und Hoffnung schöpfen ließ, die Probleme, die sich aufgetürmt hatten, auch lösen zu können.

So erreichten sie am frühen Abend das fränkische Altdorf in bester Laune und parkten vor dem Hotel, das mitten im Städtchen direkt am Marktplatz lag. Vergnügt sprangen sie aus dem Auto. Der Himmel kleidete sich in leuchtendes Purpur. Benjamin spielte mit seinem Atem, der in der kühlen Luft sofort kondensierte.

»Schau mal, Mama, ich rauche!«, rief er begeistert.

»Ich hoffe nicht, mein Sohn«, antwortete sie pädagogisch streng. Provozierend pustete Katharina daraufhin eine beeindruckend lange Atemsäule in den Abendhimmel.

»Du wirst deinen Atem noch für dein Gepäck brauchen«, spottete Marta und stellte ihrer Tochter demonstrativ den Seesack und die beiden Koffer vor die Füße. Hatte sie in Hamburg beim Einladen ihrer Tochter aus taktischen Gründen noch geholfen, entfiel hier jeder Grund dafür. Und ein wenig Strafe muss sein, dachte Marta. Schließlich brachte sie es dann doch nicht übers Herz, nahm ihre Reisetasche in die linke, einen der beiden Koffer ihrer Tochter in die rechte Hand und betrat das Foyer. Katharina murmelte ein paar verdruckste Laute, die man bei großzügiger Auslegung als das Wörtchen »Danke« verstehen konnte.

Das Hotelzimmer war geräumig und gediegen, das Abendessen reichlich. Vor dem Einschlafen spielten sie noch »Mensch ärgere dich nicht«. Selbst Katharina beteiligte sich an dem Kinderspiel. Natürlich nur Benni zuliebe, wie sie behauptete, aber sie blieb beim Albern, Schimpfen und Frotzeln nicht hinter der Mutter und dem Bruder zurück.

Marta legte ein gummiertes Laken auf Benjamins Bett, für den Fall der Fälle, der Gott sei Dank ausblieb.

Jetzt, wo sie Zeit für ihren Sohn aufbrachte, wirkte er entspannter. Sie schlief beim Erzählen der Gutenachtgeschichte ein, während Katharina unter den Kopfhörern ihres MP3-Players abgetaucht war und eine Musik hörte, der Marta nichts abgewinnen konnte. Vielleicht war sie auch einfach nur zu alt dafür.

Geschäftiges Treiben auf dem Marktplatz weckte sie am frühen Morgen. Ein Blick auf die Kinder verriet ihr, dass sie noch fest schliefen. Sie trat ans Fenster und schaute einem fremden Leben zu. Lieferanten brachten Waren, die Stadtreinigung fegte den Platz und leerte die Abfalleimer. Die Routine, in der all dies stattfand, wirkte beruhigend und vertrauenerweckend. Alles hatte seinen Sinn, seine Zeit und seinen Platz. Sie sehnte sich nach solcher Überschaubarkeit.

Die Formalitäten, die sie in der Stadtverwaltung und beim Notar zu erledigen hatte, ließen sich wider Erwarten bereits am Vormittag abschließen, so dass sie sich am Mittag voller Neugier mit den Kindern auf den Weg zu ihrem unerwarteten Erbe machen konnte.

Als sie vor einem hohen Tor aus dem Auto stiegen, trauten sie kaum ihren Augen. Verwunschen schmiegte sich eine Fachwerkvilla in einen Park. Selbst Katharina gelang es nicht, ihre Überraschung hinter dem üblichen gelangweilten Gesichtsausdruck zu verstecken, wie Marta mit einem Seitenblick auf ihre Tochter zufrieden feststellte.

Hinter einer kniehohen Mauer, die in regelmäßigen Abständen von mannshohen Säulen mit Ziegelstempeln unterbrochen wurde, erstreckte sich ein imposanter Park. Ein Kiesweg teilte den gepflegten Rasen und schwang sich in einem kühnen Halbkreis zu einer imposanten Gründerzeitvilla hinauf. Marta, Benjamin und sogar die coole Katharina fühlten sich in ein Märchen versetzt, als sie dem Weg folgten und schließlich vor der doppelflügeligen Holztür mit den geschliffenen Fenstern standen.

»Und das gehört wirklich uns?«, fragte Katharina.

»Ja. Ich kann es selbst noch nicht glauben.« Marta steckte den Schlüssel ins Schloss und drehte ihn zweimal um. Sowohl das Schloss als auch die Tür sprangen auf, als hätten sie nur darauf gewartet.

»Aber es ist wirklich unser Eigentum. Ich habe es schwarz auf weiß, vom Notar bestätigt!«, sagte sie, wie um sich selbst noch einmal zu vergewissern, bevor sie beherzt und mit angehaltenem Atem die Villa betrat. Sie hatte das Gefühl, nicht nur über eine Haustürschwelle, sondern in ein neues Leben zu treten. Das Vestibül öffnete sich halbkreisförmig und war in einem zarten Hellblau gehalten. Es ging in einen Korridor über, der ins Innere der Villa führte und von dem rechts ein Treppenhaus und links mehrere Räume abgingen. Sie folgten dem Flur, öffneten die hintere Tür, in deren Blatt fein geschliffenes Glas eingelegt war, und befanden sich im nächsten Moment auf einer Terrasse. Von dieser aus erreichte man über verwitterte Kalkstufen einen kleinen Park mit Tannen, Kiefern, Kastanien, Sträuchern, Tulpen und Magnolienbäumchen. Vom Blick auf den Park beeindruckt, kehrten sie wieder ins Haus zurück. Unter der Treppe duckten sich zwei Toiletten. Gegenüber döste hinter einer breiten Fensterfront ein Saal, der etwas Verwunschenes hatte, weil über die Möbel gespenstische weiße Laken gebreitet waren. Die hellen Tapeten mit zarten Motiven von Schreitvögeln verwiesen auf eine Zeit, in der das Auto noch Automobil und die schnellste und modernste Nachrichtenübermittlung Telegraph hieß. Marta fiel ein Gedicht ein, das jemand vor unendlich langer Zeit einmal in ihr Poesiealbum geschrieben hatte:

Schläft ein Lied in allen Dingen
Die da träumen fort und fort,
Und die Welt hebt an zu singen,
Triffst du nur das Zauberwort

Auf einmal fühlte sie sich wie Alice im Wunderland, drehte sich im Kreis und klatschte in die Hände. »Großartig! Hier richte ich meine Praxis ein. Vorne das Wartezimmer und das Spielzimmer und im Vestibül der Empfang. Und aus diesem Saal werden zwei Behandlungszimmer.«

»Du willst doch nicht etwa hierbleiben?« Katharina fühlte sich überrumpelt. Das übliche Misstrauen, das

Marta schon seit Stunden vermisste, blitzte wieder in den Augen ihrer Tochter auf.

»Du etwa nicht?«, fragte sie unschuldig.

»In diesem Kuhdorf?« Katharina klang zwar empört, ihr Protest jedoch nicht unüberwindlich.

»Wo ist denn hier eine Kuh?«, fragte Benjamin mit großen Augen. Eine Kuh hätte das Stadtkind sehr gern gesehen, ein richtige, lebende.

»Das verstehst du noch nicht«, wiegelte Katharina ab, sichtlich darum bemüht, ärgerlich zu bleiben.

»Na ja, Kühe müssen ja nicht unbedingt sein, aber einen Hund will ich haben, wenn wir schon hierbleiben. Einen großen Hund!«, stellte Benjamin schon einmal seine Bedingungen.

»Kommt, suchen wir unsere Zimmer aus«, schlug Marta nicht ohne Hintergedanken vor. Das brauchte ihrem Sohn keiner zweimal zu sagen, er rannte los und schoss wie ein Wirbelwind die Treppe in die obere Etage hinauf. Katharina blieb nichts anderes übrig, als ihm so schnell wie möglich zu folgen, wenn sie sich von ihrem kleinen Bruder bei der Auswahl des Zimmers nicht übervorteilen lassen wollte.

Marta beschloss, der Krise durch die Veränderung ihres Lebens den Nährboden zu entziehen. Im Grunde entschied sie sich für die Flucht aus Hamburg. In der Rekordzeit von drei Monaten kündigte sie in Hamburg und organisierte die Finanzierung für den Umbau der Praxis- und Wohnräume des Hauses sowie den Umzug von Hamburg nach Altdorf. Nicht ganz so einfach gestalteten sich die Ummeldungen der Kinder mitten im Schuljahr, aber hier zeigte sich die Stadtverwaltung von Altdorf, der es gefiel, dass eine weitere Kinderärztin im Ort eine Praxis eröffnete, sehr hilfreich.

Sie spürte, dass die rasante Veränderung Katharina im Grunde überforderte. Während Benjamin die Villa und der Park, das neue Zimmer und die schier unendlichen Spielmöglichkeiten begeisterten und er, der auf der noblen Privatschule in Hamburg eher als Außenseiter gegolten hatte, schnell Anschluss fand, fehlten Katharina zwar einerseits die Freunde und die Stadt, andererseits genoss sie aber das neue Verhältnis, das sich zu ihrer Mutter entwickelte, weil Marta sie bei der Umgestaltung, Einrichtung nach Kassenlage und Eröffnung der Kinderarztpraxis klug mit einbezog. So gestaltete Katharina den kompletten Internetauftritt der Praxis, und Marta ließ sich den Stolz auf ihre Tochter durchaus anmerken. Sie hatte Abstand genommen von tiefschürfenden psychologisierenden Gesprächen, die letztlich alles nur schwieriger statt einfacher machten. Stattdessen bat sie Katharina um Hilfe, schenkte ihr Vertrauen und beteiligte sie an der Verantwortung für ihr neues Leben.

Selbst den Widerstand von Alexander Rubin, der nicht hinnehmen wollte, dass ihm seine Kinder entzogen und nach Süddeutschland verpflanzt wurden, vermochte sie zu überwinden. Er hatte sogar versucht, Katharina aufzuwiegeln. Doch das Mädchen, das ihren Vater zwar anhimmelte, blieb reserviert, denn sie fühlte sich ernst genommen und in das große Abenteuer, das ihre Mutter begonnen hatte, einbezogen, so dass ihr alles andere wie ein Verrat erschienen wäre. Wenn sie etwas von ihrer Mutter geerbt hatte, dann deren strikte Loyalität bis hin zur Sturheit.

Marta fühlte sich indessen wie im Paradies, als hätte ihr Großvater weit über das Grab hinaus Vorsorge für sie getroffen.

Das dachte sie zumindest bis zu jenem Freitag, an dem sie am späten Nachmittag mit ihren Kindern vom Wochenendeinkauf in die Villa zurückkehrte. Schon als sie die Tür aufschloss, beschlich sie das merkwürdige Gefühl, dass ein Fremder an der Tür gewesen war und sich Einlass verschafft hatte. Und das Gefühl trog sie nicht. Die Türen des Kleiderschrankes im Vestibül standen offen, die Schubladen im unteren Bereich des Schrankes hingen heraus. Jemand hatte sie durchwühlt, dabei waren Handschuhe und Schals achtlos auf dem Boden verstreut worden. Marta schaute sich ratlos um.

»Voll krass«, entfuhr es Katharina dumpf.

»Gespenster«, kommentierte Benjamin in einer Mischung aus Erschrecken und Abenteuerlust.

Katharina zeigte ihrem kleinen Bruder einen Vogel. »Quatsch, Gespenster. Einbrecher waren das. Ob die auch in meinem Zimmer waren?«, fragte sie und wollte schon nach oben eilen, da hielt sie Marta am Ärmel fest.

»Wartet, Kinder!« Sie nahm das Handy und rief die Polizei.

Bis zum Eintreffen der beiden Beamten blieben sie im Vestibül. Gemeinsam mit den beiden Ermittlern inspizierten sie das gesamte Haus, Zimmer für Zimmer. Die Einbrecher hatten ganze Arbeit geleistet, sämtliche Schränke, Truhen und Schubladen durchwühlt, aber wie sich bald schon herausstellte, nichts gestohlen. Der ältere der beiden Polizisten, ein gemütlicher Mann mit Halbglatze in den Fünfzigern, stellte fest, dass die Eindringlinge etwas gesucht haben müssten. »Wissen Sie, was?«

»Ich habe nicht die geringste Ahnung.« Plötzlich kam ihr ein Verdacht. Ihre Augen wurden schmal. »Vielleicht will uns jemand Angst einjagen?«

»Aus welchem Grund?«, fragte der Kriminalist mit geringem Interesse.

»Um uns von hier wegzuekeln.«

Der Mittfünfziger hob theatralisch die Arme, wobei die Rolex am linken und ein Goldarmband am rechten Handgelenk zum Vorschein kamen, ließ sie aber gleich wieder ermüdet sinken, als wollte er fragen: Wozu der ganze Aufwand? »Dann hätte er nicht gezielt nach etwas gesucht, sondern wahllos Zerstörungen angerichtet, Exkremente hinterlassen oder ähnliche Sauereien angestellt. Nein, ich bin mir sicher, der Täter war auf der Suche nach etwas. Und ich kann nur hoffen, dass er es gefunden hat.«

»Wieso?« Entsetzt starrte sie den Polizisten an, denn sie kannte die Antwort bereits.

»Weil er sonst wiederkommt!«

Marta ließ die Schlösser austauschen, eine Alarmanlage einbauen, doch das gewaltsame Eindringen in ihren privaten, ja intimen Bereich verunsicherte sie. Sie fühlte sich beleidigt und irgendwie verletzt und beschmutzt. Aus einem Impuls heraus rief sie noch einmal den Kriminalbeamten an und äußerte ihre Vermutung, der geheimnisvolle Einbruch könne mit dem früheren Bewohner des Hauses in Verbindung stehen.

»War das nicht Ihr Großvater?«, fragte der Polizist.

»Genau.«

»Ja, ja, richtig«, lachte er. »Ich werde mal sehen, was ich darüber herausfinden kann.«

Das half ihr nun überhaupt nicht weiter, trotzdem bedankte sie sich bei ihm. Sollte sie selbst recherchieren oder einen Privatdetektiv beauftragen? Aber erstens verfügte sie nicht über das Geld dafür, und zweitens hegte sie den sicher zutreffenden Verdacht, dass zwischen den Privatschnüfflern in Buch und Film und denen im wirklichen Leben ein ernüchternder Unterschied bestehen könnte.

Bis auf weiteres schliefen die Kinder bei ihr im Zimmer, Benjamin in ihrem breiten Ehebett, von dem sie sich auch nach der Scheidung nicht getrennt hatte, und Katharina auf einer Art Klappcouch, die sie zwischen dem Fenster und ihrer eigenen Schlafstätte aufgestellt hatte.

Für Benni stellte der Einbruch eine willkommene Erweiterung seiner Fantasiewelten dar. Von morgens bis abends spielte er nun Detektiv. Katharina dagegen hätte »dem alten Sack, der hier eingebrochen ist, gern in die Eier getreten«. Für eine Sekunde fragte sich Maria, ob sie sich der Ausdrucksweise ihrer Tochter annehmen müsste, beruhigte sich aber schließlich damit, dass diese mit der unangenehmen Situation so burschikos umging.

Trotz aller Normalität fürchtete sie sich vor den Nächten, lag lange wach und hörte auf die tausend Geräusche, die von Einbrechern stammen konnten, in Wahrheit aber von den arbeitenden Materialien herrührten, aus denen das Haus errichtet worden war, oder von irgendwelchen Insekten, die es ebenfalls bewohnten. Leider brachte der Schlaf keine Entspannung, denn hatte sie endlich seine sanften Flügel erreicht, stellten sich wieder diese seltsam konkreten Traumbilder ein, die mit nichts korrespondierten, was sie je gehört, gelesen oder erlebt hatte.

Kapitel 6

Maria wälzte sich in ihrem hölzernen Bettkasten unruhig auf dem frischen Stroh, das sie heute Morgen eingestreut hatte. Ein Alptraum, in dem ihr Bruder, der nun seit zwei Jahren unterwegs war, von Seeräubern gefangen und verschleppt wurde, peinigte sie. Dumpfer Lärm schlug krachend gegen die Feste ihres Schlafes wie ein Rammbock. Menschen brüllten, schrien, fluchten und lachten in allen Stimmlagen, die der Herr ersonnen hatte. Holz splitterte, Riegel flogen scheppernd aus ihren Halterungen. Sie schreckte hoch und saß einen Moment lang wie erstarrt da. Alle Sinne ordneten sich dem Gehör unter, das so fein und empfindlich wurde, dass es selbst den Flügelschlag einer Fliege wahrgenommen hätte. Dieser Subtilität hätte es indessen nicht bedurft, denn das Böse war laut, nicht leise. Es zischelte nicht, es brüllte. Unwillkürlich presste sie zum Schutz die Hände an die Ohren. Untermalt von grimmigen Männerstimmen und dem Schreien von Frauen trampelten und stolperten Schritte über die Stufen hinweg, leichte und schwere, angstvolle und selbstgewisse, zornige und panische Schritte, fliehende und verfolgende Schritte, in denen die Lust am Töten durchhallte, sowie

Schritte, in denen bereits der Tod anklang. In diesem Augenblick lernte sie die Sprache der Schritte und bekreuzigte sich. Vor allem warnten sie sie, dass sich die Gefahr rasch näherte. Wer auch immer den Beginenhof stürmte, er kam nicht in freundlicher Absicht. Während die Beginen von den Dominikanern geschützt wurden, hasste sie der Bischof August von Virneburg. Steckte er hinter dem Überfall? Sie verzichtete zunächst darauf, über die Ursache der Unruhe nachzudenken, sondern sprang auf und kletterte aus dem Fenster des Schlafsaales, denn die Kakophonie der Fußgeräusche vor der Treppe warnte sie, dass diese zu einer Falle für sie werden würde. Jetzt ging es erst einmal darum, sich in Sicherheit zu bringen.

Nachtwind wehte ihr erfrischend ins Gesicht. Es hätte eine schöne Nacht sein können. Doch der Teufel hasste die Schönheit. Den Rücken dicht an das Fachwerk gepresst, setzte sie seitwärts Fuß an Fuß, wobei sie achtgab, nicht nach unten zu schauen. Aus der Tiefe drangen nur Geräusche der Angst und der Not an ihr Ohr.

Nachdem sie das Gebäude fast umrundet hatte, breitete sie die Arme so weit es ging aus und presste den Leib fest gegen die Lehmwand, bevor sie auf den Platz hinunterschaute. Unter sich entdeckte sie einen Heuwagen. Marias Blicke suchten den Platz nach Menschen ab, die sie hätten beobachten und verraten können. Doch der Platz war leer. Diese Chance musste sie nutzen. Sie sprang hinunter und landete weich im Heu. Keine Minute zu früh. Denn von der Straße näherte sich ein weiterer Trupp von Schergen des Bischofs. In schwarzes Leder gewandet, erinnerten sie in der Dunkelheit an ein Bataillon von Kakerlaken. Die Bewaffneten entdeckten Maria nicht.

Als die Männer an ihr vorbei und im Beginenhof verschwunden waren, schaute sie sich wieder sorgfältig um, bevor sie an der dem Mond abgewandten Seite vom Wagen kletterte und in die kleine Gasse huschte, die gegenüber des Beginenhofes vom Platz abging. Sie atmete innerlich auf, als die Finsternis der Gasse sie wie eine Tarnkappe umgab. Aber ihre Beine waren wie gelähmt, sie vermochte nicht wegzulaufen und sich in Sicherheit zu bringen, bevor sie nicht wusste, was noch geschehen würde. Im Schutze der Schwärze eines schiefen Hauses schaute sie zu ihrer Unterkunft hinüber, zu dem Haus, in dem sie Schutz, Fürsorge, Freude und Freundinnen gefunden hatte, etwas, das sich zumindest so anfühlte wie Leben, nachdem sie mit ihrer Mutter, ihrem Vater und all den anderen Juden gestorben war. Seitdem war Gott tot für sie – oder vielleicht auch nur stumm. Seitdem suchte sie ihn. Und hoffte so sehr, dass es ihn gab.

Was sich jetzt vor ihren Augen abspielte, schmerzte sie, auch wenn sie es nicht zum ersten Mal sah. Die Büttel August von Virneburgs jagten und zerrten die Beginen aus dem Haus und trieben sie auf dem Platz zusammen. Einige wirkten verängstigt, andere beteten. Inmitten all dieser Panik und Angst entdeckte Maria plötzlich Mechthild, deren grazile und charismatische Gestalt wie aus einer anderen Welt zu kommen schien. Erleichterung und Sorge hielten sich bei Maria die Waage, Sorge, weil die Oberin umkommen konnte, Erleichterung, weil sie die Einzige war, die das Schicksal, das den Beginen zugedacht war, zu wenden vermochte.

Mechthild wirkte vor allem sicher und ruhig. Sie hieß die Frauen, sich an den Händen zu fassen. Dann stimmte sie das *Laudate Dominum* an, und alle sangen mit.

Laudate Dominum omnes gentes,
Laudate eum, omnes populi…

Man tat ihnen Gewalt an, und sie lobten Gott. Maria war beeindruckt von der unbeugsamen Kraft, die von den singenden Frauen ausging. Stumm fiel sie in den Gesang ein:

Et veritas Domini manet in aeternum.
Gloria Patri et Filio et Spiritui Sancto.

Ja, es ging um die Wahrheit und um die Ewigkeit, denn sie würde den Menschen nach seinem kurzen Erdenleben aufnehmen. Doch ob er in alle Ewigkeit in der Hölle geschunden oder im Paradies umsorgt würde, hing einzig und allein von dem Verhalten ab, das er auf Erden an den Tag legte.

Nach einiger Zeit ließ sich der Sekretär des Bischofs, Konrad, blicken, ein kleiner, verschlagener Bursche mit einem Fuchsgesicht.

Sicut erat in principio, et nunc, et semper.
Et in saecula saeculorum.

Er hatte Mühe, sich Gehör zu verschaffen, und musste warten, bis die Frauen den Choral beendet hatten. Doch dann war er nicht schnell genug.

»Was willst du?«, fragte ihn Mechthild freundlich, als wäre der Sekretär höflich in ihr Haus gekommen, um sie um Hilfe und Beistand zu bitten.

Obwohl Konrad seinem Herrn an Grausamkeit und Hinterhältigkeit in nichts nachstand, verunsicherte ihn das sichere Auftreten der Oberin der Beginen. »Der gnädige Herr Bischof stellt euch vor die Wahl. Entweder ihr kehrt zu euren Familien zurück, heiratet oder tretet in ein reguläres Kloster ein …«

»Oder?«, fragte Mechthild streng.

»Oder ihr werdet morgen früh im Ill als *relapsa* ersäuft!«

»Da wir keine Ketzerinnen sind, können wir auch nicht rückfällig sein. Das besagt doch der Ausdruck *re-*

lapsa, der laut Kirchenrecht nur für einen rückfälligen Häretiker verwandt wird.«

»Ich habe nur Anweisungen, euch den Richtspruch des Herrn Bischofs mitzuteilen. Und außerdem: Mit einem Weib disputiere ich nicht.«

»Gab es denn ein Verfahren?«

»Versucht nicht, die Worte zu verdrehen! So wie ich es verkündet habe, so wird es sein. Entscheidet euch!«

»Das ist Unrecht. Wir haben ein Recht auf ein Inquisitionsverfahren.«

Der Sekretär ließ ein Meckern hören. »Damit eure Freunde, die Predigerbrüder, euch in Schutz nehmen? Es wird kein Verfahren geben, kehrt um oder sterbt! Mehr habe ich euch nicht zu sagen!«

»So höre denn und bestelle deinem Bischof: Ob er uns in den Tod schickt oder nicht, das Maß ist ohnehin voll. Dein Bischof und dich wird der Teufel holen. Ihr seid verflucht! Ihr seid Diener des Satans. Es ist an euch umzukehren, nicht an uns. Würdet ihr doch die Stimme des Schöpfers in euch vernehmen und ablassen vom Weg des Teufels! Es ist nicht zu spät, euer Seelenheil kann noch gerettet werden, noch könnt ihr der ewigen Verdammnis entgehen. Rettet euch!«

Konrad wurde mit einem Mal blass und begann zu zittern. »Bittet für mich, hohe Frau! Was kann ich arme Kreatur für die Verbrechen meines Herrn? Muss ich ihm denn nicht zu Willen sein? Heißt es nicht, dass die Obrigkeit von Gott ist? Und ist der Bischof nicht die Obrigkeit? Bittet für mich, hohe Frau!«

Mechthild sah ihn durchdringend an. »Das kann ich nicht. Jeder Mensch ist vor dem Jüngsten Gericht persönlich für seine Sünden verantwortlich. Jesus sagt zu Simneon, den man Petrus nennt: *Simon, Simon, siehe, der Satan hat begehrt, euch zu sieben wie den Weizen.*«

Nach diesen Worten wandte sie sich den Frauen zu, in deren Augen Stolz auf ihre Oberin stand, während Konrad für einen Moment wie zerstört wirkte, bevor er sich straffte und sein Gesicht einen grausamen Ausdruck annahm. Doch Mechthild kümmerte sich nicht mehr um den Sekretär. Was ging sie dieser Wurm an? Was ging sie der Bischof an? Und weiter: Was konnten ihr weltliche Machthaber anhaben, wo sie doch den Himmel offen sah?

»Ihr guten Frauen«, hob sie an, »es ist alles recht, und es ist alles richtig. Jede von euch muss jetzt entscheiden, ob sie mich verlässt oder mit mir in den Tod geht! Ganz gleich, wie eure Entscheidung ausfällt, ihr seid wegen eures Entschlusses keine schlechteren oder besseren Menschen, ihr verliert nichts und ihr gewinnt nichts, eure Wahl muss nur unbedingt aus freien Stücken erfolgen.«

Alle Beginen, insgesamt sechzig Frauen, entschieden sich dafür, Beginen zu bleiben, und somit für den Tod. Eine nach der anderen legte ihr Bekenntnis ab. »Ich bleibe bei dir.« – »Nicht mehr Begine zu sein, wäre für mich der wahre Tod.« – »Morgen sehen wir ins Antlitz des Herrn.«

Nie und nimmer würden sie ihre Freiheit aufgeben, nie und nimmer ihren Dienst am Herrn verraten, nie und nimmer ein Joch dulden, sei es das eines Vaters, eines Ehemannes oder eines Priesters. Wenn Gott in seiner unendlichen Güte sie mit dem Martyrium zu belohnen trachtete, um sie zu sich ins Paradies zu holen, warum sollten sie sich seinem Willen dann verweigern?

»Bis morgen früh könnt ihr es euch noch überlegen, ihr dummen Weiber!«, brüllte Konrad voller Wut. Er befahl den Bütteln, die Frauen in den Kerker zu bringen.

Benommen schlich Maria durch die Nacht zum Dominikanerkloster. Die Dunkelheit der Gassen strahlte taghell im Vergleich zu der Finsternis in ihrem Herzen. An dem wuchtigen Bau von Sankt Nikolaus angekommen, der in der Nacht wie ein schlafender Bär wirkte, klopfte sie an und verlangte nach Bruder Odo, der kurz darauf erschien und sie mit ins Cellarium nahm. Auf dem Weg dorthin erinnerte sie sich daran, wie Odo ihrem Bruder und ihr damals die Kleidung gebrachte hatte, als sie dank Bruder Johannes dem Pogrom entkommen waren.

Im Cellarium ließ er sich im flackernden Licht einer dicken weißen Kerze von ihr berichten, während er ihr in der Küche einen Kräutertee braute. Auf ihren Wunsch besorgte er ihr ein Ordenshabit. Sie legte es an, schnitt sich anschließend die langen schwarzen Haare ab und verwandelte sich so in einen zierlichen Mönch. Es war die zweite Verkleidung, in die sie in ihrem bisher recht kurzen Leben zu schlüpfen gezwungen war. Wie oft würde sie ihre Identität noch wechseln müssen? Sie wusste es nicht. Aber das Äußere war nur eine flüchtige Chiffre der Zeit und das Leben nur eine Verkleidung für die Seele. Nur sie allein konnte wirklich Schaden nehmen, hatte Mechthild sie gelehrt.

In aller Frühe passierte sie das Stadttor, überquerte die Brücke und versteckte sich im Unterholz, an derselben Stelle, an der sie vor zwei Jahren blutenden Herzens den Auszug ihres Bruders zur Wallfahrt beobachtet hatte. Nicht das Geringste hatte sie seither von ihm gehört. Unterdessen wurde es unruhig am Stadttor. Knechte stellten zwei Käfige auf die Brücke. Zimmerleute errichteten grobe Dreifüße aus Balken, an denen sie Vorrichtungen befestigten, mit denen man die Käfige von der Brücke ins Wasser hinablassen konnte. Maria hatte einmal gehört, dass man diese seltsamen Vorrichtungen, die auch beim Bauen von Burgen und Kirchen Verwendung fanden, nach einem Vogel nannte, nämlich Kraniche. Neugierige Menschen strömten aus der Stadt und versammelten sich, so dass Maria ihr Versteck verlassen und sich unter die Schaulustigen mischen konnte. Die meisten freuten sich auf das Schauspiel, das ihnen gleich geboten werden würde. Mitleid empfand keiner von ihnen. Sie hatten sich sogar herausgeputzt und ihre Kinder mitgebracht.

Jetzt wurden auf Ochsenkarren die Beginen herbeigebracht. Auf dem Wehrgang des Stadttores zeigte sich August von Virneburg und schlug ein Kreuz. Die Menschen verstummten.

»Gelobt sei der Herr!«, rief er der Masse zu. Dann wandte er sich an die Beginen. »Nun, meine verirrten Töchter, ist eine unter euch, die reuig in den Schoß der Kirche zurückkehren will? Oder seid ihr etwa alle vom Teufel besessen? Ich will's nicht glauben, dass der Satan so reiche Beute einfährt. Jetzt ist eure letzte Gelegenheit, Gottes Segen und Verzeihung zu erlangen. Ach, kehrt um, meine Kinder, kehrt um!« Er faltete die Hände zum Gebet und wartete. »Sorge dich nicht um uns, uns könnte es nicht besser gehen, denn wir sind bei unserem Herrn, aber wo bist du, Priester des Satans? Sorge dich um dein eigenes Seelenheil. Tue Buße, August von Virneburg! Ich sehe Jesus zur Linken Gottes sitzen, zur Rechten aber ist der Heilige Geist. Sie haben so gewaltige Tränen in den Augen, dass die kleinste von ihnen den ganzen Ozean füllen würde, gesetzt denn, er wäre leer. Mit einer Stimme aber befehlen sie: Tue Buße, für all deine Sünden, August!«, rief ihm Mechthild zu.

Ein Raunen ging durch die Menge. Die Frauen auf

den Ochsenkarren sanken auf die Knie und begannen, auf Latein die Bußpsalmen zu singen:

De profundis clamavi ad te Domine…
Aus der Tiefe rufe ich, Herr, zu dir
Herr, höre meine Stimme! Wende dein Ohr mir zu,
achte auf mein lautes Flehen!
Würdest du, Herr, unsere Sünden beachten, Herr,
wer könnte bestehen?

Der Bischof, dessen Gesicht vor Zorn rot glühte, versuchte, etwas zu entgegnen, vermochte seine Stimme gegen die singenden Frauen aber nicht mehr durchzusetzen. Unwillig raunte er seinem Schreiber etwas zu, dann verließ er den Wehrgang und ward nicht mehr gesehen. Der Gesang aber schuf den Beginen Note für Note eine neue Heimat. So empfand es jedenfalls Maria, die sich nach vorn drängte. Der Wunsch, sich zu bekennen und den gleichen Weg zu beschreiten, den die Frauen nun antraten, wurde fast übermächtig in ihr. War sie nicht schon zweimal zurückgeblieben – das erste Mal, als ihre Eltern ermordet worden waren, und das zweite Mal, als sie ihrem Bruder auf dem Weg zur Wallfahrt nachsah? Dazugehören, nicht erneut zurückbleiben, war der einzige Wunsch, der sie beseelte.

Doch bei dir ist Vergebung, damit man in Ehrfurcht dir dient.

Ich hoffe auf den Herrn, es hofft meine Seele, ich warte voll Vertrauen auf sein Wort.

Jetzt ergriffen die Henkersknechte vier Frauen und pferchten jeweils zwei in einen Käfig. Dann wurden die Käfige über die Brückengeländer gehoben und ins Wasser gelassen. Die übrigen Frauen ließen in ihrem Gesang nicht nach:

Meine Seele wartet auf den Herrn mehr als die Wächter auf den Morgen.

Mehr als die Wächter auf den Morgen, sang Maria stumm mit, mit einer Intensität, dass ihr die Stimmbänder brannten, obwohl sie doch keinen Laut von sich gab, als seien die Töne aus Disteln und Brennnesseln.

Zweimal lief der Sand durch das Stundenglas des Schreibers Konrad, ehe die Käfige wieder hochgezogen wurden. Wasser strömte heraus. Wie nasse Kleiderbündel lagen die ertrunkenen Beginen schlaff über- und nebeneinander. Maria erkannte, dass sie sich im Tode umarmt hatten. Sie hatte das Gefühl, dass ihr das Herz stehen blieb und sie mit ihnen starb. Schließlich kam Mechthild von Helfta an die Reihe. Maria brach durch die Menge und fiel ihr zu Füßen. Mechthild bückte sich zu ihr.

»Nimm mich mit, lass mich nicht zurück«, bat sie mit rauer Stimme.

»Nein, dir ist ein anderer Weg bestimmt. Große Aufgaben liegen vor dir. Meistere sie und enttäusche uns nicht. Gott hat dich erwählt.« Mechthild malte mit dem Daumen ein Kreuz auf Marias Stirn.

»Welche Aufgaben?«, fragte sie noch, doch da hatte sie bereits ein Büttel gepackt.

»Wie haben wir es denn, Mönchlein?«, zischte er und schleuderte Maria zurück in die Masse der Zuschauer. Maria strauchelte, fing sich aber wieder und schaute zu ihrer Oberin. Würdevoll schritt Mechthild nun zum Käfig und betrat ihn. Die Menge, die gejohlt und sich mit plumpem Spott unterhalten hatte, verstummte. Mild schaute sie auf die Menschen. Was mochte sie jetzt denken?, fragte sich Maria. Wie ein Sturm brach plötzlich in der Menge das Verlangen los: »Wir wollen Mechthild hören!« – »Lasst uns Mechthild hören!« – »Psst!« – »Seid still!« – »Die heilige Mechthild soll zu uns sprechen!«

Die Beginen verstummten. Und auch die Zuschauer schwiegen und sanken auf die Knie. Die Oberin war eine Heilige für sie, trotzdem ließen sie es zu, dass man sie hinrichtete. Möglicherweise war es ja aber Gottes Willen, dass die Heilige das Martyrium als Krone ihres Lebens erleiden sollte. Mechthild schaute nun zu den Menschen, von einem zum anderen. Und der Blick ihrer gütigen Augen traf jedes Herz. Nicht einmal der Sekretär wagte, auch nur einen Mucks von sich zu geben. Nur zu gut wusste er, dass die Menge ihn dann in ihrer Wut zerfleischen würde.

Mechthild kniete nieder und faltete die Hände zum

Gebet. Dann erklang ihre Stimme, nicht laut, nicht angestrengt, und dennoch für alle hörbar: *»Ich kann nicht tanzen, Herr, wenn du mich nicht führst! Willst du, dass ich tüchtig springe, so musst du selbst zuerst der Vorsänger sein. Dann springe ich in die Liebe, von der Liebe in die Erkenntnis, aus der Erkenntnis in den Genuss, aus dem Genuss höher als alles menschliche Denken. Dort will ich bleiben und will doch weiter streben. Denn die frei gewählte Liebe wird stets das Höchste an den Menschen sein. Amen.«*

Dann verstummte sie. Mechthild hatte in ihrem Gebet ihren mystischen Aufstieg zu Gott beschrieben und damit allen verdeutlicht, dass ihr niemand mehr etwas anhaben konnte, weil ihre Seele sich schon nicht mehr auf Erden befand. Sie sprang vom Himmel der Liebe in den Himmel der Erkenntnis, vom Himmel der Erkenntnis in den Himmel des Genusses, vom Himmel des Genusses in den Himmel des Denkens, und im Denken schließlich vereinigte sich ihre arme, kleine Menschenseele mit Gott.

Nun aber sah Maria etwas, was sie nie im Leben vergessen sollte. Die Schergen wirkten wie gelähmt und verharrten zunächst bloß. Doch dann stiegen die letzten sieben Frauen von den Karren und gingen zu den Käfigen, die sie mit Hilfe der Schergen betraten. Es herrschte absolute Stille. Als hätte Gott den Atem angehalten. Der Henker schloss möglichst geräuschlos und sanft die Türen, bat die Frauen um Verzeihung, die ihm gewährt wurde, hievte mit Hilfe seiner beiden Knechte die Käfige über die Balustrade und ließ sie in die Wasser der Ill hinab. Als die Eisengehäuse eintauchten, hob ein Jammern und Klagen der Menge an, das die ganze Zeit andauerte, in der sie unter Wasser waren. Kaum standen die Käfige wieder auf der Brücke, hielt die Menge nichts mehr zurück. Sie stürmten die Brücke. Überzeugt davon, dass Mechthild eine Märtyrerin und eine Heilige war, wollte jeder eine Reliquie von ihr haben, die ihn oder seine Familie vor dem bösen Blick, vor Krankheit, vor Unglück, vor dem Satan und vor der ewigen Verdammnis schützte.

Nach einer Zeit, die Maria endlos vorkam, verlief sich die Menge wieder. Von Mechthild von Helfta war nichts mehr übrig, kein einziges Haar, kein Knochen, keine noch so kleine Faser ihrer Kleidung. Die Menschen hatten alles, ihren Körper und ihre Gewänder, zerfetzt und zerrissen, damit jeder einen Teil vom Leib und vom Tuch der Heiligen abbekam.

Maria starrte immer noch auf die Brücke. Christian suchte seinen Weg zu Gott – was ihm nicht gelingen konnte, solange er nicht verstand, was ihren Eltern widerfahren war und vor allem warum. Aber zumindest war er unterwegs. Mechthild von Helfta dagegen hatte ihren Aufstieg zu Gott bereits absolviert und Erlösung gefunden. Und sie selbst? Was sollte, was konnte Maria unternehmen?

Zutiefst ratlos schlich sie zum Kloster der Dominikaner zurück. Dort erwartete sie schon Bruder Odo, der ihr zuraunte, dass ein Mönch im Kloster Nachtquartier bezogen hätte, der Kunde von Johannes und Christian brächte. Maria drängte es, sofort mit diesem Mönch zu reden.

Dieser hatte zu berichten, dass Bruder Johannes auf Zypern gestorben war.

»Und was ist mit Christian?«

»Er wollte nach Jerusalem.«

»Ja, ja, das weiß ich«, fiel sie ihm ungeduldig ins Wort. »Aber wo ist er jetzt? Weißt du etwas?«

»In Jerusalem, wo ich gerade herkomme, ist er nicht. Wohin es ihn verschlagen hat, weiß ich nicht.«

Ihr Bruder war demnach verschollen, vielleicht brauchte er Hilfe. Ihr Entschluss stand fest. Sie würde sich als Mönch Marius auf die Wallfahrt nach Jerusalem begeben, den Spuren ihres Bruders folgend. Alle Einwendungen des guten Odos, dass die Reise für einen Mann schon gefährlich genug, für eine Frau aber gewiss tödlich wäre, halfen nichts.

»Ich reise doch als Mann!«, entgegnete sie fest. Dann bat sie Odo, ihr alles zu erzählen, was er über Pilgerreisen wusste und ihr dienlich sein konnte …

Kapitel 7

Sollte sie vielleicht einen Psychologen aufsuchen? Sie verstand ihre Träume einfach nicht, weder die Welt, von der sie erzählten, noch fand sie eine Erklärung für die Gewalttätigkeit darin, die sie erschreckte. War sie schizophren? Zumal ihr die Traumbilder wie fremde und nicht wie eigene erschienen. Als würde sie ihr jemand ins Gehirn pflanzen. Aber wer sollte daran ein Interesse haben, und wie sollte das funktionieren? Sosehr sie sich auch den Kopf zerbrach, sie fand keine wissenschaftlich halbwegs plausible Erklärung.

Die seltsamen Traumbilder beunruhigten sie zwar, doch der rätselhafte Einbruch zeigte ihr, wie leicht es tatsächlich war, in ihr Leben einzudringen, wie verletzlich dieses Dasein doch war und wie jede Vorstellung von Sicherheit letztlich auf eine Illusion hinauslief.

Sie hatte das letzte Kind behandelt und die Sprechstundenhilfe verabschiedet. Jetzt genoss sie den Blick durch das große Fenster auf die blühenden Magnolien im Garten. Weiß, rosa und purpur explodierten die Blüten in hemmungsloser Farbigkeit. Der Oleander setzte mit seinen roten Blüten einen eigenen Akzent. Im Garten spielte ihr Sohn, der mit einem Kunststoffschwert imaginäre Feinde vom Grundstück vertrieb. Sollte sie wirklich einen Hund, eine Katze oder ein Kaninchen anschaffen, wie es sich ihr Sohn wünschte? Es widerstrebte ihr, für ein Tier verantwortlich zu sein. Andererseits hatte sie Bennis Wunsch immer mit dem Argument abgewiesen, ein Tier in der Wohnung zu halten, sei Quälerei. Das Haus und vor allem der Garten entkräfteten das Argument nun. Unter diesen Bedingungen stellte sich eigentlich nur noch die Frage nach dem pflegeleichtesten Tier. Ein Blick in das fröhliche Gesicht ihres Sohnes machte ihr ein schlechtes Gewissen. Schließlich ging es nicht um das Tier, das am einfachsten in der Haltung war, sondern um den besten Vierbeiner für Benni, der Spielkamerad und Freund für ihn werden könnte. Innerlich schüttelte sie den Kopf über die bequeme Pragmatik ihres Denkens. Sie nahm sich vor, künftig weniger danach zu fragen, was nützlich, sondern eher danach, was gut war. Es entspannte sie, ihren Sohn beim Spielen zu beobachten. Jetzt könnte die Zeit stehen bleiben, dachte sie. Dann beschloss sie, sich einen Apfelsaft aus dem Kühlschrank zu holen und es sich im Korbsessel auf der Terrasse bequem zu machen.

Gerade hatte sie sich den naturtrüben Apfelsaft eingegossen, als es an der Tür klingelte. Maria stellte die Flasche wieder in den Kühlschrank zurück, ließ das Glas mit einem wehmütigen Blick stehen und ging zur Tür.

Draußen stand ein fremder Mann. Er war etwa in ihrem Alter, hatte schwarze Haare und trug einen Armanianzug. Er wirkte gehetzt.

»Guten Tag, Frau Luther. Ich muss Sie dringend sprechen. Darf ich hereinkommen?«

»Worum geht es denn?«, fragte sie distanziert. Sie roch den Ärger förmlich, der an dem Unbekannten klebte. Mit einem kaum hörbaren Stöhnen quittierte er die Ablehnung, als habe er damit gerechnet, ließ sich davon aber nicht verunsichern.

»Ich will Ihnen weder etwas verkaufen noch etwas aufschwatzen. Ich bin auch kein Vertreter, falls Sie das denken sollten! Es handelt sich um den Einbruch.«

Seinc Stimme klang ein wenig heiser. Je eingehender sie ihn betrachtete, umso stärker verriet ihr eine innere Stimme, dass sie ihn irgendwoher kannte. Sie überlegte kurz, ob es besser wäre, die Polizei zu rufen.

Als hätte er ihre Gedanken erraten, schüttelte er leicht den Kopf. »Und es geht um Ihren Großvater.«

»Um meinen Großvater?« Marta riss vor Staunen die Augen auf. Was wusste dieser Mann von ihrem Großvater? Sie beschloss, äußerste Vorsicht walten zu lassen, und trat instinktiv einen halben Schritt zurück, jederzeit dazu bereit, ihm die Tür vor der Nase zuzuschlagen.

»Darf ich eintreten?« Eigentlich wollte sie das nicht und reagierte deshalb auch nicht auf die Bitte.

»Ich kann unmöglich hier draußen mit Ihnen darüber

reden. Die Angelegenheit ist von höchster Wichtigkeit«, versuchte er, sie zu überzeugen.

Sie überdachte die Situation, nickte dann knapp, ließ ihn doch ein und führte ihn ins Behandlungszimmer. Unter keinen Umständen würde sie den Fremden, der sie in der Tat an jemanden erinnerte, in ihre Privaträume führen. Die Praxis dagegen, die von vielen Menschen frequentiert wurde, konnte sie gewissermaßen als öffentlichen Raum betrachten. Dennoch befiel sie das Gefühl einer unterschwelligen Bedrohung, als er sich ihr, ohne eine Aufforderung abzuwarten, gegenübersetzte und das rechte Bein über das linke schlug. Seine langen, schlanken Pianistenhände ruhten auf der Kniewölbung, während er sie mit Augen anschaute, die keine Regung verrieten. Das perfekte Pokerface, dachte sie.

»Mein Name ist Alfonso Villanova, aber das tut genau genommen nichts zur Sache.«

Einen Ausländer hatte sie nicht in ihm vermutet. Im selben Moment wurde ihr klar, dass er sie bis jetzt mit jedem Satz überrascht hatte. »Spanier?«, fragte sie mit mäßigem Interesse aus Höflichkeit.

»Meine Mutter war Spanierin, mein Vater Deutscher.« Er lächelte undurchdringlich und verzog nur die Mundwinkel, die Augen blieben starr.

Wo hatte sie ihn nur schon einmal gesehen? Es drängte sie, so schnell wie möglich herauszufinden, woher sie ihn kannte. »Sind wir uns schon einmal begegnet?«

»Nein, eigentlich nicht. Aber darum geht es wirklich nicht.«

Er wich ihrer Frage aus. Wahrscheinlich, weil er etwas vor ihr verbergen wollte. »Möchten Sie einen Kaffee oder einen Tee?«, fragt sie mehr aus dem Bedürfnis heraus, sich hinter einer Floskel verstecken zu können. Es konnte nicht schaden, etwas Zeit zu gewinnen. Vielleicht käme ihr Gedächtnis dann endlich in die Gänge.

Er wehrte das Angebot flüchtig mit den Fingern der linken Hand ab, die er wie die Glieder eines Fächers nacheinander nach außen spreizte. »Alles, was Sie jetzt hören, müssen Sie für sich behalten. Menschenleben hängen von Ihrem Schweigen ab. Reden Sie also mit niemandem darüber. Es geht um Leben und Tod.« Das sagte er ganz ruhig und sachlich, als wäre es die normalste Sache der Welt.

»Geht es auch eine Nummer kleiner?« Vielleicht gehörte es ja zu seiner Strategie, sie einzuschüchtern.

»Glauben Sie mir, das ist schon die kleinste Nummer«, sagte er und sah ihr dabei so fest in die Augen, dass sie den Blick senken musste.

Es ärgerte sie, dass es ihm tatsächlich gelungen war, sie einzuschüchtern. »Bevor Sie weiterreden, möchte ich klarstellen, dass ich Kinderärztin bin und in nichts hineingezogen zu werden wünsche. Ist das klar?«, fuhr sie ihn an.

Doch er reagierte darauf nur mit einem müden Lächeln. Die scheinbar durch nichts zu erschütternde Selbstsicherheit dieses Mannes machte sie wütend. Am schlimmsten aber war, dass im Verhalten des Fremden nicht die Arroganz ihres Kollegen Karl oder ihres geschiedenen Mannes zu finden war. Er strahlte keinerlei Überheblichkeit aus. Nicht seine Person, sondern die Sache, die er zu vertreten schien, verlieh ihm die Höhe, von der er aus agierte.

»Einerlei! Ob ich rede oder nicht, Sie stecken bereits mittendrin. Glauben Sie mir bitte, tiefer geht es nicht!«

»Wo drin?« Sie haderte mit sich, gefragt zu haben, denn dadurch ging sie auf sein Spiel ein. Er nahm allerdings seinen Triumph nicht zur Kenntnis, zumindest nicht äußerlich.

»Ihr Großvater Daniel Valentin Luther war der letzte Großmeister der Rosenkreuzer. Und Sie sind seine Erbin.«

»Erbin des Hauses!«

»Das auch. Nein, der Geheimnisse.«

»Aha«, stellte sie trocken fest und wusste nicht, ob sie laut auflachen oder sich fürchten sollte. Er wirkte nicht wie ein Verrückter, was er sagte, klang allerdings auch nicht normal. Andererseits stand keinem Paranoiker auf die Stirn geschrieben, dass er an dieser Krankheit litt. Sie versuchte sich zu erinnern, was sie im Studium über Paranoia gehört hatte. Für die Krankheiten des Kopfes hatte sie allerdings nie großes Interesse aufgebracht. Das bereute sie jetzt.

»Ich weiß, wie unwahrscheinlich das alles klingt, aber …«, lenkte er ein.

Sie fühlte nur noch das große Verlangen, diesen Spinner endlich loszuwerden. »Ach, wissen Sie das wirklich? Ich denke, dem ist nicht so. Ich denke sogar, dass ich mir Ihren Unfug jetzt schon lange genug angehört habe. Wer immer Sie sind und was immer Sie wollen, bitte, lassen Sie mich in Frieden. Ich will nichts weiter von Ihnen hören!« Sie erhob sich.

Er seufzte leise, dann stieß er sich sanft mit den Handflächen von den Knien ab, stand auf und sah ihr traurig in die Augen. »Sie werden noch mit mir reden. Ich hoffe, dass es dann nicht schon zu spät ist.«

»War das etwa eine Drohung?«, fuhr sie ihn scharf an. Dieses unfassbare, spinnerte Gespräch widerte sie langsam an.

»Ich bin Ihr Freund, Marta, nicht Ihr Feind, ich stehe auf Ihrer Seite.«

»Sie gehören also zu den Guten in diesem Spiel?«, blitzte unverhohlen Sarkasmus in ihrer Stimme auf.

»Es ist leider kein Spiel. Es ist tödlicher Ernst!«

»Gehen Sie!« Marta ertrug seine unterschwelligen Drohungen nicht länger.

»Entschuldigen Sie, es ist meine Schuld, ich habe Sie zu früh angesprochen. Sie sind noch nicht so weit.«

Mit diesen Worten ging Villanova. Und ließ eine ratlose Marta zurück.

Sie ging zu ihrem Schreibtisch und wollte ihren Computer herunterfahren, wie sie es immer als Letztes tat, bevor sie die Praxis schloss. Doch dann hielt sie inne. Neugierig geworden, gab sie bei Google das Wort »Rosenkreuzer« ein und wurde zu Wikipedia verwiesen. Kopfschüttelnd nahm sie zur Kenntnis, dass es sich bei den Rosenkreuzern um einen mystischen Geheimbund handelte, dessen Ursprünge im 17. Jahrhundert lagen. Zumindest waren zwischen 1614 und 1617 die Rosenkreuzermanifeste erschienen, in denen es auch um den geheimnisvollen Gründer des verborgenen Ordens ging, einen gewissen Christian Rosenkreuz, der wiederum im 14. Jahrhundert gelebt haben sollte. Das wunderte sie. Diesen Namen kannte sie aus den seltsamen Träumen, die sie seit einiger Zeit plagten. Deshalb las sie in einer Mischung aus Neugier und innerer Abwehr weiter, zumindest bis zu jener Passage, die sie darüber informierte, dass die Rosenkreuzer sich neben vielen Dingen wie Hermetik, von denen sie zum ersten Mal etwas las, auch mit Astrologie und vor allem mit Alchemie befassten.

»Quatsch«, sagte sie laut zu sich selbst und fuhr den Rechner nun wirklich herunter.

Beim Abendbrotmachen fiel es ihr plötzlich ein, woher sie den Mann kannte, und wollte es doch nicht glauben. Ihr unheimlicher Besucher war jener junge Mann, der vor siebenundzwanzig Jahren mit der älteren Frau an der Beerdigung ihres Großvaters teilgenommen hatte und den sie in ihrer Fantasie den schrecklichen Alfons genannte hatte. Dem Ereignis nahe genug, um irgendwie dazuzugehören, und doch weit genug davon entfernt, um keine Fragen beantworten zu müssen, in welcher Beziehung sie zu Daniel Valentin Luther gestanden hatten. Das zu wissen, wäre jetzt allerdings von unschätzbarem Vorteil, grummelte es in ihr. Zumal der Spitzname, den sie ihm damals verpasst hatte, unerklärlicherweise stimmte – Senior Villanova hatte sich ihr tatsächlich als Alfonso, zu Deutsch Alfons vorgestellt.

KAPITEL 8

Den ganzen nächsten Tag über wanderten ihre Gedanken zwischen der Behandlung ihrer kleinen Patienten immer wieder zu dem seltsamen Besucher, zu den Rosenkreuzern sowie dem jungen Christian Rosenkreuz, den sie in ihren Träumen gesehen hatte. Sie überlegte, ob es sinnvoll wäre, sich wegen des seltsamen Besuchers an die Polizei zu wenden, kam aber über eine ärgerliche Unschlüssigkeit nicht hinaus. Was sollte sie den Ordnungshütern auch erzählen? Dass sie wirr träumte? Dass ein Mann aus ihrer Vergangenheit aufgetaucht war, der sogar den Vornamen trug, den sie ihm in ihren Gedanken einmal verliehen hatte? Das würde auch für den gutwilligsten Polizisten zu seltsam klingen.

Abends half sie ihrer Tochter bei den Hausaufgaben. Katharina grinste, als Martas Handy klingelte.

»In Hamburg wüsste ich, wer dran ist. Natürlich die Klinik. Aber hier? Na, geh schon ran, ehe wir alle vor Neugier sterben«, spottete die Tochter gutmütig.

Bevor Marta den Anruf annahm, warf sie einen Kontrollblick auf das Display. Aber der Anrufer hatte seine Nummer unterdrückt. Das gefiel ihr gar nicht. Unwillkürlich dachte sie an den schrecklichen Alfons. »Marta Luther«, meldete sie sich reserviert.

»Wir wollen das Buch T«, kam eine gutturale Männerstimme in gebrochenem Deutsch gleich zur Sache.

»Wer sind Sie?«

»Geht Sie nichts an. Ist besser, machen, was ich sagen. Wir wollen geheimes Wissen von Rosenkreuzer und vor allem Buch T.«

»Hören Sie, wenn das ein schlechter Scherz …«

»Über Leben von Kinder macht man keine Scherze! Oder lachen Sie, wenn Tochter oder Sohn was zustößt?«

Ihr wurde plötzlich eiskalt, und sie begann zu zittern. Katharina nahm ihr das Handy aus der Hand.

»Fick dich ins Knie, du Wichser«, sagte das Mädchen kalt, bevor es die Verbindung trennte.

Fassungslos starrte Marta auf das Telefon. »Was hast du getan?«, schrie sie ihre Tochter an.

»Das Handy ausgeschaltet. Ich weiß ja nicht, was der Typ gewollt hat, aber der ruft bestimmt nicht wieder an. Mit Perversen muss man knallhart sein!«

Marta starrte ihre Tochter an, die auf einmal so entschlossen und so stark wirkte. Eine Welle von Zärtlichkeit durchfloss sie. Sie musste sie einfach in den Arm nehmen und fest an sich drücken. Im ersten Moment blieb Katharina starr, dann aber schlang auch sie die Arme um ihre Mutter. Wie lange hatten sie einander nicht mehr berührt oder gestreichelt, waren sich wie distanzierte Fremde begegnet und nicht wie Mutter und Tochter. Es tat ihnen gut.

Benjamin stürmte in Katharinas Zimmer, fand die beiden in der Umarmung. Verdutzt blieb er stehen, dann drängte er sich neben sie und riss heftig an beider Ärmel.

»Ich auch, ich auch!«, rief er.

Sie schauten zu ihm hinunter, lachten und nahmen ihn in ihren Kreis auf.

Später, als die Kinder schon schliefen, ging sie wieder ins Internet, um mehr über die Rosenkreuzer herauszufinden. Sie erfuhr, dass die Rosenkreuzer die Welt verbessern wollten, indem sie den Menschen läuterten. Sie interessierten sich für Medizin. Allerdings stellten sich Marta die Nackenhaare auf, als sie den Namen Paracelsus las, den Hausheiligen aller Homöopathen und Wunderheiler. Ihr Interesse galt der Wissenschaft und harten Fakten, nicht irgendwelchen esoterischen Spinnereien. Man heilte keinen Beinbruch oder behob einen Herzfehler, indem man andächtig »Om« sagte. Angeblich suchten die Rosenkreuzer auch nach dem Stein der Weisen, mit dem man Gold, aber auch ein Elixier herstellen konnte, das ewige Jugend und Gesundheit gewährte. Ihr legendärer Gründer, Christian Rosenkreuz, soll durch den ganzen Orient gereist sein, um das Wissen anzusammeln, das er dann später im Orden gelehrt und in dem Buch T aufgeschrieben hatte.

Woran Menschen alles glaubten! Und das nur, weil sie Antworten auf Fragen suchen und dabei den Wissenschaften misstrauen. Für Marta Luther bestand die Welt aus erforschten und noch nicht hinreichend untersuchten Phänomenen. Nachdem sie einiges über Alchemie, Negromantie und Astrologie gelesen hatte, blieb ihr eigentlich nur im Gedächtnis, dass es sich bei den Rosenkreuzern um einen Geheimbund handelte, deren Mitglieder sich mit obskuren Dingen beschäftigten. Womit hatte sie es zu tun? Mit Spinnern? Mit Wiedergängern? Sie spürte nur, dass sie mit einer Welt konfrontiert wurde, von der sie eigentlich nichts wissen wollte. Alles, was sie über die Rosenkreuzer gelesen hatte, klang so unwahrscheinlich, »durchgeknallt«, wie ihre Tochter sagen würde, dass Marta zu vermuten begann, jemand wolle sie gezielt in den Wahnsinn treiben. Aber warum?

Obwohl es zeitlich kaum zu schaffen war, brachte sie am nächsten Morgen vor Öffnung der Praxis die Kinder zur Schule und schärfte ihnen ein, sich weder von fremden Leuten ansprechen zu lassen, noch mit ihnen zu gehen. Besonders Katharina hämmerte sie ein, sie solle den Bruder abholen und dann auf schnellstem Weg nach Hause kommen. Natürlich fragte diese neugierig nach, aber Marta flehte sie fast an, ihr einfach zu vertrauen und nicht weiterzubohren.

In der Mittagspause ging sie dann zur Polizei und berichtete dem Ermittler, der den Einbruch bei ihr aufgenommen hatte, von dem Telefonat. Über den Besuch sprach sie jedoch nicht. Die Miene im rundlichen Gesicht des Beamten signalisierte Verständnislosigkeit, während er sich Martas Schilderung anhörte.

»Das kann doch nur ein schlechter Scherz sein. Wer sind denn diese Rosenkreuzer überhaupt?«

»Ein Geheimbund aus dem 17. Jahrhundert.«

»Für Geheimbünde sind wir nicht zuständig.«

»Und wer ist dafür zuständig?«

»Das LKA vielleicht. Das BKA? Oder der Verfassungsschutz? Tut mir leid, aber so etwas ist mir noch nicht untergekommen. Ich werde eine Anfrage ans LKA richten.« Der Beamte hob leicht die Arme, was eine Ausschüttung frischen Schweißes zur Folge hatte.

»Wir sind uns doch einig, dass bei mir eingebrochen worden ist?«

»Ja.«

»Und dass ich einen mysteriösen Anruf bekommen habe, der zu dem Chaos passt, das die Einbrecher bei mir hinterließen?«

»Den Anruf glaub ich Ihnen ja.«

Er hatte sich den Satz eher abgerungen, als dass er ihn mit Überzeugung äußerte. Marta spürte, wie der Beamte auf Distanz ging. Sie konnte hinter seiner massigen Stirn förmlich die Frage lesen, ob er es nicht mit einer geistig Verwirrten zu tun hatte. Den Anruf hatte er nicht miterlebt, nicht einmal Katharina konnte bestätigen, was der Mann gesagt hatte. Das Haus konnte sie in einem schizophrenen Schub selbst verwüstet und danach behauptet haben, es wären Einbrecher gewesen.

Ein Blick auf die einhundert Kilogramm Ignoranz ihr gegenüber verriet ihr, dass sie für den Beamten begann, unglaubwürdig zu werden. Ein Einbruch, bei dem etwas gesucht, aber nichts gestohlen wurde, ein erpresserischer Anruf, bei dem es um das mysteriöse Buch eines rätselhaften Geheimbundes aus dem 17. Jahrhundert ging, wirkten wirklich nicht sonderlich glaubwürdig. Zudem kannte man sie hier nicht, sie war keine Alteingesessene, sondern erst vor kurzem aus dem Norden zugezogen. Wusste man denn, was sie aus der norddeutschen Großstadt Hamburg in das beschauliche Altdorf nach Süddeutschland verschlagen hatte, außer einer Erbschaft, deren Umstände überdies etliche Fragen aufwarfen? Würde man Eltern, Verwandte oder Freunde von ihr kennen, hätte man wenigstens ein paar Koordinaten, die halfen, das Geschehen einzuordnen. Aber so war alles möglich.

»Sie glauben mir nicht, oder?«, fragte sie mutlos.

Der Ermittler stand von seinem Stuhl auf, schob seine Fettzellen, wie ihr schien, einzeln um den Schreibtisch herum und grinste sie an. Das sollte vermutlich aufmunternd wirken, machte aber nur einen mitleidigen Eindruck auf sie. Sehenden Auges tappte sie in eine Falle.

»Ich glaube Ihnen. Natürlich. Warum auch nicht. Ich bitte die Kollegen, einmal öfter an Ihrem Haus vorbeizugehen. Inzwischen sollten Sie sich ein wenig ausruhen. War vielleicht alles ein wenig viel für Sie. Na, und zwei Gören zu erziehen, ist ja auch kein Honigschlecken. Noch dazu allein. Alle Achtung!«

Plötzlich durchfuhr es sie: Alexander! Steckte womöglich ihr Exmann hinter allem? Sie würde in die Klapse eingeliefert, und er bekäme die Kinder. Fein eingefädelt!

Der Beamte kramte derweil in einer gelben Plastikbox, deren Deckel ein großes rotes Herz zierte. Wahrscheinlich ein Geschenk seiner Frau. Sein Lächeln deutete an, dass er gefunden hatte, wonach er suchte. Er hielt eine Visitenkarte in der Hand und reichte sie ihr verschwörerisch. »Dr. Heike Langhorn, Psychotherapie.« Marta sah den Mann fragend an.

»Nicht, was Sie denken. Ich meine nur, weil Sie fremd und allein sind. Falls Sie mit jemandem reden wollen. Die Frau ist wirklich gut.«

Sie steckte die Karte ein, obwohl sie sich innerlich dagegen wehrte, doch sie wollte sich durch eine Ablehnung nicht noch verdächtiger machen. Sie verabschiedete sich schnell und atmete erleichtert auf, als sie wieder auf der Straße stand und frische Luft in ihre Lungen ließ. Der Schweißgeruch des dicken Mannes, den das billige Aftershave, das er benutzte, eher unterstrich als überdeckte, hatte ihr fast den Atem geraubt.

Und wenn nun doch ihr Mann dahintersteckte? Sein Motiv dafür war mehr als ausreichend, besonders seitdem sie mit den Kindern auch noch nach Süddeutschland gezogen war. Er kannte genügend Leute, die für eine neue Nase oder das Absaugen von Fett alles tun würden. Auch diesem Polizisten täte eine solche Behandlung sicher gut. Sie schüttelte über sich selbst den Kopf, weil sie merkte, dass sie zu weit ging. Vielleicht steckte ihr Mann dahinter, aber auch er konnte nicht alles und jeden manipulieren. Oder doch?

Vor ihrem Haus stieß sie auf die Postbotin, die sich freute, sie zu sehen, weil sie ein Einschreiben für sie hatte. Marta quittierte, bedankte sich, nahm die Post und ging ins Haus. Im Vorbeigehen warf sie einen Blick in den großen ovalen Spiegel im Vestibül und erschrak, denn eine gehetzt wirkende Frau schaute daraus zurück. Alles in ihr sträubte sich zu akzeptieren, dass sie dieses Nervenbündel im Spiegel war. Dann musterte sie das Einschreiben.

Am Büttenpapier und dem goldgeprägten Absender auf der Rückseite in einer schwungvollen Schreibschrift erkannte sie, dass der Brief von ihrem Exmann stammte. Wenn es Ärger gab, dann immer gleich haufenweise. Alexander Rubin teilte ihr mit, dass er am Wochenende in Altdorf sein würde, um seine Kinder zu besuchen. Sie solle alles unterlassen, was seine Rechte einschränke. Er schloss mit den üblichen juristischen Drohungen, mit denen er seine Briefe an sie gewöhnlich würzte. Auf diesen Besuch konnte sie gut und gern verzichten. Die Kinder jedoch würden sich freuen, schließlich war er ihr Vater. Also würde sie es über sich ergehen lassen müssen. Doch sie kam nicht mehr dazu, es ihnen mitzuteilen.

Kapitel 9

In der Praxis erwartete sie ein für den Spätfrühling ungewöhnlich volles Wartezimmer. Auf ihren fragenden Blick raunte ihr die Sprechstundenhilfe zu, dass ein paar U-Untersuchungen anstünden. Also stürzte sie sich in die Arbeit, die sie vollkommen in Anspruch nahm.

Nachdem sie das letzte Kind behandelt und die Praxis um 17 Uhr geschlossen hatte, suchte sie im Haus und im Park vergeblich nach Katharina und Benjamin. Marta rief im Hort und in der Schule an, aber dort meldeten sich nur die Anrufbeantworter. Panik stieg in ihr auf und legte sich wie ein eisernes Band um ihren Hals. Sie zwang sich zur Ruhe und griff in die Hosentasche. Statt der Visitenkarte des Polizisten hielt sie die Kontaktdaten der Psychologin in der Hand. Für einen Außenstehenden war im Grunde noch nichts passiert, außer dass sich die Kinder womöglich in der Stadt verbummelt hatten. Es war erst später Nachmittag. Das Wetter war zauberhaft. Wenn sie jetzt die Polizei alarmierte und ihre Kinder kurz darauf daheim einträfen, hätte sie vermutlich jegliche Glaubwürdigkeit verspielt. Und ihr Exmann würde sich ins Fäustchen lachen. Deshalb verzichtete sie mit unguten Gefühlen darauf, sich an die Polizei zu wenden, stieg in ihren Polo und raste zur Schule.

Doch sowohl Hort als auch Schule wirkten verwaist, und nur der Hausmeister war nach intensiver Suche noch auf dem Gelände zu finden. Er schwor Stein und Bein, dass sich kein Kind mehr in den Gebäuden oder auf dem Hof befand. Mehr wusste auch er nicht. Sie ließ ihn stehen, ging zum Auto zurück, nahm ihr Handy aus der Jackentasche und ließ sich über die Auskunft mit Bennis Horterzieherin verbinden, die sich Gott sei Dank ins Telefonbuch hatte eintragen lassen. Von ihr erfuhr sie aber nur, dass Katharina Benjamin pünktlich um 15 Uhr abgeholt hatte. Marta bedankte sich bei der Frau und schaute auf die Uhr. Mittlerweile war es 17.30 Uhr und die beiden seit zwei Stunden überfällig.

Ratlos lief sie über den Marktplatz und schaute, einer irrationalen Hoffnung nachgebend, im Buchladen, in der Modeboutique, im Spielzeugladen und bei McDonald's vorbei. Doch nirgends fand sie ihre Kinder. Dann sprang sie wieder ins Auto und raste nach Hause. Inbrünstig betete sie unterwegs, dass die beiden inzwischen daheim eingetroffen waren, und schwor, sie in diesem Fall weder auszuschimpfen noch ihnen Vorhaltungen zu machen. Wenn sie nur da wären ...

Die Kieselsteine knirschten unter den Reifen, als sie mit hohem Tempo die Auffahrt hochbrauste und kurz vor der Eingangstür eine Vollbremsung hinlegte. Vor der

Tür der Jugendstilvilla stand statt der Kinder indessen nur Alfonso Villanova und wartete. Die Enttäuschung, die sie wie ein Schlag in die Magengrube traf, schlug sofort in Wut um. Mit gefährlich funkelnden Augen sprang sie aus dem Auto und stürmte auf ihn zu.

»Wo sind die Kinder?«

Der schreckliche Alfons riss nur die Augen auf. Seine Stirn legte sich in Falten. Er wirkte sehr besorgt.

»Was zahlt Ihnen denn mein Mann für diese abgeschmackte Posse?!«

»Ihr Mann?«

Zum ersten Mal wirkte er verunsichert. Sie beschloss, jetzt nicht lockerzulassen. Es schien dem Herrn offensichtlich gar nicht zu gefallen, wenn man ihn durchschaute.

»Wo sind die Kinder?«, fragte sie unbeirrt.

»Sind sie etwa verschwunden?«, hakte er erschrocken nach. Am liebsten hätte sie ihn für die Schmierenkomödie, die er hier gab, geohrfeigt.

»Das wissen Sie doch am besten! Geben Sie mir meine Kinder zurück, Alfonso! Dann lassen wir es dabei bewenden und sehen uns nie mehr wieder! Es ist grausam, Kinder in Angst und Schrecken zu versetzen! Ein Verbrechen! Das sollten Sie wissen.«

Doch schon während sie das sagte, begann sie daran zu zweifeln, dass er etwas mit der Entführung zu tun hatte. Ihr Handy klingelte. Wieder war die Anrufnummer unterdrückt. Sie ging ran. Erneut hörte sie die dumpfe Stimme, die gebrochen Deutsch sprach. »Geben Sie uns Buch T, und Sie bekommen Kinder heil zurück.«

»Wer sind Sie?«

»Geht Sie nichts an! Kindern seien wohlauf. Kein Polizei. Rufe Sie an morge Abend wegen Übergabe. Kein Polizei. Wir nicht scherzen!«

Dann herrschte Stille in der Leitung. Wie gelähmt stand sie da. Nach einigen Minuten schaute sie auf das Display, das ihr verriet, dass der Anrufer aufgelegt hatte. Weil sie keinen Gedanken fassen konnte, blieb sie einfach wie angewurzelt stehen.

»Kommen Sie«, hörte sie wie aus der Ferne eine Männerstimme. »Gehen wir ins Haus. Erzählen Sie mir alles.« Er nahm ihren Arm, was sie geschehen ließ, und führte sie ins Haus.

»Erzählen Sie mir alles«, wiederholte Alfonso mit sanfter Stimme, nachdem sie sich auf der Terrasse gegenübersaßen. Vor Marta stand ein Glas Wasser, das er ihr eingeschenkt hatte, und sie schaute mit Tränen in den Augen in den Park. Eine tiefe Angst hatte sie erfasst, um Katharina und Benjamin, um ihr Leben, um ihre kleine, große Welt, um das, was ihr Leben ausmachte. Stockend, als nähmen die seltsamen und schrecklichen Ereignisse durch ihren Bericht erst reale Gestalt an, erzählte sie dem Fremden alles, was sich in der letzten Zeit zugetragen hatte. Auch ihre empörend nutzlosen Gespräche mit dem Polizisten schilderte sie. Nur die seltsamen Träume sparte sie aus. Nicht, weil sie gegenüber Alfonso Villanova Skepsis hegte – über Vertrauen und Misstrauen konnte sie in diesem Augenblick gar nicht befinden –, sondern weil sie die seltsamen Nachtbilder nicht mit der Entführung der Kinder zusammenbrachte. Aber vielleicht schlief sie ja nur und bildete sich alles ein. Dann wurde es jetzt allerdings höchste Zeit aufzuwachen, bevor sie im Schlaf wahnsinnig würde. Sie schloss die Augen und öffnete sie gleich darauf wieder, saß aber immer noch auf der Terrasse, und Alfonso hörte ihr aufmerksam zu.

Erst später fiel ihr auf, dass sein unaufdringliches, anteilnehmendes Zuhören ihr gutgetan hatte und sie mit ihm hatte sprechen lassen wie mit einem alten Bekannten. Und in gewisser Weise war er das ja auch, ein alter Un-Bekannter.

Er massierte nachdenklich seine Stirn, nachdem sie verstummt war. »Dass sie wenig Skrupel haben, weiß ich, aber ich hätte nicht gedacht, dass sie so weit gehen würden.«

»Wer?«

»Auch auf die Gefahr hin, dass Sie mich wieder für einen Spinner oder für verrückt …«

»Werden wir nicht beide für psychologisch auffällig gehalten?«

»Sie nur von einem stumpfsinnigen Polizisten, der sein

Leben mit Laden- und Viehdieben verbracht hat, ich von Ihnen. Das wiegt schwerer. Aber nur dumme Menschen fordern, dass die Wahrheit auch wahrscheinlich klingen muss.«

Obwohl er es nicht so gemeint hatte, empfand sie seine Bemerkung als Zurechtweisung.

»Vor Jahrhunderten«, begann er mit seiner Erklärung, »entstand im Orient eine Geheimsekte. Sie nannte sich *fidawijja*, die Gesandten. Sie glaubten, dass Gott sie als Soldaten gesandt hatte, um die Welt vom Bösen zu reinigen. Mittels mystischer Praktiken, die im Orden gelehrt wurden, meinten die *fida'i*, wie man die Ordensbrüder nannte, zu Gott gelangen zu können. Allerdings glaubten sie auch, das Gottesreich bereits auf Erden errichten zu müssen.«

»Religiöse Spinner also«, presste Marta wütend hervor.

»So einfach würde ich es mir nicht machen. Diese Leute suchten und fanden nämlich wirklich eine große Macht.«

»Was für eine Macht?«

»Durch bestimmte Meditationstechniken vermochten sie ihren Köper zu verlassen und Reisen mit dem Geist zu unternehmen, wann immer und wohin sie immer wollten.«

»Sie meinen wirklich, sie konnten ihren Körper in Hinterindien abstellen und in Vorderindien zum Tee erscheinen?«, fragte Marta bissig. Ihre Kinder waren verschwunden, und sie unterhielten sich hier über Hokuspokus. Aber genau diesen Hokuspokus wollten die Entführer von ihr. Also blieb ihr nichts anderes übrig, als sich diesen Schwachsinn anzuhören, so schwer es ihr auch fiel. »So kann man es sagen. Wer körperlos zu reisen versteht, hat zu allem Zugang.«

»Er könnte uns jetzt also auch unerkannt zuhören?«

Alfonso nickte kurz.

»Und wie soll das gehen?«

»Das ist eben das Geheimnis. Und es steht in dem Buch, das die Entführer im Austausch gegen Ihre Kinder von Ihnen haben wollen.«

»Aber wieso Meditation?

»Zuerst muss man das Ursache-Wirkungs-Prinzip, das unser Denken beherrscht, vergessen. Und verstehen, dass es verschiedene Welten gibt und man gleichzeitig in verschiedenen Welten lebt. Wenn man das wirklich begreift, dann kann man auch lernen, in diesen anderen Welten unterwegs zu sein. Dieses Begreifen erlangt man allerdings nur dadurch, dass man diese Welten erlebt, und der Weg zu diesem Erleben führt über eine bestimmte Meditationstechnik. Der erste Schritt der Meditation ist daher die Entdeckung des Selbst, des inneren oder eigentlichen Menschen, der mit der sichtbaren Welt nichts zu tun hat. Die Meister dieser Meditation meinen sogar, dass die sichtbare Welt gar nicht wirklich existiert, sondern nur eine Illusion, eine Verführung unseres Intellekts ist.«

»Müssen wir also dumm werden?«

»Ich will Sie nicht von irgendetwas überzeugen. Ich erkläre Ihnen nur, was diese Menschen glauben, damit Sie verstehen, was sie von Ihnen wollen. Sie sind hinter dieser Meditationstechnik her, mit deren Hilfe ihr Selbst das Gefängnis des Körpers verlassen kann.«

»Wenn ich Sie richtig verstehe, hatte Christian Rosenkreuz davon Kenntnis?«

»Richtig. Christian Rosenkreuz, der Stifter und Lehrer des Geheimbundes der Rosenkreuzer, traf mit den *fidawijja* zusammen. Die Geschichte des Christian Rosenkreuz, über die es mehr Legenden als greifbare Zeugnisse gibt, ist immer noch ein großes Geheimnis.«

Unwillkürlich kamen Marta die Träume, die von Christian Rosenkreuz handelten, in den Sinn, und sie fröstelte. Sie wurde das Gefühl nicht los, dass irgendjemand oder irgendetwas sie zu manipulieren versuchte. Wie gern hätte sie jetzt die Augen in ihrer Hamburger Wohnung aufgeschlagen und erkannt, dass alles nur ein großer Alptraum gewesen war. Wie gern würde sie jetzt mit ihrer aufmüpfigen Tochter streiten. Aber religiöse Fanatiker hatten ihre Tochter und ihren Sohn in ihre Gewalt gebracht, und sie saß in einer kleinen fränkischen Stadt einem Mann gegenüber, den sie vor vielen Jahren als Jugendliche einmal von fern gesehen hatte und der abstruse Dinge erzählte – und all das war keineswegs ein Alptraum, sondern die Wirklichkeit.

»Ist ihnen kühl? Sollen wir hineingehen?«, erkundigte er sich aufmerksam.

»Nein, ist schon gut. Erzählen Sie weiter.«

»Auf seiner Pilgerreise erwarb Christian Rosenkreuz viel Wissen, darunter auch sehr geheimes. Von den *fidawijja* erlernte er diese besondere Meditationstechnik, die ihnen eine unermessliche Macht bescherte. Nachdem die *fidawijja* im 14. Jahrhundert von den seldschukischen Türken verfolgt und vernichtet wurden und ihre Bergfestung Alamut geschleift wurde, wäre ihr Wissen verloren gegangen, hätten die Rosenkreuzer es nicht bewahrt und in ihrem geheimen Buch T niedergelegt. Ich glaube, dass die Sekte der *fidawijja* wiederbelebt worden ist. Und nun ihr Wissen zurückhaben will.«

»Tut mir leid, aber ich verstehe immer noch nicht, was das alles mit mir zu tun hat.« Sie schaute ihn an. Er schwieg. Im Grunde kannte sie die Antwort, lehnte sich nur innerlich dagegen auf. Sie erhob sich abrupt, als wollte sie sich von einem unheilvollen Bann lösen. »Ich habe mit all diesen Dingen nicht das Geringste zu tun!«

»Ihr Großvater war der letzte Großmeister der Rosenkreuzer. Sie sind seine Erbin.«

»Dann schlage ich die Erbschaft eben aus!«

»Das geht leider nicht.«

»Aber ich weiß doch wirklich nichts!«

»Das sehen die *fidawijja* anders. Für sie sind Sie im Besitz des Buchs T.«

Gequält schrie Marta laut auf. Alles, was Alfonso da sagte, bedeutete das Todesurteil für ihre Kinder. Wenn er Recht hatte, dann wollten die Entführer etwas von ihr, das sie gar nicht besaß, was diese ihr aber nicht glauben würden. Weil sie angeblich die Erbin war.

»Sagen Sie denen, dass ich keine Erbschaft erhalten habe und auch keine annehmen werde! Das müssen die doch einsehen!«

»Erstens werden sie sich nicht an mich wenden, weil sie mich hoffentlich nicht kennen, und zweitens würden sie mir genauso wenig glauben wie Ihnen.«

»Dann gehe ich zur Polizei. Und Sie kommen mit und werden alles bezeugen.«

Alfonso lächelte schief. »Ich fürchte, die werden mir auch nicht glauben.«

»Warum nicht?«

»Das tut nichts zur Sache.«

»Sind Sie Rosenkreuzer?«

»Das dürfen Sie mich nicht fragen. Ich müsste Sie belügen, wenn ich Ihnen die Wahrheit sage und wenn ich Ihnen die Wahrheit sage, würde ich sie belügen. Denn Sie müssen wissen: Diejenigen, die von sich behaupten, sie wären Rosenkreuzer, lügen, das sind Betrüger und Scharlatane. Diejenigen aber, die es abstreiten, könnten dem Rosenkreuz angehören. Verstehen Sie?«

»Warum müssen meine Kinder unter all dem leiden?«

»Das bedaure ich sehr. Wenn ich es hätte verhindern

können, hätte ich es getan. Ihre Kinder sollten nicht in diesen Kampf hineingezogen werden, vielleicht nicht einmal Sie, obwohl Sie die Erbin sind.«

»Was für ein Kampf?«, fragte sie dumpf, während sie sich wieder in ihren Korbsessel fallen ließ.

»Den Kampf der geheimen Bünde um Macht und Herrschaft.«

Marta hielt sich die Ohren zu. Er verstummte und wartete.

»Was kann ich tun, um meine Kinder wiederzubekommen?«

»Wir müssen finden, wonach sie suchen, und es ihnen geben. Dann bekommen Sie Ihre Kinder zurück. Glauben Sie mir, die haben kein Interesse, Blut zu vergießen.«

Sie war unsicher. Durfte sie ihm glauben? »Würden die denn überhaupt mitbekommen, wenn ich die Polizei verständigte?«, wollte sie wissen.

»Fragen Sie sich besser selbst, ob der dicke Polizist in der Lage wäre, geräuschlos zu ermitteln – vorausgesetzt, er glaubt Ihnen überhaupt.«

»Wieso sollte er nicht?« Im Grunde kannte sie die Antwort.

»Glauben Sie denn an die Geschichte?«

»Habe ich eine andere Möglichkeit? Wo fangen wir mit der Suche an?«

Kapitel 10

Die Vorstellung, in der großen Villa nach einem so kleinen Buch zu suchen, machte Marta mutlos. Sie würden Tage brauchen, und ihr blieben doch nur knapp 24 Stunden. Alfonso beruhigte sie, dass es nicht um irgendein winziges Geheimversteck für ein Büchlein ging, sondern um einen verborgenen Raum, eine Art Tempel oder Gruft.

»Ich muss jetzt hoffentlich nicht befürchten, dass Ihre Fantasie mit Ihnen durchgeht?«

»Haben Sie schon einmal etwas von der *Fama Fraternitatis* gehört, einem der Manifeste der Rosenkreuzer?«

Ihr Blick sprach Bände.

»Das erste Rosenkreuzer-Manifest heißt: *Allgemeine und General REFORMATION der gantzen weiten Welt. Beneben der FAMA FRATERNITATIS Deß Löblichen Ordens des Rosenkreuzes/an alle Gelehrte und Häupter Europae geschrieben*. In dieser Schrift wird unter anderem, leider nur sehr grob, die Biographie von Christian Rosenkreuz erzählt, vor allem über seine Herkunft und seine große Reise durch den Orient. Außerdem wird in der *Fama* auch die Grabkammer beschrieben und vor allem der Ort, an dem wir das Buch finden können.«

»Halt, halt, halt! Man muss doch nicht eine Geheimkammer bauen, um ein Buch zu verstecken!«, wandte sie ein.

Alfonso lächelte. »Richtig, aber es handelt sich um eine Gruft, in der sich vielerlei befindet. Sie stellt ein Abbild der Welt mit all ihren Geheimnissen dar und beherbergt viele überraschende und wertvolle Dinge, darunter eben auch das Buch.«

Für einen kurzen Moment kam ihr der Verdacht, dass er ihr nicht wegen der Kinder oder des Buches half, sondern in Wahrheit ein Schatzjäger war. Aber das brachte sie auch nicht weiter, und so schaute sie ihn nur ratlos an.

»Dann auf in den Keller, denn dort werden Grüfte für gewöhnlich angelegt, tief unter der Erde, geborgen im Leib der Großen Mutter, aus der wir alle stammen und in den wir zurückkehren«, übernahm er die Initiative.

In ihrer Anfangszeit in der Villa hatte sie mit Benjamin und Katharina eine Exkursion in den Keller unternommen. Katharina und Benjamin waren etwas enttäuscht gewesen, Marta hingegen erleichtert, dass die fünf Räume, die man vor nicht allzu langer Zeit weiß getüncht hatte, sauber, leer, nüchtern und irgendwie nichtssagend wirkten. Im letzten Raum befand sich die Gasheizung für das Gebäude.

Jetzt prüfte Alfonso methodisch jeden Stein am Boden und in der Wand, ob er sich verschieben, eindrücken oder anheben ließ. Tief im Herzen quälte sie die Furcht, wertvolle Zeit zu verlieren, weil sie einem Verrückten auf den Leim gegangen war. Aber auch die Polizei hatte sich bisher nicht als besonders hilfreich erwiesen. Sie traute diesem schwitzenden Polizisten nicht zu, die Kinder zu finden und den Entführer dingfest zu machen. Zudem konnte sie den Erklärungen Alfonsos eine innere Folgerichtigkeit nicht absprechen.

Sie suchten die ganze Nacht hindurch und den gesamten nächsten Vormittag. Müdigkeit kam bei beiden nicht auf, aber mit jeder Stunde, die verging, ohne dass sie etwas gefunden hatten, wuchsen Zorn und Verzweiflung in ihr. Auch Alfonsos Sicherheit schwand mit jedem Stockwerk, das sie vergeblich durchsucht hatten. Als sie schließlich unter dem Dach angelangt waren, drückte die Mittagshitze sie nieder. Hier oben wirkte nun auch Alfonso fast verzweifelt.

»Der geheime Raum kann sich nicht oben befinden! Das ist unmöglich. Er ist als Gruft angelegt! *De profundis*, er muss in der Tiefe sein! Wir müssen etwas übersehen haben.«

»Ja, dass wir einem Märchen hinterherlaufen, anstatt meine Kinder zu suchen!« Aber sosehr sie sich auch den Kopf zerbrach, kam sie doch auf keine Lösung.

»Gibt es noch ein anderes Gebäude?«, erkundigte sich Alfonso.

Wenn Blicke töten könnten, wäre er auf der Stelle röchelnd zu Boden gegangen.

»Ich meine irgendeine Ruine, eine Art Gartenhaus oder einen Eiskeller?«, sprach er mutig weiter, Martas Mordlust übersehend. »Vielleicht auch nur ein größerer Steinhaufen oder Ziegel oder Holz …« Ihm fiel nichts mehr ein.

Doch da schlug sie sich mit der flachen Hand an die Stirn. »Natürlich, das alte Gartenhaus!« Benjamin hatte es bei seinen unermüdlichen Exkursionen entdeckt und Katharina und ihr stolz davon berichtet.

Ohne ein weiteres Wort rannte Marta die Treppe hinunter, hinaus in den Garten, und blieb erst vor dem heruntergekommenen Häuschen stehen. Alfonso folgte ihr. Als er das Gartenhaus erblickte, grinste er.

»Das ist es«, entschied er.

»Was macht Sie da so sicher?«

»Ich spüre es.«

Skeptisch sah sie ihn von der Seite an. Seine Augen funkelten vor Aufregung, und er rüttelte an der verschlossenen, mit Moos bewachsenen Tür. Dann rammte er mehrmals seine Schulter dagegen, bis sie schließlich krachend zersplitterte. Vor ihnen lag ein oktogonaler Raum, in dem sich Berge von Erde, Teile des defekten Daches und vermoderte, von Millionen Kleinstlebewesen bewohnte Pflanzen türmten.

»Ich brauch einen Spaten«, rief er ihr zu.

Marta rannte zum Haus zurück und in den Keller, schnappte sich das bisher unbenutzte Werkzeug und kehrte in Windeseile zurück. Alfonsos hatte bereits mit der Hand begonnen, den Boden freizuräumen, und nahm den Spaten dankend entgegen. Wie ein Berserker hieb er das Blatt in den Boden und schaufelte Dreck beiseite. Schweiß tropfte ihm von der Stirn, und das weiße Hemd überzog sich mit einem grau-schwarzen Film. Mit wachsender Hoffnung beobachtete sie seine Arbeit und ließ sich von seiner Euphorie anstecken.

Schließlich hatte er den Fußboden freigelegt.

»Keine Treppenklappe«, stellte sie enttäuscht fest. Sie wandte sich ab und wollte gehen.

»Warten Sie, eine Klappe wäre zu einfach«, rief er.

Noch einmal wandte sie sich um. Mitleidig schaute sie ihn an. Er glaubte wirklich an diesen Unfug, und für einen verantwortungslosen Augenblick war sie bereit, seinen Glauben zu teilen. Doch dann besann sie sich.

»Ich gehe jetzt zur Polizei«, sagte sie müde. Er hatte ihr jedoch gar nicht zugehört, sondern stattdessen sein Hemd ausgezogen, mit dem er jetzt den Boden zu polieren schien. Sie betrachtete seinen nackten Oberkörper.

»Holz, es ist ein Dielenboden, sehr alte Dielen. Wenn man sie herausreißen und etwas aufarbeiten würde, würden sie ein kleines Vermögen bringen«, erklärte er schnaufend. Dann rubbelte er mit dem Hemd mehrfach über eine Stelle. »Hier ist es.«

Sie wagte kaum zu glauben, was sie gehört hatte. Vorsichtig und mit Zweifeln trat sie näher. Ihre Nerven waren zum Zerreißen gespannt, und kurz fürchtete sie, jeden Moment zusammenzubrechen. Unter dem Schmutz blinkte etwas hervor, das wie Gold aussah.

»Messing«, stellte er befriedigt fest. Mit dem Spaten kratzte er die Umgebung der Messingplatte frei, die in die Bohlen eingelassen war. Ihre Abmessung betrug knapp einen auf einen Meter. Mühsam entzifferte sie die beschädigte Inschrift darauf: *»Sub umbra alarum tuarum Jehova.«* »Unter dem Schatten deiner Flügel, Jehova«, übersetzte er und handelte sich dafür einen bösen Blick ein.

»Wir Ärzte mögen ja dumm sein, aber das Latinum müssen wir schon vorweisen, bevor wir studieren dürfen. Aber was bedeutet das?«

»Es ist aus einem Psalm im Alten Testament und bedeutet, dass der Ort unter Gottes persönlichem Schutz steht.«

»Ein Zauberspruch also?«

Alfonso lächelte. »Wohl eher eine Beschwörung. Im Übrigen würde mir nicht einmal im Traum einfallen, den Arztberuf herabzusetzen. Laut dem anderen Manifest der Rosenkreuzer, der *Confessio Fraternitatis*, ist nämlich der Beruf des Arztes der edelste. Deshalb sollen alle Brüder auch Ärzte sein, umsonst Kranke behandeln und Paracelsus nacheifern.«

»Dafür haben wir jetzt keine Zeit!« Nach einer Diskussion über den alten Quacksalber Paracelsus stand ihr nun überhaupt nicht der Sinn, obwohl sie vielleicht ungerecht war, denn genau genommen wusste sie über den Renaissancearzt gar nichts und erinnerte sich nur an den Spott, den einer ihrer Professoren, den sie sehr mochte, über ihm ausgegossen hatte.

»Was von Jehova verborgen wird, ist für alle Zeit verborgen, außer man kommt voran auf dem mühsamen Weg der Gotteserkenntnis«, dozierte er prustend und schnaubend.

»Aha«, antwortete sie trocken. Zwar verbog er dabei das Spatenblatt, aber es gelang ihm schließlich, die schwere Messingplatte damit anzuheben und mit Martas Hilfe zur Seite zu rücken. Eine enge, vermoderte Holztreppe kam zum Vorschein. Alfonso setzte vorsichtig Fuß vor Fuß, gefolgt von Marta. Doch nach den ersten drei staubigen Stufen lagen die restlichen blitzblank vor ihnen, als seien sie gerade erst gesetzt worden. Je tiefer sie kamen, umso deutlicher nahmen sie ein dämmriges Licht wahr, das aus der Dunkelheit drang. Schließlich standen sie in einem Gewölbe, das aus sieben Wänden und einer Kuppel bestand. Der dämmrige Lichtschein kam aus der Kuppel, ohne dass zu erkennen war, wie die Kuppel leuchtete. Sie wirkte wie aus fluoreszierenden Steinen errichtet.

In der Mitte des Raumes stand ein Podest und darauf

ein Altar. Wie vom Schlag getroffen fiel Alfonso auf die Knie.

»Wie in der *Fama* beschrieben! Das ist es! Das Grabmal von Christian Rosenkreuz. Wir haben es tatsächlich gefunden! Großer Gott, ich danke dir!«

»Für heidnische Bräuche haben wir noch genügend Zeit, wenn Benjamin und Katharina wohlbehalten zurück sind!«

»Heidnische Bräuche«, wiederholte er ärgerlich und stand wieder auf. Dann ging er, gefolgt von Marta, zu dem runden Altar, der die Mitte des Podests beherrschte. In seine Rundung war ebenfalls eine Messingplatte eingelassen, auf der stand: *Hoc universi compendium vivus mihi sepulchrum feci* – Dieses Kompendium des Alls habe ich mir zu meinen Lebzeiten zum Grabmal gemacht.

»Sehen Sie, wie ich gesagt habe, diese Gruft stellt ein Kompendium der Welt dar. Da oben ist der Himmel, der sogar leuchtet.« Die stille Freude über dieses Wunder verzauberte sein Gesicht. »Und schauen Sie, auf den Wänden ist die Welt dargestellt. Diese Symbole, die Sie sehen, bezeichnen die Elemente, Menschen und Tiere. Da drüben sehen sie einen Mann in einem Berg, den alchemistische Geräte umgeben. Er sucht den Stein der Weisen. Und am Boden findet sich die Welt der Teufel und Dämonen, die die *Fama* als versiegeltes Geheimnis behandelt, mit ihren Bannsprüchen, sehen Sie diese Verfluchung …«

»Wo ist das Buch T?«, unterbrach sie ihn harsch. Man sah ihm an, dass er ihre Ungeduld, obwohl er sie verstand, nur schwer ertrug, denn er war begeistert, endlich mit eigenen Augen zu sehen, wovon er bisher nur gehört hatte.

»Was heißt denn Liber T?«, fragte er sie mit großen Augen.

»Ich habe jetzt wirklich keinen Nerv für eine Rätselstunde!«

»Sie enttäuschen mich. In dem Buch wurde das Geheimnis verwahrt. Es ist sein Vermächtnis. Also, was heißt es? Ich gebe Ihnen noch einen Hinweis: Das Buch ist nach der Bibel für die Rosenkreuzer der wichtigste Leitfaden.«

»Die Bibel besteht aus dem Alten und dem Neuen Testament. Ein drittes T kann also nur ein drittes Testament sein, die Bibel der Rosenkreuzer«. Nun schmunzelte auch sie, und sie spürte, wie sich ihre Anspannung dadurch ein wenig löste.

»Richtig. Sie finden darin, wie der Stein der Weisen herzustellen ist, und auch das Elixier für das ewige Leben. Außerdem hat Christian Rosenkreuz die Meditationstechnik für die körperlosen Reisen aufgeschrieben. Genau das, was die Entführer von Ihnen haben wollen.«

Zum ersten Mal wich die Spannung von ihr. Sie hatten das Buch gefunden, jetzt würde sie ihre Kinder bald wieder in die Arme schließen können.

Alfonso machte sich am Altar zu schaffen. Sie beobachtete ihn.

»Woher wissen Sie, dass wir genau dort suchen müssen?«

»Steht alles in der *Fama*, exakt beschrieben. Das Einzige, was Sie dort nicht finden, ist der Ort, wo sich das Grabmal befindet. Aber jetzt haben wir es ja gefunden.«

In seiner übergroßen Freude wirkte er knabenhaft. Es sah aus wie ein Kinderspiel, als er den Altar zur Seite schob, der unter seinem Druck leicht nachgab, als stünde er auf Eis. Eine weitere, längliche Messingplatte verdeckte eine Vertiefung.

»An Messing hatten die Herrschaften ja offenbar keinen Mangel.«

»Es ist ein Zeichen für die Bescheidenheit.«

»Ist es nicht eher Prahlerei, Gold zu imitieren?«

»Wenn Leute, die Gold machen konnten, etwas benutzen, das wie Gold aussieht, aber kein Gold ist, dann nenne ich das Bescheidenheit.«

Sie konnte ein Lachen nicht unterdrücken und warf ihm einen spöttischen Blick zu. »Die Rosenkreuzer konnten also Gold herstellen. Natürlich. Nichts leichter als das. Jetzt machen Sie aber bitte mal einen Punkt.«

Doch Alfonso ließ sich nicht beirren. Er schien Skepsis und Spott gewohnt zu sein und hob stattdessen mühelos die Abdeckung auf.

Was Marta nun sah, verschlug ihr den Atem. Hatte sie

bestenfalls ein paar gut erhaltene Knochen erwartet, lag zu ihrem Erstaunen ein schöner alter Mann mit weißem Haar vor ihr, der so aussah, als schliefe er nur. Allenfalls sein Teint war etwas blass.

»Mein Gott«, rief sie aus. »Wer ist das?«

»Christian Rosenkreuz«, antwortete Alfonso mit dünner Stimme. Man sah ihm die Erschütterung an.

»Woher wollen Sie das so genau wissen?«, fragte Marta skeptisch.

»Ganz einfach: Sein Leichnam sieht genauso aus wie in der *Fama* beschrieben. Denken Sie einmal nach – bis jetzt hat sich alles, was in der *Fama* geschrieben steht, bewahrheitet.«

»Und wie lange soll er schon tot sein?«

»Etwa 530 Jahre.«

»So gut sieht die besterhaltene Mumie nicht aus. Das können Sie mir nicht erzählen! Das ist wissenschaftlich unmöglich!«

Das Ganze kam ihr zwar unheimlich, aber doch auch abgeschmackt vor. Da erlaubte sich jemand einen derben Scherz mit ihr. Ihr Misstrauen gegenüber dem schrecklichen Alfons, das in der Zwischenzeit eingeschlafen war, flackerte wieder auf.

Wenn nun doch ihr Mann hinter all dem steckte? Vielleicht bezweckte er damit ja, sie in den Wahnsinn zu treiben oder es so aussehen zu lassen, als wäre sie verrückt geworden, um die Kinder zu bekommen. Möglicherweise waren sie sogar bei ihm! Eine Möglichkeit, die ihr sofort einleuchtete, denn es würde erklären, warum die Entführung so reibungslos abgelaufen war. Zu ihrem Vater wären Katharina und Benjamin sofort ins Auto gestiegen. Dass sie darauf nicht schon früher gekommen war! Die einfachste Erklärung war für gewöhnlich die beste. Und dass er sich fürs Wochenende sogar zu einem Besuch angemeldet hatte, passte wie der Schlussstein ins Gewölbe.

Alfonso, den sie völlig vergessen hatte, riss sie aus ihren Spekulationen. »Schauen Sie mal, was Bruder Christian da in den Händen hält.«

Verständnislos blickte sie auf die Leiche. Feingliedrige Finger umfingen ein kleines Buch, auf dem in Goldlettern die Worte *Liber T* standen. Vorsichtig nahm Alfonso dem Toten das Buch aus der Hand, verschloss das Grab wieder mit der Messingplatte und dem Altar und wollte die Gruft schon verlassen, als er Martas nachdenklichen Blick bemerkte, mit dem sie die Gruft musterte.

Das Buch existierte tatsächlich, genau wie die Gruft, und auch die Decke strahlte wie durch ein Wunder ohne Lichtquelle, nur aus sich selbst heraus. Alles passte zusammen, und dennoch stimmte es weder mit ihrer Weltsicht noch mit irgendeiner rationalen Erklärung überein, außer der, dass alles vorgetäuscht war. Aber hätte diese Kulisse, wenn sie tatsächlich nur ein Schwindel wäre, nicht ein klein wenig zu viel Arbeit gemacht?

»Kommen Sie, wir haben viel zu tun. Wir schaffen es leider nicht, das Buch umfassend zu studieren, bevor wir es gegen Ihre Kinder eintauschen müssen, denn das Wissen dürfte verschlüsselt sein. Wir müssen das Buch also kopieren, bevor wir es aus der Hand geben. Die Zeit drängt.«

Unsicher, wie sie sich verhalten sollte, beschloss sie, erst einmal Zeit zu gewinnen, indem sie Alfonso folgte.

Sie hatten auf Martas Praxiskopierer gerade die letzte Seite kopiert, als ihr Handy klingelte. Vor Aufregung wäre es ihr fast aus der Hand gefallen.

»Haben Sie Buch T?«, meldete sich wieder die ätzende Stimme.

»Ja«, antwortete sie, für ihr Gefühl etwas zu eifrig, aber wie sollte sie die erforderliche Kühle aufbringen, wo es um das Leben ihrer Kinder ging?

»Gut. Sehen uns in eine Stunde. Im Wald gibt es Sophienquelle. Kein Polizei, kein Falle, denken Sie daran. Können jeden sehen, der zu Quelle kommt, rechtzeitig.«

»Ich will meine Kinder hören.«

Stille. Martas Nerven waren zum Zerreißen gespannt. Würde er auflegen? Nach einer Weile hörte sie ihre Tochter rufen: »Mama, was …« Katharinas Stimme zu hören, kehrte in ihrem Inneren das Unterste zuoberst.

»Hab keine Angst, Kari, ich …«, beeilte sie sich, ihre Tochter zu beruhigen, aber da war die Verbindung schon unterbrochen, und Marta wusste nicht einmal, ob Katharina die Worte noch gehört hatte. Sie hatte plötzlich ganz und gar nicht mehr das Gefühl, dass sich die Kinder in der Obhut ihres Mannes befanden.

Auch wenn sie die Vorstellung, sie bei ihm zu wissen, gehasst hatte, hatte sie der Gedanke, wie sie jetzt bemerkte, dennoch beruhigt.

Kapitel 11

Die Sophienquelle war ein bekanntes Ausflugsziel, den Weg dorthin hatten sie auf der Karte angeschaut. Sie ließ das Auto an der Prackenfelser Straße stehen und betrat den Wald. In einer Kollegmappe hatte sie das Buch verstaut und in deren Innentasche zusätzlich ein Skalpell, mit dem sie als Ärztin umzugehen verstand. Weder nahm sie den schönen Waldweg noch die Aussicht auf den Rundturm der Burgruine von Burgthann wahr, denn sie spielte im Kopf die möglichen Szenarien durch. Sie wollte nicht unvorbereitet sein, auch wenn sie nicht wusste, was sie erwartete.

Irgendwo hinter ihr folgte ihr Alfonso wie ein Schatten. Sie hatte ihm eingehämmert, ihr nicht zu dicht an den Fersen zu kleben, um die Übergabe nicht zu gefährden. Er hatte über diese seiner Ansicht nach überflüssige Mahnung jedoch nur gelangweilt gelächelt.

Nach einer guten halben Stunde Weg stieß sie auf Stufen. Sie stieg sie hinunter und stand nun vor der mit Sandsteinquadern eingefassten Quelle. Über ihr wogten die Wipfel der Bäume im leichten Abendwind, der eine angenehme Kühle mit sich brachte. Die Waldvögel mit ihrem Gesang und ihren Rufen komplettierten die Idylle, die Marta allerdings vollkommen unberührt ließ. Wie während einer ihrer Operationen ließ sie nichts mehr an sich heran, was nicht unmittelbar zur Arbeit gehörte.

Lange musste sie nicht warten. Schon kurz nach ihr kam ein Mann in einem grauen Anzug die Treppenstufen herab. Vermutlich war er bereits vor ihr hier gewesen und hatte sich versteckt, um ihre Ankunft zu beobachten und sich zu vergewissern, dass sie tatsächlich allein war. Zunächst wunderte es sie, dass er sich ihr zu erkennen gab, dann spürte sie die Geringschätzung und die Verachtung, die dahintersteckte. Die Angst um ihre Kinder schnürte ihr die Kehle zu. Sie sind gar nicht hier, dachte sie, sonst würde er nicht einfach wie ein Spaziergänger hier auftauchen.

Der Mann musterte Marta scharf. Seine schwarzen Locken waren grau meliert, sein dunkelbrauner Teint und die fast schwarzen Augen verrieten den Orientalen. Durchdringend sah er sie an. Das war also einer von denen, die ihr Haus durchsucht und ihre Kinder entführt hatten. Am liebsten hätte sie dem Kerl ihr scharfes Skalpell in den Hals gerammt.

»Bist du allein, Weib?«, herrschte er sie an.

»Wo sind Katharina und Benjamin?«

»Erst Buch. Ich will sehen.«

Sie nahm das Buch aus der Kollegmappe und hielt es hoch. Der Araber kam langsam näher. Jetzt standen sie unmittelbar voreinander. In seinem rechten Auge entdeckte sie einen kleinen goldenen Fleck.

»Wo sind meine Kinder?«

»Wenn alles in Ordnung, ich rufe an, und sie werde gebracht.«

»Ich will sie erst sehen!«

Sein starres Gesicht verriet keinerlei Gefühl. »Entweder wie ich sage, oder kein Handel, und Kinder sind tot.«

Alles in ihr sträubte sich dagegen, seiner Weisung nachzukommen. Alfonso hatte sie gewarnt, dass es zu nichts führen würde, den Mann als Geisel zum Austausch gegen die Kinder zu nehmen. Die *fidawijja* würden eher auf diesen und sogar auf einen weiteren Mann verzichten als auf die Geheimnisse. Er hatte nicht weitersprechen müssen, sie wusste, was das bedeutete – dass sie womöglich eines ihrer Kinder zur Abschreckung töten und mit dem Leben des anderen immer noch ein Druckmittel in der Hand behalten würden. Sie gestand sich ein, dass ihr nichts weiter übrigblieb, als ihm das Buch zu geben. Provozierend langsam blätterte er es durch. Nach gefühlten Stunden klappte der Araber endlich das Buch zu und warf es ihr wütend vor die Füße, so heftig, dass es aufklappte.

»Kannst du behalten. Ist nicht, was ich will.«

Ihr wurde innerlich ganz heiß. Jetzt verstand sie überhaupt nichts mehr. Bluffte er, oder hatten sie wirklich das falsche Buch gebracht?

»Es ist das Buch T«, antwortete sie trotzig und sah ihm dabei fest in die Augen.

»Guck mich nicht so an, Weib. Frau darf Mann nicht so angucken.«

Ihre Wangenknochen traten hervor, als sie den Blick senkte. Er brummte zufrieden.

»Es ist Buch T, aber es fehlt etwas. Meinst du, ich bin dumm? Denkst du, ich bin Araber, ich merke nicht? Buch ist nicht vollständig! Zwischen Kapitel ›Der Weg zum Inneren Menschen‹ und Kapitel ›Der Pfad zu Gott‹ fehlt Abschnitt ›Die Reisen der Seele‹.«

»Wie, es ist nicht vollständig? Sag mir um Gottes willen, was du suchst!« Ihr wurde vor Aufregung übel. Er spuckte aus.

»Nimm nicht Namen Gottes in den Mund, Ungläubige!« Dann zog er sein Handy aus der Jackentasche, gab eine Nummer ein und sprach kurz und im Befehlston auf Arabisch mit einem seiner Komplizen.

»Was suchst du denn, was soll ich dir beschaffen?« Flehend sah sie ihn an und hasste sich gleichzeitig dafür.

Er ließ sich tatsächlich zur Fortsetzung des Gesprächs herab. »Die Rosenkreuzer haben uns ein Geheimnis gestohlen. Wir nennen es auch *isra'*. Wie lange brauchst du?«

Isra'? Was sollte das sein? Der Araber wartete nicht auf ihre Antwort. Es spielte ohnehin keine Rolle, was sie sagte.

»Du hast vierzehn Tage. Danach ich schicke Tag für Tag ein Glied von Körper deiner Kinder.«

Der Blick in seine grausamen Augen belehrte sie, dass er nicht bluffte.

»Und kein Polizei! Polizei hilft nicht, kann nicht helfen. Kinder sind schon nicht mehr in Deutschland.« Er drückte ihr ein Handy in die Hand. »Ruf mich an, wenn du Geheimnis gegen Leben deiner Kinder tauschen willst. Du weißt, vierzehn Tage wird nichts geschehen, doch dann bekommst du ein Kind nach anderem in Teilen zurück.«

Der letzte Satz brachte sie an die Grenze ihrer Selbstbeherrschung. Verzweifelt schaute sie den Araber an und sah wieder den goldenen Fleck in einem seiner Augen.

Plötzlich wurde ihr schwindelig, und der Boden unter ihren Füßen schien zu wanken …

Sie sah es genau vor sich, zum Greifen nah: Das Gesicht faltiger als zum Zeitpunkt seines Todes, das Haar schlohweiß, obwohl es bis zu seinem letzten Tag kräftig brünett gewesen war, hockte er merklich gealtert in einem Verließ. Der alte Mann suchte tastend den Boden ab und entdeckte einen etwa faustgroßen Stein, mit dem er am Mauerwerk zu kratzen begann, um weitere Steine zu lösen. Nur noch die Gewohnheit hielt sie zusammen. Es gelang ihm, ein Loch freizulegen, durch das er schlüpfte. Vor ihm erstreckte sich ein Abhang, den er mehr schlecht als recht hinunterkletterte. Dann rannte er durch das Tal, vorbei an einem Hain vergessener Pinien, und erklomm den gegenüberliegenden Berg. Immer wieder gab Geröll unter seinen Füßen nach. Schließlich hatte er den Gipfel erreicht. Wohin er seinen Blick auch wandte, überall nur kahle Berge, felsige Gipfel und öde Plateaus. Eine Mondlandschaft. Keine Bäume, keine Pflanzen, nur Geröll. Trockenheit. Einsamkeit. Plötzlich verdunkelte etwas Schwarzes den Horizont vor ihm. Er musste mit dem Handrücken die Augen beschirmen, bevor er es zu erkennen vermochte. Ein Mann, gewandet in eine schwarze Hose und einen schwarzen Kaftan mit einem weißen Turban auf dem Kopf, stand auf der anderen Seite des kleinen Gipfelplateaus. Er kam auf ihn zu. In einem seiner beiden dunklen Augen blinkte ein Goldfleck.

»Salam aleikum, Daniel!«

»Aleikum salam, Hasan.«

»Du weißt, dass du nicht entkommen kannst.«

»Ihr habt mich entwischen lassen.«

»Um dir deine Ausweglosigkeit vor Augen zu führen. Nun aber wird es Zeit, dass du dein Wissen mit uns teilst. Schließlich stammt es ja eigentlich von uns. Gib die gestohlene Weisheit zurück, Shaykh.«

»Und wenn nicht?«

Hasan lächelte nur mitleidig. Unterdessen erhob sich ein leichter Wind. Damit hatte er schon nicht mehr gerechnet, umso dankbarer war er dafür. Das war die Chance, die er erfleht hatte. Der Wind würde das Wissen retten. Daniel Valentin Luther ließ sich auf seine Knie fallen, hob die Arme gen Himmel und beschrieb dann mit ihnen einen Halbkreis. Dabei stöhnte er vor Schmerz auf, den der Sonnenbrand auf seinem Rücken beim Zusammenziehen des Schultergürtels verursachte. Er zwang sich zur Konzentration auf das Ritual. Tief sog er die Luft in seine Lungen und gab sie nicht mehr frei. Er füllte jede Bronchie mit ihr, jede Ader. Schlag um Schlag beruhigte er jetzt sein Herz, verringerte den Puls und brachte ihn schließlich fast zum Erliegen.

Leicht wie ein Vogel wird meine Seele, dachte er. *Schnell wie ein Gedanke wird der Vogel meiner Seele.* Jetzt kam alles darauf an, dass die äußere Welt ihre Energie verlor und damit ihre Widerstände. Dann würde sie zu dem, was sie ursprünglich einmal sein sollte, nur ein Medium für die Geistwesen, bevor die Demiurgen aus purer Boshaftigkeit die Körper ins Spiel brachten. Wenn die Ablösung gelänge, die Seele sich über den Körper erhöbe und dem Atem der Welt überließe, wäre alles gewonnen. Plötzlich spürte er die Befreiung. Sein Geist trennte sich von seinem Leib. Ihm war, als würde er leer und leicht wie eine Feder, als erhöbe er sich in die Luft, doch diese Luft hatte nichts mehr mit der Erdatmosphäre zu tun, sondern war zum reinen Medium, zu Gottes Hauch geworden. So weit voran auf dem Weg in die Freiheit war er in einer Meditation bisher noch nie gekommen, noch nie zuvor war ihm dieses Urerlebnis vergönnt gewesen. Aber jetzt war sein Selbst wirklich leicht genug, leichter als ein Flaum. Er verließ seinen Körper. Wahrscheinlich für immer, doch darauf konnte er keine Rücksicht nehmen. Er überwand die erste Sphäre, die zweite, die dritte. Damit sollte es sein Bewenden haben. Die dritte Sphäre musste für die Reise genügen. Bis zur vierten, geschweige denn zur siebenten, würde er es wohl nicht schaffen. Er durfte kein Risiko eingehen …

Jetzt sah er Marta in die Augen. Sie erschrak. Siebenundzwanzig Jahre hatte sie ihn nicht mehr gesehen. Der alte Mann kämpfte darum, das Energieniveau aufrechtzuerhalten, und begann zu ihr zu sprechen, in atemberaubender Geschwindigkeit Wort für Wort, eines befremdlicher als das andere, in die Tiefen ihrer Seele zu versenken, die unbegreifliche Wahrheit, die er zu beschützen hatte …

Und schließlich konnte sie seine beruhigenden Worte verstehen: »Hab Vertrauen, dann befreist du deine Kinder und bewahrst das Geheimnis.«

… Sie rieb sich die Augen. Vor ihr stand plötzlich Alfonso, der sie besorgt ansah. Sie hatte weder den Araber fortgehen noch Alfonso herankommen sehen. In ihrer Hand hielt sie das Handy. Sie war wie benommen.

»Ich habe meinen Großvater gesehen«, stammelte sie zutiefst verwirrt. Offenbar drehte sie jetzt endgültig durch.

Alfonso hingegen strahlte. »Wirklich?«

»Ob wirklich, weiß ich nicht, nur dass ich ihn gesehen habe.«

»Das ist gut, das ist sehr gut. Erzählen Sie!«

Kapitel 12

Auf dem Weg zurück zum Auto trieb sie das Wissen, dass sich die Kinder in der Gewalt dieses Mannes befanden, fast in den Wahnsinn. Denn jetzt hatte sie ihn gesehen, seine Kälte und Arroganz erfahren, jetzt wusste sie, dass sie es mit gefährlichen Menschen zu tun hatte.

Alfonso konnte nicht glauben, dass jemand das Kapitel so einfach aus dem Buch herausgerissen hatte. Das Grabmal, das sie geöffnet hatten, hatte unberührt gewirkt. Immer stärker verdichtete sich in ihm eine andere Erklärung.

»Vielleicht befand sich dieses Kapitel überhaupt nicht im Buch, sondern wurde mündlich von Großmeister zu Großmeister weitergegeben, um es vor unbefugtem Zugriff zu sichern.«

Augenblicklich wurde ihr übel. Alfonso merkte, wie sie sich in Panik verlor, hielt sie fest und blickte ihr tief in die Augen. Sie spürte seinen Willen, einen Willen, an den sie sich notfalls halten konnte.

»Aber wie wollen wir es dann finden?!«

»Vertrau mir. Wir finden es!«, erklärte er mit fester Stimme.

Er hatte sie geduzt. Was sie seltsamerweise nicht störte, sondern ihr plötzlich ganz natürlich erschien. Ob sie ihm wirklich vertrauen konnte, wusste sie zwar noch immer nicht, aber sie hatte auch keine Alternative. Und letztlich spielte es auch keine Rolle, denn wenn es um Leben und Tod ging, blieb der Mensch immer auf sich allein zurückgeworfen.

»Wenn du deinen Kindern helfen willst, konzentriere dich auf das Wesentliche!«, ermahnte sie Alfonso, der ihre Verunsicherung fühlte.

Er hatte Recht. Während sie zum Auto zurückgingen, schilderte sie ihm die Begegnung ihres Großvaters mit dem Araber. Sie spürte, wie gut es ihr tat, die Ereignisse zu ordnen. Plötzlich bekam alles eine Chronologie und verlor dadurch deutlich an Dämonie. Als sie den fremd klingenden Begriff *isra'* erwähnte, merkte er auf, und seine Augen begannen zu glitzern.

»Es geht um mehr als um die Seelenreisen!«, rief er aus. »Deshalb haben sie das Geheimnis wahrscheinlich nur mündlich weitergegeben.«

Sie konnte kaum erwarten, dass er mit seinen Überlegungen fortfuhr, aber er meinte: »Lass uns zur Villa zurückkehren, bevor es Nacht wird. Unterwegs erkläre ich dir alles.«

Beim Einsteigen ins Auto fragte er: »Nur eine Sache noch: War die Erscheinung deines Großvaters die erste und einzige Vision, die du in letzter Zeit hattest? Oder hast du vielleicht auch irgendetwas dir völlig Unverständliches geträumt?« Sie wollte ihm schon von den seltsamen Nachtbildern erzählen, doch ein Rest von Misstrauen hielt sie davon ab. »Erzähl du erst!«, bat sie ihn deshalb und fuhr los.

»Vielleicht ist es wirklich das allergrößte Geheimnis. Ich habe oft von der *isra'* gehört, aber niemand weiß, ob es wirklich möglich ist. Denn wenn es funktioniert, dann erschüttert das unsere Welt in den Grundfesten, und einer der ältesten Träume der Menschen wird Wahrheit, möglicherweise sogar eine schreckliche Wahrheit.«

»Zur Sache«, mahnte sie streng, denn ihre strapazierten Nerven ertrugen keine weiteren dunklen Andeutungen schrecklicher Dinge. Sie wollte endlich wissen, worum es ging. Nur so würde sie endlich handeln können.

»Alles beginnt beim Propheten Muhammad. Im Koran heißt es:

Gepriesen sei, der seinen Knecht nachts reisen ließ
Vom heiligen Anbetungsplatz zum fernsten,
um den herum wir Segen spendeten,
um ihm von unseren Zeichen einige zu zeigen!

Der heilige Anbetungsplatz, musst du wissen, ist Mekka, und der ferne ist Jerusalem. Die Entfernung zwischen diesen beiden Orten beträgt etwa 1 500 Kilometer. Mohammed aber reiste in einer einzigen Nacht hin und her, er legte auf seinem geflügelten Pferd Buraq also 3 000 Kilometer zurück. Deshalb heißt diese Reise *isra'*, die nächtliche Reise. Für die *fida'i* aber bezeichnete *isra'* darüber hinaus nicht nur die Reise der Seele an jeden beliebigen Ort der Welt, wobei diese den Körper verlässt, sondern auch die Übermittlung von Nachrichten, Denkbildern und Geschichten allein durch die Kraft des Denkens.«

»Eine Art Seelenwanderung also?«

»So könnte man sagen. Grundlage für diese Seelenreisen ist eine Meditationstechnik, die Christian Rosenkreuz auf seiner Reise von den *fida'i* erlernte und mit nach Deutschland brachte.«

»Und wie soll diese Übermittlung funktionieren?«

»Durch Luft, sie ist das Übertragungsmedium. Der Magier Agrippa von Nettesheim schrieb Ende des 15. Jahrhunderts in seinem Werk *De occulta philosophia*: *Die Luft ist der Lebensgeist, der alle Wesen durchströmt, allen Leben und Bestand verleiht, der alles bindet, bewegt und erfüllt. Deshalb zählen die hebräischen Lehrer die Luft nicht zu den Elementen*. Es war nämlich so, dass bis dahin alle die Luft zu den Elementen, also zu Feuer, Erde und Wasser zählten. Agrippa dagegen versteht die Luft nicht als Element, sondern als Medium, als eine Art Datenkabel, denn diese hebräischen Lehrer, so schreibt er, betrachten *die Luft als ein Medium und Bindemittel, welches Verschiedenes miteinander verbindet, und als einen Geist, der der Weltmaschine Stärke verleiht. Ebenso nimmt die Luft die Gestalten aller sowohl natürlichen als auch künstlichen Gegenstände –* und jetzt kommt es! – *sowie die Laute jeglicher Rede wie ein göttlicher Spiegel auf, hält dieselben fest, führt sie mit sich und indem sie in die Körper der Menschen und Tiere durch die Poren eintritt, drückt sie ihnen diese Bilder nicht nur im Schlafe, sondern auch im wachen Zustande ein und gibt auf diese Weise Anlass zu verschiedenen wunderbaren Träumen, Ahnungen und Weissagungen.«*

»Meine Träume sind also keine Hirngespinste …«

»Nein, sie sind Botschaften. Aber Moment mal, welche Träume denn?«

Sie spürte, wie er vom Beifahrersitz fragend zu ihr herüberblickte. Seine geduldigen Ausführungen und seine entschlossene Ausstrahlung ließen sie Vertrauen zu ihm fassen. »Na gut«, lenkte sie ein, »ich erzähle dir alles.«

Sie hatte die Schilderung ihrer Träume gerade beendet, als sie die Villa erreichten.

»Sehr interessant«, sagte er beim Aussteigen und drückte behutsam die Wagentür zu. »Offenbar hast du Bilder aus dem Leben von Christian Rosenkreuz geträumt oder besser gesagt mitgeteilt bekommen. Die Geschichte ist mir in Teilen bekannt. Zumindest, dass Christian Rosenkreuz als Kind in ein Kloster kam und als Jüngling von dort mit seinem Lehrer zu einer Pilgerreise aufbrach. Auch dass der Lehrer unterwegs auf Zypern verstarb, ist nichts Neues. So steht es in der *Fama*, aber dass Christian eine Schwester hatte, jüdischer Abstammung und sein Mentor der Mystiker Tauler war, ist zumindest für mich vollkommen neu. Hattest du früher irgendwo schon einmal etwas über Tauler, das Pogrom von Straßburg oder über Mechthild von Helfta gehört?«

Sie schüttelte den Kopf.

»Denk nach! Wirklich nicht?«

»Nein. Geschichte hat mich nie interessiert. Es ist keine exakte Wissenschaft wie die Medizin oder die Biologie«, fügte sie wie eine – allerdings etwas verunglückte – Entschuldigung für ihre Unwissenheit hinzu.

»Wie könnte es auch anders sein!«

»Na, hör mal«, protestierte sie

»Nein, nein, sei nicht böse. Ich halte dich nicht für unwissend. Wir reden hier ja über Geheimwissen. Dass du auf meditativem Weg etwas darüber erfährst, obwohl du von seiner Existenz nichts weißt, lässt nur eine Schlussfolgerung zu: Du bist tatsächlich die Erbin und erhältst deshalb die Botschaften.«

»Aber von wem?«

»Von deinem Großvater.«

Sie zeigte ihm einen Vogel. Das ging nun doch zu weit. »Willst du mich auf den Arm nehmen?«

»Nein, wieso?«

»Mein Großvater ist seit siebenundzwanzig Jahren tot. Du warst doch auch auf seiner Beerdigung.«

»Du erinnerst dich also an mich?«

»Ja, natürlich. In welcher Beziehung stehst du zu meinem Großvater?«

»Ganz einfach, er war mein Vater.«

Die Antwort versetzte ihr einen Stich ins Herz. Sie hatte es immer geahnt, dass ihr Großvater ein Nebenleben geführt hatte. Stimmte denn in ihrem Leben überhaupt nichts? War alles nur Schein und Trug?

»Bist du sicher, dass Daniel Luther wirklich tot ist?«, fragte er.

Marta sah ihn wie vom Donner gerührt an. »Mach keine Witze, ich warne dich!«, fauchte sie.

»Hast du denn seinen Leichnam gesehen?«, sprach er ungerührt weiter.

»Nein.«

»Deine Mutter?«

»Nein!«

Er lächelte triumphierend.

»Warum fragst du nicht nach meinem Vater?«, erkundigte sie sich.

»Weil er nicht dabei war.«

»Woher weißt du das?«, fragte sie gespielt unschuldig, um ihn in eine Falle zu locken.

»Die Antwort auf die Frage kennst du!« Durchdringend, mit einem feinen Lächeln auf den Lippen, sah er sie an.

Ein leichtes Rot huschte über ihre Wangen. Er hatte sie durchschaut. »Wer war denn die Frau, mit der du auf der Beerdigung warst?«

»Meine Mutter, die übrigens die zweite Frau deines Großvaters war.«

»Dann bist du also so etwas wie mein Onkel.«

Er nickte. »Halbonkel, um genau zu sein.«

Aber mit diesen Feinheiten hielt sie sich nicht auf, denn ihr schoss ein, wie sie fand, rettender Einfall durch den Kopf: »Dann könntest auch du der Erbe sein.«

»Glaub mir, ich wäre es nur zu gern, aber ich bin es nun mal nicht, ich weiß nicht, warum. Damals auf der Beerdigung habe ich dich zum ersten Mal gesehen. Und in dem Moment, als du mich angeschaut hast, war mir vollkommen klar, dass du die Erbin ist. Das hast du in meinen Augen gesehen, und es hat dich in deinem Unterbewusstsein zutiefst erschreckt. Deshalb hast du mich auch der schreckliche Alfons genannt.«

Die Art, wie er in ihren Gedanken las, beunruhigte sie. »Woher weißt du das alles?«, fragte sie fast tonlos und ein eiskalter Schauer lief ihr über den Rücken.

»Lass uns das später erörtern. Wir haben jetzt keine Zeit dafür. Wir müssen uns um die Kinder kümmern.«

Das zarte Rot ihrer Wangen verfärbte sich feuerrot. Er hatte Recht, für all diese Fragen war immer noch Zeit, wenn sie Benjamin und Katharina befreit hatten. Marta wollte um das Haus herumgehen, doch er hielt sie zurück.

»Ich habe einen Bärenhunger. Während du uns etwas zu essen machst, blättere ich ein bisschen im Buch T. Irgendwo muss sich doch ein Hinweis verstecken, ein Christian Rosenkreuz hält kein unvollständiges Buch in seinen Händen!«

Sie nickte. Beim Aufschließen der Tür fragte sie ihn, was sie unterschwellig schon die ganze Zeit beschäftigte, nämlich wozu man in Zeiten des Telefons und des Internets eine geistige Datenübertragung bräuchte.

»Gedankenübertragungen lassen sich nicht abhören und sind universell einsetzbar, vor allem wenn man weltweit operiert …«

Kapitel 13

Gegen Mitternacht beschlossen sie, zu Bett zu gehen, weil ihnen beinahe die Augen zufielen. Seit fast dreißig Stunden hatten sie nicht mehr geschlafen. Marta richtete für Alfonso das Bett auf dem alten blauen Sofa im Wohnzimmer, weil er sie nicht allein lassen wollte und sie das in dieser Situation auch nur schwer ertragen hätte. Morgen würden sie seine Sachen aus dem Hotel holen, heute musste er jedoch ohne sie auskommen. Aber Ersatzzahnbürsten besaß sie als treusorgende Mutter ohnehin im Überfluss.

Es irritierte sie, dass ein Mann in ihrem Haus übernachtete. Ungewohnte Bewegungen, andersartige Gerüche, ein tiefes Räuspern, die Ausstrahlung eines fremden und erregenden Körpers verbreitete sich in ihrem Wohnzimmer. Sie hatte schon so lange nicht mehr mit einem Mann geschlafen, dass sie überlegen musste, wann es das letzte Mal gewesen war. Sie hatte auch kein allzu großes Verlangen danach gehabt und es vor allem in den letzten schwierigen Monaten gänzlich verdrängt. Aber jetzt, wo dieser Mann, den sie attraktiv fand, in ihrem Haus übernachtete und sich in ihrem Reich so einfach ausbreitete, stellte es sich nach langer Zeit zum ersten

Mal wieder ein, zumal sie in ihrer Einsamkeit und Angst durchaus etwas Trost brauchen konnte. Ja, Trost schon, dachte sie, aber keinen Sex. Er würde in dieser Situation die Einsamkeit nur vergrößern statt sie zu mindern und ihr obendrein ein schlechtes Gewissen bescheren. Denn sie würde ganz bestimmt weder Freude noch Lust empfinden können, solange sie ihre Kinder nicht in Sicherheit wusste und wieder zurückhatte. Mit ihm zu schlafen, wäre ihr wie ein Verrat vorgekommen. Dennoch gefiel ihr der Anblick, wie er etwas verloren in ihrem Wohnzimmer stand. Wie ein Junge, den die Ereignisse überrollten und der nicht imstande war, es zuzugeben.

Sie lächelte in die silbergraue Dunkelheit des Zimmers, denn sie hatte kein Licht angemacht, und nur die Sterne und der Vollmond leuchteten hinein. Er erwiderte ihren Blick und zuckte in einer Geste der Hilflosigkeit die Achseln – als wollte er sagen, was kann ich dafür, ich verstehe ja selbst nicht, was hier vorgeht, es ist nun mal leider so, wie es ist. Plötzlich verspürte sie den Wunsch, ihn nicht durch ein abruptes Abwenden vor den Kopf zu stoßen.

»Heißt du wirklich Alfonso?«, fragte sie deshalb beim Hinausgehen mit einer Spur von Zärtlichkeit in der Stimme.

»Nein.«

»Und wie dann?«

»Such dir einen Namen aus, der dir gefällt.« Er schmunzelte.

Instinktiv spürte sie seinen plötzlichen Rückzug und fühlte sich provoziert. »Dann also Rumpelstilzchen.«

»Wenn dir Rumpelstilzchen gefällt. Aber überleg's dir gut, denn wer den Namen hat, der hat die Sache.«

»Dann bleibt es bei Alfonso«, entschied sie ärgerlich und ging zu Bett. Obwohl sie todmüde war, wälzte sie sich von einer Seite auf die andere und empfand die quälende Schlaflosigkeit geradezu körperlich. Benni und Katharina in den Händen religiöser Fanatiker zu wissen, die etwas von ihr wollten, was sie eigentlich nicht preisgeben durfte, raubte ihr jegliche Ruhe. Zum BKA zu gehen, war auch keine Alternative, denn dort würde man ihr die Geschichte keinesfalls glauben. Wie sollte man auch jemandem begreiflich machen, was *isra'* war? Sie glaubte ja selbst nicht einmal dran. Es widersprach eindeutig dem gesunden Menschenverstand und vor allem allen wissenschaftlichen Erkenntnissen. Das Denken war eine Funktion des Gehirns. Seine Wirksamkeit bestand darin, dass es andere Menschen überzeugen und dadurch mobilisieren konnte. Doch ein Gedanke konnte keine Gabel anheben, er konnte lediglich den Fingern den Befehl dazu geben oder, wenn er ausgesprochen wurde, einen anderen dazu bringen, die Gabel in die Hand zu nehmen. Und dennoch hatte sie es selbst erlebt. Während des Gesprächs mit dem Entführer war ihr wirklich ihr Großvater erschienen. Ungeachtet der Tatsache, dass Erscheinungen und Visionen für sie eindeutig in das Fachgebiet der Psychopathologie gehörten.

Sie forschte nach einer wissenschaftlichen Erklärung für all das Sonderbare, das ihr widerfuhr, und wurde darüber allmählich müde. Irgendwann überwog die Erschöpfung die Angst um ihre Kinder, und sie fiel endlich in einen tiefen Schlaf …

Kapitel 14

Nach dem Tod Mechthild von Helftas hielt Maria nichts mehr in Straßburg. Von der Sehnsucht nach ihrem Bruder getrieben, hatte sie sich den Namen Marius zugelegt und war als Mönch verkleidet zu Fuß nach Venedig gegangen. Dort hatte sie das Schiff nach Zypern genommen, weil der reisende Dominikaner ihr im Kloster zu Straßburg erzählt hatte, dass er Johannes und Christian auf der Mittelmeerinsel getroffen habe. Nachdem sie die Adria verlassen hatten, gerieten sie in der Ägäis in einen schweren Sturm. Hohe schwarze Wellen warfen das Schiff wie eine Nussschale hin und her, während der Regen ihre Kutte peitschte und sie in kürzester Zeit vollkommen durchnässte. Das Rollen der Wellen klang wie das Grollen des Teufels. Sie war kreidebleich. Ein Seemann rief ihr etwas zu, was sie aber nicht verstand, und winkte ihr zu. Sie kroch über die wasserglatten Planken des Schiffes zu ihm und verschwand mit ihm in den Bauch des Schiffes. Dort kauerten die Reisenden zwischen Waren, vornehmlich teuren Stoffe, Geschirr aus Gold sowie Glaswaren und Waffen, und hofften, dass Gott ein Einsehen haben und sie aus der Not erretten würde. Nach weiteren drei Tagen ging sie in Famagusta von Bord. Zyperns Hafenstadt wirkte vor dem Gebirge, das sich hinter der Stadt erhob, wie ein Meer aus weißem Kalk. Selbstbewusst und entschlossen, den Muslimen Widerstand zu leisten, ragten die Türme von Kirchen, Klöstern und der Templerfestung in den Himmel. Da sie keine Dominikaner auf der Insel fand, beschloss sie, bei den Templern nach Christian zu fragen. Ein deutscher Geistlicher der Rittermönche namens Hermann, mit dem Maria in ihrer Verkleidung als Mönch Marius ins Gespräch kam, erinnerte sich noch an die beiden Dominikaner, die vor zwei Jahren auf der Insel gelandet waren, weil der ältere der beiden Mönche, Bruder Johannes, bereits krank vom Schiff getragen wurde. Er hatte die harte Seeluft nicht vertragen und hustete in einem fort. Der Jüngere, Bruder Christian, kümmerte sich rührend um seinen Lehrer, ohne sich selbst zu schonen. Er machte die besten Ärzte für ihn ausfindig, auch Juden, die als besonders bewandert in der Heilkunst galten, und erwarb von Apothekern die seltensten Arzneien. Doch alle seine Pflege half nichts, drei Tage nach der Ankunft spuckte der alte Dominikaner Blut, fünf Tage später empfahl er seine Seele Gott. Obwohl der Ordenspriester Hermann dem Dominikaner die letzte Ölung spendete, hatte er doch nicht mitbekommen, worüber sich Lehrer und Schüler in den letzten Stunden unterhalten hatten. Auf Marias Bitten hin brach er mit ihr zum Friedhof auf, um ihr das Grab von Bruder Johannes zu zeigen.

Der kleine Friedhof hinter der Kirche der Zisterzienser bestand aus einer Reihe von Gräbern, die entweder nur ein Holzkreuz oder ein graues aus Stein schmückten. Der Ordenspriester ging voran, passierte ein Grab mit einem riesigen, von einem Kreis gefassten Tatzenkreuz, dem stolzen Symbol der Templer, das offenbar den Beginn des Gräberfelds des Ordens der Kriegermönche markierte, hielt sich dann links, um schließlich vor einem kleinen Kreuz aus Pinienholz stehen zu bleiben.

»Das ist es. Hier liegt Bruder Johannes begraben«, sagte er wie nebenbei. Dann verabschiedete er sich und schenkte dem zart gebauten Mönch, der sich eine so gefährliche Reise zumutete, aus einer Regung seines Herzens heraus einen Dolch mit einer Damaszenerklinge, der dem Dominikaner wenigstens den Schatten einer Chance gewähren würde, sich zu verteidigen. Dann ließ er ihn allein. Was er tun konnte, hatte er getan.

Voller Liebe schaute Maria auf das Kreuz, sank in die Knie und begann, für das Seelenheil des toten Mönchs, der ihrem Bruder und ihr das Leben gerettet hatte, zu beten. Sein Tod schmerzte, schließlich war sie ihm nicht nur dankbar, sondern sie hatte ihn gemocht, vielleicht sogar geliebt, seine Klugheit, seine Menschlichkeit, seinen einfachen Mut.

Kapitel 15

Marta blinzelte. Im fast dunklen Zimmer stand ein Mann. Alfonso? Getrieben von einem unangebrachten Verlangen? Die Vorstellung erschreckte sie, weil sie sich misstraute. Sie wusste nicht genau, wie sie auf eine Annäherung reagieren würde. Doch je genauer sie hinsah, desto klarer wurde ihr, dass nicht Alfonso in der Tür stand. Der Mann wirkte älter, gebückter. Jetzt erkannte sie die Silhouette, die eingehüllt von der Morgendämmerung im Rahmen verharrte. Es war Daniel Valentin Luther.

»Großvater?«

»Ja. Ich bin da und bin doch nicht da. Höre, was ich dir zu sagen habe, denn ich komme zum letzten Mal zu dir. Alles, was du wissen musst, alles, was du brauchst, liegt in deinem Inneren verborgen. Es ist für dich bereit. Du musst die ganze Geschichte kennen.«

»Auch über die *isra'*?«

»Alles über die *isra'* und alles über die *fidawijja*.«

»Aber wie komme ich an dieses Wissen?«

»Durch Nachdenken, durch Meditation.«

»Wie geht das? Meditieren?«

»Wenn du es wirklich willst, wirst du den Weg finden. Hab keine Angst. Vertrau dir!«

»Kann ich Alfonso vertrauen? Wer ist er wirklich?« Doch darauf bekam sie keine Antwort mehr, und ihr Großvater verschwand.

Ein Sturmläuten zerriss den Morgen wie ein Gespinst. Die Sonne stach mit tausend Nadeln, als sie die Augen aufschlug. Ein Blick auf die Uhr verriet ihr, dass es bereits zehn Uhr war und sie verschlafen hatte.

Das Klingeln ließ nicht nach und bekam mit der Zeit etwas Wütendes. Sie zog sich etwas über und eilte zur Eingangstür. Als sie öffnete, erschrak sie. Vor ihr stand Alexander. Den hatte sie vollkommen vergessen.

»Ruf die Kinder, ich habe keine Zeit zu verlieren!«, herrschte er sie an.

Kapitel 16

Er hatte es lange geschafft, sie einzuschüchtern, wenn er seine Brillanz und seine Entschiedenheit, die keinen Zweifel duldete, ausspielte. Jetzt kniff sie die Augen zusammen. »Zuerst sagt man Guten Morgen. Unsere Kinder wissen das.«

Sein stählerner Blick verriet, dass er Widerspruch hasste. »Guten Morgen, und jetzt hol die Kinder.«

Die Gedanken in ihrem Kopf überschlugen sich förmlich. Ja, er war der Vater der beiden, und nein, sie wollte ihm nicht sagen, dass Benjamin und Katharina entführt worden waren. Kein Wort würde er ihr glauben, Himmel und Hölle in Bewegung setzen, damit die Kinder gefunden werden würden. Himmel und Hölle hieße in diesem Fall das LKA, das BKA und alle, die er kannte und die irgendwie hilfreich sein konnten, Staatssekretäre im Innenministerium, denen er das Fett abgesaugt hatte, Ministerialdirigenten im BND, deren Gattinnen er die Brüste vergrößert hatte. Und damit aus reiner Eitelkeit, und weil er sie, Marta, für unfähig hielt, die Kinder am Ende umbringen, denn im Gegensatz zu ihr wusste er nicht, mit wem er es zu tun hatte. Nein, um das Leben von Benjamin und Katharina zu schützen, musste sie ihn außen vor halten.

»Du schickst per Einschreiben einen mit Drohungen gespickten Brief, und dann haben wir alle nach deiner Pfeife zu tanzen?«, fuhr sie ihn an. »Das kannst du dir aus dem Kopf schlagen. Ich darf dir die Kinder nicht vorenthalten, was ich auch nicht will, aber du hast bitte schön die Termine mit mir abzustimmen. Und an diesem Wochenende siehst du die Kinder nicht!«

Es war eine schmerzliche Methode, mit der Wahrheit zu lügen. Marta musste dabei all ihren Mut und ihre Selbstbeherrschung zusammennehmen.

»Das wollen wir doch mal sehen.« Er schob sie zur Seite und ging ins Haus. »Kari, Benni, Benni, Kari, euer Vater ist da.« Alexander Rubin lauschte in den Raum, aber nichts rührte sich im Haus. »Hast du sie etwa versteckt oder eingesperrt?«

»Sei nicht albern.«

Aber er hatte gar keine Antwort von ihr erwartet und reagierte nur mit einer wegwerfenden Handbewegung. »Kari, Benni, kommt, wir wollen einen tollen Ausflug machen, mit meinem neuen Lamborghini!«

Angeber, dachte Marta. Banker, Schönheitschirurgen, allesamt Parasiten. Sie ekelte sich davor, mit diesem Mann einmal das Bett geteilt zu haben. War er damals ein anderer gewesen, oder hatte dieser ebenso dreiste wie brutale Egoismus schon immer in ihm gesteckt und sie hatte ihn nur übersehen? Wie sehr konnte man sich in einem Menschen täuschen?

Kurz darauf waren im Flur Schritte zu hören.

Rubin grinste breit. »Na bitte, geht doch.« Triumphierend wandte er sich zu Marta, die hinter ihm immer noch an der Tür stand. »Und dir mach ich die Hölle heiß. Das wird Folgen haben! Ach Marta, kennst du mich so wenig? Glaubst du wirklich, dass ich mir das bieten lasse?«

Als er sich breit grinsend in Erwartung der Kinder umdrehte, gefror das selbstgewisse Lächeln auf seinen Lippen. Vor ihm stand Alfonso.

»Wer macht denn hier so einen Lärm?«

»Wer sind Sie?«, blaffte ihn Rubin an.

»Ein Mensch. Und du? Sieh zu, dass du Land gewinnst!« Alfonso stand absolut ruhig und selbstgewiss da, doch das vergrößerte nur die Drohung, die von ihm ausging.

»Ich ruf die Polizei!«

»Tu dir keinen Zwang an, aber der einzige strafbare Tatbestand, der hier vorliegt, ist Hausfriedensbruch und unbefugtes Eindringen.« Alfonso schaute an Rubin vorbei zu Marta. »Vielleicht sogar noch Gewaltanwendung? Nötigung? Erinnert er mit seinem Goldkettchen und der Solariumsbräune nicht irgendwie an einen Exhibitionisten?«

Einen Moment lang stand der Schönheitschirurg unschlüssig da, dann machte er auf dem Absatz kehrt. Bevor er das Haus verließ, blieb er jedoch noch kurz auf Martas Höhe stehen. »Das lasse ich dir nicht durchgehen. Das ist dir doch hoffentlich klar?«

»Verpiss dich!«, hörte sich Marta sagen und erschrak innerlich über ihre Wortwahl.

Alexander Rubin schritt, ganz geballte Wut, zu seinem Auto und zückte bereits auf dem Weg dorthin sein Handy. Marta musste kein Prophet sein, um zu wissen, dass er jetzt mit seinem Anwalt telefonierte.

»Wir haben nicht viel Zeit«, ließ sich Alfonso vernehmen. Erschrocken wandte sich Marta zu ihm um. »Er wird das Jugendamt und die Polizei verständigen«, fuhr er fort, »dass ein Mann bei dir war, der nicht vertrauenswürdig wirkt, und dass er die Kinder nicht zu Gesicht bekommen hat. Vielleicht erfindet er ja noch ein paar Details dazu, jedenfalls wird es auf Gefahr in Verzug hinauslaufen, und dann wird die Polizei die Kinder sehen wollen.«

»Dieser verdammte Idiot! Aus reinem Egoismus tötet er die Kinder!« Auf Alexander Rubins Querschläger konnte sie bei diesem Tanz auf des Messers Schneide getrost verzichten.

»Wir müssen die Gruft wieder tarnen, und dann tauchen wir erst mal unter«, erklärte Alfonso.

Mein Gott, dachte Marta, vor zwei Tagen war sie noch eine einfache Kinderärztin gewesen. Wo war sie da nur hineingeschlittert? Verzweiflung packte sie. Sie wollte doch nur mit ihren Kindern zusammen sein! Dann erinnerte sie sich an das, was ihr Großvater im Traum gesagt hatte. Sie wisse alles, was erforderlich sei, und müsse nur Vertrauen zu sich selbst haben. Zum ersten Mal in ihrem Leben traute sie etwas, worüber sie bisher nur gelacht hätte, nämlich einer Erscheinung. Aber mehr Trost und Halt standen im Moment nicht zur Verfügung.

»Wo werden wir uns verstecken?«, fragte sie emotionslos. Sie hatte sich wieder gefasst.

»Im Schwarzwald.«

»Im Schwarzwald?«

»Ja, wir besitzen da so etwas wie ein Kloster. Ruf Achmed an«, befahl er und fügte angesichts von Martas fragendem Blick hinzu: »So heißt der *fidai*.«

»Du kennst ihn?«

»Nein, ich weiß nur, wer er ist. Das ist etwas anderes.«

»Und wann wolltest du mir das sagen?«

»Wenn der richtige Zeitpunkt gekommen ist.«

»Wann ist der richtige Zeitpunkt gekommen?«

»Du siehst doch, jetzt. Beeil dich, ruf ihn an, schließ alles ab, ich fange schon mal an, die Gruft zu tarnen!«

Jedes Mal, wenn sie Vertrauen zu ihm fasste, geschah etwas, das sie wieder verunsicherte und ihr Misstrauen nährte. Sie musste sich eingestehen, dass Alfonso nicht offen zu ihr war. Letztlich stand sie allein.

Der Araber hörte sich Martas Erklärungen an. Er wirkte nicht überrascht über die Ankunft Alexander Rubins, warnte sie aber davor, die Chance der unübersichtlichen Situation zu nutzen, um heimlich Kontakt zur Polizei aufzunehmen.

»Wo Sie gehen hin?«

»In den Schwarzwald.« Sie konnte sein breites Grinsen durchs Handy förmlich spüren.

»Kloster ist guter Ort. Dort findet Sie keiner außer mir. Sie haben noch dreizehn Tage, um Kinder heil zurückzubekommen. Denken Sie daran.«

Dann war Stille in der Leitung. Woher wusste Achmed über das Kloster Bescheid? Arbeiteten Alfonso und Achmed vielleicht zusammen, war Alfonso vielleicht auch ein *fidai*?

Kapitel 17

Marta stand Todesängste aus in Alfonsos BMW. Er raste, als sei der Teufel hinter ihm her. Die gut vierhundert Kilometer von Altdorf bis Muggenbrunn im Schwarzwald legten sie in zweieinhalb Stunden zurück, trotz eines Staus und eines Begriffs, mit dem er offensichtlich nichts anzufangen wusste: Geschwindigkeitsbegrenzung. In halsbrecherischem Tempo bretterten sie über die schmale und eigentlich idyllische Schauinslandstraße durch den Schwarzwald, ohne jedoch auch nur eine Ahnung von der Schönheit der Landschaft zu bekommen, bogen von der Haldenweide auf einen etwas breiteren Waldweg ab, den Alfonso nur die Alte Landstraße nannte, und stoben weiter bergauf. Die verwegene Art, mit der er die Serpentinen nahm, trieb ihr Schweißperlen auf die Stirn und verursachte ein deutliches Unwohlsein in den Tiefen ihres Magens.

»Heidegger hat hier in der Nähe gelebt«, rief er ihr vergnügt zu, während er sich mit selbstmörderischer Geschwindigkeit einer Haarnadelkurve näherte.

»Wer?«, wollte sie wissen. Im Stillen fragte sie sich, ob man diese Person mit dem seltsamen Namen, die Alfonso so außer Rand und Band brachte, tatsächlich kennen musste. Er nahm die Kurve, und sie ertappte sich bei einem Stoßgebet. Die intuitive, von Angst getriebene Flucht ins Religiöse nahm sie ihm übel. Doch die Kirche hatte schon immer gern die Ängste der Menschen genutzt, um sie gefügig zu machen.

»Ein Mystiker, in dem viele einen Philosophen sehen.« Er lachte amüsiert über die eigene Antwort in sich hinein, während sie nur die Augen verdrehte.

»Heidegger!«, stöhnte sie nur auf.

»Noch nie etwas vom Geworfensein in die eigene Existenz gehört?«, fragte er und beschleunigte wieder. Schicksalsergeben schloss sie die Augen. Kurz darauf bremste er so stark ab, dass es sie gegen die Windschutzscheibe geschleudert hätte, wenn sie nicht angeschnallt gewesen wäre. Vorsichtig hob sie die Lider, erst das linke, dann das rechte. Der Wagen stand, und langsam, wie durch eine Pipette tröpfelte Staunen in ihr Bewusstsein.

Sie standen auf dem verwunschenen Gipfel eines Berges und schauten in eine Mulde, in die sich ein Gehöft schmiegte, von dem man allerdings nur das Dach sah, weil es von einer hohen Mauer umgeben war.

»Was ist denn das?«

»Das Refugium der Rosenkreuzer«, entgegnete er so gelassen, als handele es sich um ein Berghotel.

Sie bekam vor lauter Schauen kein Wort mehr heraus. Alfonso erklärte ihr derweil nicht ohne Stolz, dass ihr Großvater – und sein Vater – maßgeblich an der Gründung des Klosters sowie an der Planung und Ausführung des Baus beteiligt gewesen war.

»Fremde haben keinen Zutritt, aber da du die Erbin bist, darf dir niemand den Zutritt verwehren. Komm, dort sind wir erst mal in Sicherheit.«

Sie warf ihm einen langen Blick zu.

»Und mit deinem Fettabsauger und seinen Anwaltsfuzzis werden wir später fertig.«

»Dein Wort in Gottes Ohr«, erwiderte sie zweifelnd. Vielleicht hätte sie etwas vorsichtiger mit ihrem Exmann umgehen sollen. Alfonso schien ihre Gedanken zu lesen.

»Solche Leute sind nicht wichtig, genauso wenig wie Politiker und all diese Gebührendiebe. Das sind sie nur, weil wir glauben, sie wären es.«

Marta kam ein Verdacht. »Sag mal, gehst du eigentlich wählen?«

»Wen sollte ich denn wählen? Es gibt Wichtigeres!«

Fragend schaute sie ihn an.

»Zum Beispiel dein Herz und deine Umwelt jeden Tag etwas menschlicher zu machen. Und nicht den Lügnern eine falsche Legitimität zu verschaffen!«

Diese Radikalität erschreckte Marta, und sie beschloss, dieses Thema künftig lieber zu meiden. Er schien wirklich in einer anderen Welt zu leben.

Inzwischen waren sie am geschwungenen Holztor angekommen, über dem ein jugendstilhafter, zarter Bogen schwebte, der Ankömmlingen eine einladende Leichtigkeit vermittelte. Alfonso gab einen Code in die Tastatur der Sicherheitsanlage ein, und das Tor öffnete sich lautlos, wie von Geisterhand bewegt. Wäre nicht der turmähnliche Vorbau aus Glas gewesen, hätte Marta das Gebäude in der Tat für ein Bauernhaus gehalten.

»Haben Frauen Zutritt, oder muss ich mich verkleiden und mir einen Bart ankleben?«, fragte sie lakonisch.

Alfonso antwortete nicht auf die kleine Spitze. Eine grauhaarige, schlanke Frau kam ihnen entgegen. Die Art, in der sie die Haare offen über dem ungeschminkten Gesicht trug, und dazu das lange weiße Kleid aus Leinen verliehen ihr etwas Jugendliches, Unvergängliches.

»Ex deo nascimur«, grüßte er die Frau.

»In Jesu morimur«, antwortete sie mit sanftem Lächeln.

»Per spiritum reviviscimus«, schloss er die Begrüßung. »Wir benötigen ein paar Tage Ruhe und Schutz vor neugierigen Fragen. Das ist Marta, die Enkelin unseres verehrten Großmeisters Luther.«

»Die Erbin?«

»Ja, die Erbin.«

»Sei gegrüßt. Es ist mir eine Freude, dich bei uns begrüßen zu dürfen.«

Der Empfang verunsicherte Marta. Anscheinend sahen alle in ihr etwas, von dem sie nicht das Geringste geahnt hatte.

Doch die Frau unterbrach Martas Sinnieren, indem sie erklärte: »Die Schwestern und Brüder sind zur Zeit unterwegs, aber ich schlage euch vor, den hinteren Teil des Hofes zu nutzen.«

Das schien Alfonso zu freuen, und nachdem sie sich hatten Bettwäsche geben lassen, sollte Marta auch verstehen, warum.

Sie betraten nämlich einen sonnendurchfluteten, runden Raum mit einem Glasdach. In der Mitte lag ein runder Teppich mit zarten Lavendeltönen in seinem Zentrum, die zur Peripherie hin immer dunkler wurden und schließlich in dem Kreisweg, der den Teppich umgab, in ein tiefes Blau mündeten. Von diesem Kreisweg aus ging es in vier Zimmer.

»Wähle.«

»Sind alle gleich?«

»Gleich groß, doch verschieden gestaltet. Wir nennen sie die Zimmer der Elemente, weil eins der Erde, eins dem Wasser, eins dem Feuer und eins der Luft gewidmet ist.«

Marta entschied sich für das Zimmer der Luft, während Alfonso das Zimmer des Feuers wählte.

Sie hatte zwar durchaus mit etwas Besonderem gerechnet, als sie ihre Unterkunft betrat, trotzdem verschlug es ihr die Sprache. Der Raum besaß kein Fenster, dafür überdeckte das Glasdach der Rotunde auch das Zimmer. Mit einer Kurbel ließ sich ein darin eingelassenes Dachfenster öffnen. Es bot sich ihr nur ein einziger Ausblick – in den Himmel. Die Einrichtung beeindruckte durch ihre karge Schönheit, sie bestand aus nicht mehr als einem Schrank, einem Bett, einem Stuhl und einem Tisch, alles mit dezentem, jugendstilhaftem Schnitzwerk verziert, dazu kam noch ein Waschtisch aus weißem Porzellan. Darüber hing ein kleiner, runder, in Elfenbeinschnitzwerk gefasster Spiegel. Der Tür gegenüber befand sich eine Wand mit einer Malerei, die eine idyllische Landschaft darstellte. Mit zartem Strich war ein Affe gezeichnet, der sich mit seinem Jungen im Arm hinter dem grünen Hügel verbarg, während sich Vögel, die Blumen im Schnabel trugen, mit ausgebreiteten Flügeln eine smaragdene Felswand hinunterstürzten, um auf diese Weise auf der Luft zu gleiten oder sie zu liebkosen. Martas Aufmerksamkeit wurde von den verschiedenen Stadien des Ausbreitens der Flügel gefesselt, von fast geschlossen bis zum fächerartigen Spreizen. Unter dem Bild standen in altdeutscher Schrift die Verse:

Affen verziehen sich,
das Junge im Arm,
hinter die grünenden Hänge.
Vögel stürzen sich,
Blumen im Schnabel,
vor die smaragdene Felswand.

Die zweite Wand war weiß, an der dritten stand das Bett. Der Eindruck, den das Zimmer auf sie machte, war eindeutig: Es diente der Konzentration, der Ruhe, dem Zu-sich-selbst-Kommen, dazu, seine Mitte zu finden.

Kaum hatte sie ihre Sachen ausgepackt, klopfte es an ihre Tür. Auf ihr Herein betrat Alfonso das Zimmer, der sie zum Abendessen abholen wollte.

»Was sind das für Verse?«, wies sie ihn auf die altdeutsche Inschrift hin.

»Der Inbegriff des Zen.«

»Zen?«

»Weisheit gibt es auf der ganzen Welt. Da sie aber überall so selten und darum so wertvoll ist wie bei uns, müssen wir dort von ihr lernen, wo sie sich zeigt.«

»Aha«, nickte sie ironisch.

Alfonso lächelte. Er schien kein Problem mit ihrer Skepsis zu haben. »Weißt du, was die Zen-Buddhisten sagen?«

»Du wirst es mir sicher gleich verraten.«

»Hinterm Berge Rauch sehen
und schon wissen:
dort brennt ein Feuer;
hinter der Hecke Hörner erblicken
und alsbald merken:
da weidet Vieh.

Aber jetzt komm, ich habe Hunger.«

In einer malerischen Bauernküche, die allerdings nicht auf moderne Einbaugeräte verzichtete, tranken sie einen kräftigen Kräutertee, aßen dazu eine Kürbissuppe und dickes, krustiges Weißbrot, das noch warm war und betörend duftete.

Beim Essen erklärte ihr Alfonso, dass sie nun in sich gehen müsse, weil ihr Großvater alles, was sie wissen musste, in sie gelegt und in ihrem Herzen versiegelt habe.

»Du meinst, ich bin so eine Art Datenträger und weiß es nicht?«

Unschlüssig, ob er diesem Vergleich zustimmen sollte, wiegte er den Kopf. »So würde ich es zwar nicht ausdrücken, aber wenn du es so sehen willst, meinetwegen.«

»Wie geht denn Meditieren? Wie finde ich zur *isra?*«, fragte sie ungeduldig, denn sie wollte sich jetzt endlich auf den Weg begeben, der Katharina und Benjamin heimbringen sollte.

»Nicht wie es sich all diese Esoterikverkäufer und die vielen Dummköpfe vorstellen. Ich summe zum Beispiel weder Om, noch schlage ich dir vor, das innere Tier in dir zu finden. Warum sollte ein Tier in dir sein? Das ist nichts als Vulgärtotemismus für Esoteriktouristen!«

Wie schön er in seinem Zorn war, dachte sie.

»Es hört sich einfach an, erfordert aber viel Willenskraft und vor allem Konzentration. Du musst ganz leer werden, Platz für das Wesentliche schaffen, den Jahrmarkt der Gedanken schließen, die Worte, Begierden, Ängste, Eitelkeiten, alle Regungen deines Selbst verstummen lassen, dann kann das andere zu dir kommen. Unter dem Lärm der Welt, der sich als tosender Strudel von Gedanken und Gefühlen in dir ausdrückt, verbirgt sich das Wahre. Und unter den hektischen Aktivitäten hat dein Großvater tief in dir die wunderbare Passivität des Wissens versteckt. Bringe die Welt in dir zum Schweigen, dann wirst du das Wesentliche hören.«

»Wie komme ich, um im Bild zu bleiben, an die Daten heran?«

»Da bin ich mir nicht ganz sicher.«

Sie runzelte die Stirn. »Du weißt doch sonst immer alles.«

»Was zu tun ist, liegt auf der Hand, das Problem ist nur, so verschieden jedes Selbst ist, so unterschiedlich sind auch die Wege dorthin. Wir müssen deinen Weg finden.«

»Und wie lange soll mein Egotrip dauern?«

»Wenn wir nicht gleich anfangen, auf alle Fälle um die Zeit länger, die wir jetzt mit Diskussionen und mit Zweifeln vergeuden.«

Sie fand seine Argumentation im Grunde schlüssig, nur traute sie diesem Weg einfach nicht. In all diesem esoterischen Geschwätz fand sich nicht ein einziger wissenschaftlich beweisbarer Fakt. Und auf diese Lyrismen sollte sie das Leben ihrer Kinder stellen? Bei diesem Gedanken wurde ihr angst und bange. Alfonso nahm ihre Hand. Sie spürte Wärme und Beruhigung.

»Es geht darum, eine bestimmte Position einzunehmen, und dich dann auf einen einzigen Punkt zu konzentrieren, um deinen Geist zur Ruhe zu bringen.«

»Mein Geist ist ruhig.«

»Nein, ist er nicht. Im Gegenteil, in deinem Kopf geht es zu wie in einem Bienenstock. Bei der Konzentration werden dir die Atemübungen helfen, die ich dir zeigen werde.«

»Was soll damit erreicht werden?«

»Du atmest wie alle Menschen hektisch, arhythmisch, unkontrolliert. Wir wollen versuchen, einen regelmäßigen Atemstrom hinzubekommen mit einer sehr langen Atemfrequenz.«

Sie warf ihm einen fragenden Blick zu.

»Schau, Atmen besteht aus drei Phasen: Einatmen, den Atem in sich behalten und ausatmen. Es ist wichtig, langsam einzuatmen, den Atem lange und immer länger bei sich zu behalten und dann wieder langsam und kontrolliert auszuatmen. Jeder Atemzug muss zu einer Perle werden, die du wie auf einer Kette aneinanderreihst. Dadurch kommt dein Körper zur Ruhe, und du löst dich von der Hektik der Welt und kommst immer mehr zu deinem Selbst.«

»Das funktioniert?«

»Hast du noch nie etwas von Gurus gehört, die sich tagelang begraben lassen und währenddessen ihre Köperfunktion auf eine Art Standby-Modus herunterfahren können?«

Marta nickte. In der Tat hatte sie schon in mehreren Fachzeitschriften Artikel renommierter Wissenschaftler gelesen, die über erstaunliche Phänomene bei indischen Gurus und sibirischen Schamanen berichteten. Das ermutigte sie etwas, denn ihren Kollegen glaubte sie.

»Na, dann komm«, rief ihr Alfonso zu, ließ ihre Hand los und stand auf. Marta schlürfte noch schnell den Tee aus, als würde der Kräuteraufguss sie beruhigen. Im Grunde fürchtete sie sich vor der Welt des Psychischen, des Irrationalen, wie sie es empfand, in die sie eintauchen sollte, um ihre Kinder zu retten.

»Deine Sitzhaltung ist richtig, wenn die Anstrengung bei der Ausführung der Position nachlässt und jede Bewegung in deinem Körper endet. Das heißt, dass du weder deine Glieder spürst noch eine Ermüdung, ein Kribbeln oder einen Druck oder dass dir die Füße, Beine oder Arme einschlafen. Dann gelangt dein Geist ins Unendliche, ins Ungebundene. Mach einfach alles nach, was ich tue«, sagte er ruhig und leise.

Marta saß ihm auf dem Teppich in der Rotunde gegenüber und folgte seinen Anweisungen. Sie setzte den rechten Fuß auf die linke Wade, kreuzte die Arme auf dem Rücken und fasste mit der rechten Hand die linke und mit der linken Hand die rechte Ferse. Dabei hätte sie vor Schmerz fast aufgeschrien, weil ein Reißen durch ihren Körper ging. Es war ihr ein Rätsel, wie diese unbequeme Haltung zu Entspannung führen sollte. Ihn nachahmend, stützte sie das Kinn auf die Brust und fixierte ihren Nasenflügel. Dann folgte sie seinem Atemrhythmus.

»Versuch, deinen eigenen Rhythmus zu finden, indem du deinen Atem bis tief in den Unterleib, ja bis in die Vagina hineinführst und ihm Gelegenheit gibst, sich in deinem ganzen Körper auszubreiten.«

Während sie der Aufforderung nachkam, so gut sie konnte, legte sich das Abendrot wie eine Stola aus leichter, purpurner Seide auf sie. Er sah sie nicht an, als er sie bat, die Bilder und das Wissen, das Daniel Valentin Luther in seiner *isra'* in ihrem Inneren verborgen hatte, zutage zu fördern. Diesem Wissen folgend würde sie auf das stoßen, was die Entführer von ihr haben wollten.

»Aber treibe dich nicht, zwing dich nicht, werd nicht ungeduldig«, warnte er sie. »Es muss alles aus dir kommen. Wie von selbst. Du musst die Wahrheit zum Fließen bringen, so wie Licht fließt, wie Wasser fließt, wie das Leben fließt und die Gedanken. Leben ist Fließen, genau wie Tod Nichtfließen ist. Es ist die böse Leidenschaft der Teufel, egal ob in Menschengestalt oder als metaphysische Vorstellung, die Poren, die Übergänge sind, zu verstopfen, damit das Fließen aufhört und wir sterben.«

»Wie bei einem Herzinfarkt.«

»Ein ausgezeichnetes Beispiel. Die Welt besteht aus Energie, manche nennen es das Wesen Gottes, andere halten es für eine physikalische Größe, wieder andere für eine Form des Geistes, noch andere begreifen alle Energie als Licht, das Fließende Licht der Gottheit, wie die Mystikerin Mechthild von Magdeburg sagt. Dabei ist es zweitrangig, als was wir diese Energie verstehen. Es kommt nur darauf an, dass du sie in dir findest und nutzt, denn sie ist es, die die Bilder und Gedanken trägt. Sie ist zu einem Teil deiner Lebensenergie geworden. Nichts anderes hat dein Großvater getan, er hat dir Lebensenergie übertragen, seine Lebensenergie, und sie in dein Selbst gelegt. Aber jetzt schweige und atme und bringe die Gedanken, mit der die Welt dich versklavt, zum Erliegen. Denn du musst die Welt überwinden.«

Unwillkürlich legte sie den Kopf in den Nacken und blickte ins Firmament hinauf. Das Rot des Himmels verglühte allmählich und wich dem aufziehenden Schwarz der Nacht. Zaghaft, aber unaufhaltsam kam ein Stern nach dem anderen zum Vorschein und sandte sein Licht zur Erde. Jeder Physiker hätte ihr erklären können, dass der Eindruck von Kühle vom Blauanteil des Lichtes herrührte, aber zum ersten Mal in ihrem Leben war ihr die wissenschaftliche Erklärung gleichgültig. Sie half ihr nicht auf dem Weg, auf den sie gestoßen wurde. Niemals hätte sie ihn beschritten, wenn das Leben ihrer Kinder nicht davon abhängen würde. In ihren Gliedern brannte es wie Feuer. Sie hatte den Drang aufzustehen, sich zu bewegen, zwang sich aber, sitzen zu bleiben. Der Tanz des Abends mit der Nacht erfüllte sie mit einem Heimweh, das sie nicht zu orten vermochte. »Die Seele will nach Hause«, sagte Alfonso, der scheinbar ihre Gedanken las.

»Zu Hause, wo ist das?«

»Das erzähle ich dir, wenn Katharina und Benjamin wieder bei dir sind, vorausgesetzt, dass es dich dann noch interessiert.«

Da begriff sie, dass diese Sehnsucht nicht einen Ort zum Ziel hatte, sondern einen Zustand. Dieser Zustand, glaubte sie, bestand im Zusammensein mit den Kindern. Sie tat, wie ihr geheißen, merkte aber bald schon, wie schwierig das war. Immer wieder meldete sich eine Befürchtung, eine Erinnerung oder ein Wunsch zu Wort. Oder das Gefühl, dass ihre Beine abstarben, wurde übermächtig und störte das Loslassen.

Dann verfing sich ihr Blick in seinem Antlitz. Obwohl seine Augen offen standen, waren sie leer, blicklos, und sein Gesicht wirkte wie eine Maske, die zufällig noch da war, obwohl ihr Träger längst fort war. Sie spürte Wut in sich aufsteigen, weil sie ihr Denken nicht zum Schweigen bringen konnte, sondern immer wieder neue Gedanken ihren Kopf erfüllten. Es war verrückt: Je mehr sie ihr Denken abstellen wollte, desto lebhafter plapperte es. Dann erinnerte sie sich an ihre Fähigkeit, sich auf eine Tätigkeit konzentrieren zu können und alles andere dadurch auszublenden. Aber was sollte sie tun, worauf sollte sie sich konzentrieren? Das Öffnen der Tür des Raumes ihrer innersten Gedanken war schließlich kein Kind, das operiert werden musste. In ihrer aufkeimenden Verzweiflung versuchte Marta, sich die als Mönch verkleidete Jüdin vorzustellen, wie sie vom Schiff ging, um nach Damaskus zu gelangen.

Doch vergeblich. Irgendwann glaubte sie, dass diese Bilder wie bisher nur im Traum zu ihr kommen würden. Die Methode hatte sie gesucht, nicht sie die Methode. Warum also sollte sie die Vorgehensweise jetzt ändern? Abrupt stand sie auf, bereute es aber sofort, weil sie beinah gestürzt wäre, denn ihre Beine fühlten sich an wie Gummi. Natürlich, sie hatte sich in der unbequemen und ungeübten Position Adern abgeklemmt und dadurch die Blutzufuhr gedrosselt. Sie massierte ihre Unterschenkel, bis sie wieder ausreichend durchblutet waren. Verstohlen schaute sie zu Alfonso, der tief in die Meditation versunken war.

Er saß weiterhin unbewegt und verzog keine Miene.

Ihr kam das albern vor. Sollte er doch so lange sitzen bleiben, wie er wollte. Sie begab sich in ihr Zimmer und legte sich ins Bett. Der Schlaf kam sehr schnell. Als sie wieder erwachte, umgab sie tiefe Nacht. Verzweifelt stellte sie fest, dass sie nicht geträumt hatte und die Bilder ausgeblieben waren.

Was, wenn die Träume nun nicht mehr kämen? Sowohl der Großvater in ihrer Vision als auch Alfonso hatten nicht vom Träumen als Weg gesprochen, sondern vom Meditieren. Sie stand auf und kehrte in die Rotunde zurück. Alfonso saß immer noch reglos da, als ob die Zeit stehen geblieben wäre. Überrascht stellte sie fest, dass sie bereit war zu glauben, er würde tatsächlich durch die Welt reisen und hätte nur seinen Körper, die materielle Hülle, zurückgelassen. Plötzlich empfand sie das alles als absurd, lächerlich und komplett verrückt. Wie hatte sie sich nur auf diese Spökenkiekerei einlassen können, statt gleich zur Polizei zu gehen? Vielleicht hatte Alexander ja Recht, und sie war wirklich unfähig, sich um ihre Kinder zu kümmern.

Der schreckliche Gedanke, dass sie alles endgültig verdorben und damit ihr Leben zerstört hatte, schnürte ihr die Kehle zu. Sie musste unbedingt nach draußen. Marta lief den Gang entlang, verlor die Orientierung und fragte sich, ob sie jemals aus diesem Labyrinth herausfinden würde. Bei ihrer Ankunft war ihr das Gebäude gar nicht so groß vorgekommen. Aus ihrem Körper wich die Kraft, und der Flur, ja das gesamte Haus begann, sich um sie zu drehen. Um nicht hinzufallen, lehnte sie sich mit dem Rücken schnell an die Wand und ließ sich zu Boden gleiten. Wann hatten sie eigentlich die Gewissheiten verlassen, die sie ihr ganzes Leben begleiteten? Zumindest hatten die Träume die rationale Art, auf die sie die Welt sah, untergraben. Die Beine angewinkelt, stützte sie die Ellbogen auf die Knie und barg den glühenden Kopf zwischen den Händen.

»Am Anfang flieht man immer vor der Ruhe«, sagte eine freundliche Stimme. Marta hob leicht den Kopf. Im Flur stand die Frau, die sie begrüßt hatte. »Man erträgt sie nicht. Sie ist zu laut. Kommen Sie, ich zeige Ihnen etwas.« Die Fremde streckte ihr die Hand entgegen.

»Was machen Sie in diesem Kloster? Sind Sie eine Rosenkreuzerin?«

»Wenn ich Ihnen sagte, ich sei eine Rosenkreuzerin, dann wäre ich es nicht.«

Marta erinnerte sich an die Worte, die sie schon einmal von Alfonso gehört hatte.

»Warum könnt ihr nicht zugeben, dass ihr es seid?«

»Weil wir unterwegs sind und einem bestimmten Weg folgen. Wären wir etwas, dann hätten wir uns fangen und in das Gefängnis dieser Bezeichnung sperren lassen. Wir sind keine Parteimitglieder und gehören keiner Organisation oder Gewerkschaft an. Wir haben uns auf die Reise nach Hause begeben. Wie können wir also wissen, wer wir sind, wenn wir das erst auf dieser Reise zu unserem Selbst erfahren wollen?«

Ihr offenes Lächeln verlieh ihrem Gesicht etwas Gütiges. Marta ergriff die ausgestreckte Hand, zog sich daran hoch und folgte der Frau. Unterwegs erzählte diese ihr in knappen Worten, sie habe einmal Biologie studiert und in der Forschung gearbeitet.

»Genmanipulation von Fischen. Demnächst wird ein Lachs zugelassen, der aufgrund der Veränderung des genetischen Materials doppelt so groß wie die anderen Exemplare seiner Spezies wird. Daran war ich beteiligt. Und habe begriffen, wie sehr wir uns versündigen. Die Schöpfung, der Mensch inbegriffen, wird zu einem Industrieprodukt, nein, mehr noch zu einem Industriedesign. Als ich begriffen habe, welch Sünde ich auf mich lade, habe ich mich so schuldig gefühlt, dass ich mir das Leben nehmen wollte.«

»Und dann?«

»Habe ich Alfonso getroffen. Seitdem lebe ich hier, sozusagen als Bibliothekarin des Lebens.« Sie liefen weiter durch lange Gänge und gelangten schließlich zu einer Wendeltreppe, die in die Tiefe führte. Die Wand um die Treppe war mit Regalen verkleidet, in denen unzählige Bücher standen.

»Hier finden Sie das Älteste und das Allerneueste zu allen Wissensbereichen.«

Marta schielte beim Gehen auf die Buchrücken. Craig

Venters *A life decoded* fiel ihr auf, ebenso die Bücher von Stephen Hawking über das Weltall und etwas später Einsteins Relativitätstheorie.

Am Fuß der Treppe öffnete sich der Raum zu einem modernen Lesesaal mit Computern.

»Wer liest denn all diese Bücher?«, erkundigte sich Marta zutiefst erstaunt.

»Unsere Brüder und Schwestern. Es ist ein Fehler des modernen Menschen, dass er streng zwischen rational und irrational unterscheidet. Er geht in die Länge und in die Breite, hat aber die Dimension der Tiefe verloren, weil er die Wissensbereiche trennt. Auf diese Weise verfällt er immer mehr einer Scheinwelt. Uns aber interessiert die ganze Welt. Recherche und Meditation sind doch nur zwei verschiedene Formen der Suche, die man braucht wie zwei Beine zum Gehen. Ich glaube aber, jetzt haben wir uns ein Glas Wein verdient.« Sie führte Marta zu einem Fahrstuhl und fuhr mit ihr nach oben.

Wenig später saßen sie einander mit einem Glas Rotwein vor sich am rustikalen Küchentisch gegenüber. Der Spätburgunder tat Marta gut. Er beruhigte sie tatsächlich.

»Rotwein ist ein altes Sedativum«, erklärte die Frau.

Unmittelbar darauf hörten sie Schritte im Flur, dann erschien Alfonso in der Küche und setzte sich zu den beiden Frauen. Er nahm sich ebenfalls ein Glas und erzählte von den quälenden Wochen, die er benötigt hatte, bis die erste Meditation gelungen war, und der fremden Frau war es nicht leichter gefallen.

»Wochen? Die haben wir nicht«, stellte Marta fest. »So lange brauchst du auch nicht«, entgegnete die Frau sicher und trat an ein Bücherregal. »Hebräisch kannst du sicher nicht?«, rief sie Marta fragend zu.

Marta schüttelte den Kopf.

»Englisch?«

»Ja.«

»Gut?«

»Ich habe früher bei *Ärzte ohne Grenzen* in Krisengebieten gearbeitet.«

»Dann sollten deine Fähigkeiten ausreichen. Es gibt leider noch keine deutsche Übersetzung des Buchs.« Die Bibliothekarin kam mit einem in blaues Leder eingeschlagenen schmalen Buch zurück.

»Techniken der …« Marta warf der Bibliothekarin einen fragenden Blick zu.

»Jorde Merkaba. Das war eine Gruppe jüdischer Mystiker im 3. Jahrhundert nach Christus. Das Besondere an ihnen war, dass sie nicht wie die anderen davon sprachen, zu Gott aufsteigen, sondern zu Gott absteigen zu wollen. Vielleicht hilft dir ihr Weg zu ihrem Selbst. Du kannst nur die verschiedenen Techniken ausprobieren, bis du deine gefunden hast.«

Eifrig hatte Marta anschließend in diesem Buch gelesen, von den sieben Himmeln, durch die die Seele zu Gott reisen sollte, um zu den sieben Thronhallen Gottes zu gelangen. Immer wieder las sie die Zeilen des Rabbis Akiba und empfand ein großes Zutrauen zu der von ihm beschriebenen Methode: »Ihr wisst vielleicht, dass viele Weise der Ansicht sind, dass ein Mann, wenn er würdig und mit bestimmten Eigenschaften gesegnet ist und die Himmelswagen und die Hallen der Engel hoch oben schauen möchte, bestimmte Übungen machen muss. Er muss eine gewisse Zahl von Tagen fasten, er muss den Kopf zwischen die Knie legen, während er die ganze Zeit über bestimmte Lobpreisungen Gottes vor sich hinflüstert, während er das Gesicht zum Boden gewandt hat. Als eine Folge davon blickt er in die verborgensten Winkel seines Herzens, und es wird ihm scheinen, als sehe er die sieben Hallen mit eigenen Augen, während er von einem Saal zum anderen geht, um zu sehen, was sich darin befindet.«

Ja, darum ging es doch eigentlich, dass sie in die verborgensten Winkel ihres Herzens blickte, wo ihr Großvater das Wissen für sie deponiert hatte. Über dem Nachdenken fielen ihr schließlich die Augen zu.

Am nächsten Morgen setzte sie die Bibliothekarin und Alfonso darüber in Kenntnis, dass sie schweigen und fasten wolle, so wie Rabbi Akiba es vorschlug. Sie wusste nicht, ob dies die richtige Methode für sie sein würde, doch eine innere Stimme sagte ihr, diesem Weg zu folgen. Zum ersten Mal in ihrem Leben verließ sie sich vollkommen auf ein Gefühl, auf eine Intuition, die nicht von wissenschaftlichen Fakten abgesichert wurde.

Es vergingen sieben Tage, in denen sie nur schwache Gemüsebrühe zu sich nahm, das Buch über Jorde Merkaba las, im Wald spazieren ging und über die Welt und das Glück nachdachte. Alfonso und die Bibliothekarin respektierten ihr Schweigen und hatten sich zurückgezogen. Immer öfter wanderten ihre Gedanken auch zu ihrem Großvater zurück, zu seinen Geschichten von Magiern und Ärzten. Seinen plötzlichen Tod hatte sie immer als Verrat empfunden. Und jetzt stand sogar in Zweifel, dass er damals tatsächlich gestorben war. Langsam wurde ihr klar, dass sie in eine Welt gezogen wurde, die so grundverschieden von ihrer bisherigen war. Und dies nicht, um bestraft zu werden, sondern um die ganze Welt zu verstehen, den ganzen Menschen. Sie wusste nicht, was mit ihr geschah, fühlte aber, dass sie Vertrauen aufbringen musste.

Vielleicht hatte Marta zwei Stunden oder auch nur eine halbe geschlafen. Sie war hellwach, eigentlich überwach. Obwohl es dunkel war, nahm sie ihre Umgebung genau wahr. Wie selbstverständlich ging sie in die Rotunde, die von silbernem Mondlicht erhellt wurde. Exakt erinnerte sie sich an die im Buch beschriebene Haltung. Wie hieß es doch im Buch der Könige? Elia ging »auf den Gipfel des Karmel und bückte sich zur Erde und hielt sein Haupt zwischen seine Knie«. So gebückt, den Kopf zwischen den Knien vergraben, konzentrierte sie sich auf ihr Atmen und spürte zum ersten Mal, dass ihr Denken leer und immer leerer wurde …

Kapitel 18

Auf der zypriotischen Hafenstadt Famagusta lag eine kräftige Nachmittagssonne. Maria, die sich Bruder Marius nannte, schwitzte im derben Stoff der Mönchskutte. Von dem Templer hatte sie erfahren, dass Christian an der geplanten Wallfahrt festgehalten hatte und über Damaskus alleine nach Jerusalem aufgebrochen war. Das verwunderte sie nicht, denn es galt als Sünde, eine beschlossene Pilgerreise abzubrechen. Und auch sie würde sich unter keinen Umständen von der Suche nach ihrem Bruder abbringen lassen. Der schnellste und wohl auch sicherste Weg führte von Famagusta übers Meer nach Beirut und von dort auf dem Landweg über Damaskus nach Jerusalem. Das nächste Schiff, das nach Beirut segelte, war eine dreimastige Dhau, ein arabisches Segelschiff mit langgezogenem, schlankem Rumpf und einem Heck, das mit seiner Brücke an die zinnenbewehrte Flachdachfläche eines Wehrturmes erinnerte. Obwohl es nicht vertrauenerweckend aussah, schiffte sie sich ein. Dem Tod kann man nicht aus dem Weg gehen, er findet einen, wann und wo er will. So begab sie sich auf ihre zweite Seereise.

Was die stets gefürchteten Stürme betraf, zeigte sich

der Herbst plötzlich sanft wie ein Lamm. Bis weit in die Nacht blieb es warm, so dass Maria mit einer dicken Decke oben an Deck schlafen konnte und nicht in dem stinkenden Raum im Schiffsbauch zwischen Frachtgut und Menschen nächtigen musste, wo alle möglichen Krankheiten lauerten.

Mitten in der Nacht wurde sie unsanft geweckt.

»Halt den Mund, wenn ich dir nicht die Kehle zudrücken soll.«

An dem leidlichen Latein, das er sprach, und an der rauen Stimme erkannte sie den Kapitän, der dicht neben ihr kniete. Rutschend wich sie ein Stück zurück und stand auf. Sie wollte ihm keinesfalls zu nahe kommen, um nicht in Gefahr zu geraten, als Frau erkannt zu werden. Auch er hatte sich aufgerichtet. Er war einen halben Kopf größer als sie und doppelt so breit. Der Kapitän trug Pluderhosen und einen Kaftan, auf dem sich Essensreste unterschiedlicher Herkunft verewigt hatten, die Spuren von Öl und Fett ließen den Kaftan unschön glänzen. Ein schwarzer Turban verdeckte seine niedrige Stirn, und aus dem Mund stank er nach billigem Fusel.

»Hast du in deiner Heimat Mutter und Vater?«, fragte er stumpf.

Maria nickte.

»Haben die Geld?«

»Warum willst du das wissen?«

»Entweder kaufen die dich frei, oder ich verhökere dich an einen Sklavenhändler. Du bist allein, kein Mensch auf dem Schiff kennt dich, es wird also keinem auffallen.« Der Kapitän grinste, wobei er die schwarzen Stumpen entblößte, die einmal Zähne gewesen sein mussten. Dann musterte er Maria genauer. »Obwohl ich für so ein halbes Huhn wie dich nicht viel bekommen werde.«

Maria überlegte, wie sie dem skrupellosen Kerl entrinnen konnte. »Andererseits gibt es auch Häuser für so zarte Jungs wie dich. Wo du so manche Gefälligkeit erweisen kannst«, drohte er. »Hast Glück, ich schätze diese Art Gefälligkeiten nicht, aber diese Karawanenleute vögeln ja auch ihre Kamele, wenn sie in der Wüste unterwegs sind. Nein, ich zieh da eine Frau vor, besonders wenn sie drall ist. Was ist nun? Hast du reiche Eltern oder nicht?«

»Ich sage dir, wer meine Eltern sind. Aber das darf niemand erfahren! Niemand! Komm, wir suchen uns ein verschwiegenes Plätzchen.«

Sie lockte ihn zum Bug des Schiffes, prüfte mit schnellem Blick, ob sie auch wirklich allein waren, dann stach sie blitzschnell zu. Es bereitete ihr Mühe, den massigen Leib des Kapitäns über die Reling zu hieven. Das dumpfe Aufschlagen seines Körpers auf dem Wasser hallte in der Dunkelheit wider. Im gleichen Moment, in dem sie geduckt an der Kajüte vorbeischlich, hörte sie auch schon diese reibenden Laute der arabischen Sprache, bei der ihr Ohr nicht unterscheiden konnte, wo das eine Wort endete und das nächste begann. Vermutlich bedeuteten die gerade gerufenen Worte aber auf Deutsch so etwas wie »Mann über Bord«. Sie beeilte sich, im Laderaum zu verschwinden, denn schon bevölkerten Matrosen mit Fackeln den Bug.

Sie hatte gerade ein sicheres Plätzchen neben einem Fass mit Pökelfischen gefunden, als sie über sich auf dem Deck aufgeregte Schritte und lautes Rufen hörte. Maria brauchte keinen Dolmetscher, um zu verstehen, dass der fünfköpfigen Besatzung klarwurde, dass ihr Kapitän über Bord gegangen war. Was lag näher, als bei dem Alkoholkonsum des Mannes zu vermuten, dass er, als er sich übergab, das Gleichgewicht verloren hatte.

Jetzt würde die Mannschaft unter der Führung des Steuermannes das Schiff nach Beirut bringen. Und die Meeraale durften derweil mit dem alkoholgesättigten, fetten Fleisch ein Festmahl veranstalten. Diese Vorstellung gefiel ihr. Fürs Erste war sie jedenfalls sicher. Dass der kleine Mönch, wie sie genannt wurde, den Kapitän erstochen haben könnte, darauf wäre niemand gekommen.

Zum ersten Mal in ihrem Leben hatte sie einen Menschen getötet, das getan, was sie nur liebend gern Bischof August von Virneburg zugefügt hätte. Erschreckte es sie? Fühlte sie Schuld? Reue? Tat es ihr leid? Empfand sie Mitleid?

Wie viele Pilger hatte der feiste Kerl wohl schon in die Sklaverei verkauft, die, statt die heilige Stadt zu sehen, ihr Leben damit beschlossen, unter gnadenloser Sonne auf dem Feld oder in finsteren Bergwerken zu schuften? Die Plackerei in ägyptischen Silberminen hielt niemand lange durch.

Empfand sie also Mitleid? Die Rache ist mein, spricht der Herr. Andererseits hieß es auch: Hilf dir selbst, dann hilft dir Gott. Nein, Schuld empfand sie nicht, es tat ihr auch nicht leid, was sie getan hatte. Mehr noch, sie würde es immer wieder tun. Immer wieder zustechen. Das wusste sie jetzt. Schließlich schickte auch Gott seine Engel mit scharfem Schwert oder Dolch bewehrt aus, um Rache zu üben. Vielleicht war sie ein solcher Engel? Bei allem, was ihr in ihrem kurzen Leben widerfahren war, grenzte es ohnehin an ein Wunder, dass sie noch am Leben war. Vielleicht war es sogar ein Wunder. Hieß es nicht in der Chronik: *Und der HERR sandte einen Engel; der vertilgte alle Kriegsleute und Obersten und Hauptleute im Lager des Königs von Assur, dass er mit Schanden wieder in sein Land zog. Und als er in seines Gottes Haus ging, fällten ihn dort durchs Schwert seine Söhne, die von seinem eigenen Leibe gekommen waren.*

Niemals aber würde sie jemandem etwas zuleide tun, der unschuldig war oder nur geringe Schuld auf sich geladen hatte. Doch diejenigen, an deren Händen das Blut Unschuldiger klebte, Männer wie der Kapitän oder der

Bischof, die wollte sie nicht schonen und deshalb auch kein Mitleid mit ihnen haben oder ihr Gewissen plagen. Nein, sie hatte keinen Menschen getötet, sondern ein Vieh. Ihr Mund bekam einen harten Zug bei diesem Gedanken.

Am fünften Tag nach ihrem Auslaufen erreichten sie Beirut. Über der lieblichen Bucht ging gerade die Morgensonne auf und leuchtete über den Bauten der Hafenstadt. Deren prächtige Häuser, aber auch die solide gebauten Hütten präsentierten sich einladend: Beirut, die ewig-junge Königin der Levante. Ihr Herz schlug höher. Mit jeder Seemeile, die sie zurücklegten, kam sie ihrem Bruder näher.

Sie erkundete die fremde Stadt, die erste orientalische, die sie kennenlernte, spazierte entlang der breiten Straße, die sich plötzlich wie ein Delta in Gassen und Gässchen verzweigte, die sich durch die Stände und Buden der Basare schlängelten. Düfte von Safran und Koriander, von Lavendel und Liebstöckel überwältigten ihre Geruchsnerven und machten sie bald benommen wie schwerer, süßer Wein. In dieser Stadt begegnete sie dem Orient in seiner ganzen Andersartigkeit. Sicher, Venedig unterschied sich deutlich von Straßburg und Zypern umso mehr, aber es waren doch Orte, in denen das Christentum herrschte und nicht lediglich geduldet wurde. Plötzlich fühlte Maria sich wieder in ihre Kindheit zurückversetzt, in die Zeit, in der sie als Juden in ihrer Heimatstadt wie Fremdkörper inmitten der christlichen Mehrheitsgesellschaft gelebt hatten, im Gefühl einer ständigen Bedrohung, weil eine Unbedachtheit die Katastrophe auslösen konnte. Man hielt sich abseits, zog sich tief in die jüdischen Zirkel zurück und betete, dass der Herr sie schützen möge. Welche Ironie des Schicksals, dass sie jetzt, in ihrer Verkleidung als christlicher Mönch, ein ähnliches Gefühl der Gefährdung beschlich, wie sie es als jüdisches Kind erlebt hatte. Dieses Gefühl war umso größer, da sie den fremden Alltag mit seinen Spielregeln nicht durchschaute.

Noch bevor der Muezzin die Gläubigen zum Gebet rief, hatte sie einen Platz für die Nacht in einer der zahllosen Pilgerherbergen gefunden, die außer den Wallfahrern unfreiwillig auch einer internationalen Versammlung von Ungeziefer Unterkunft gewährte.

In der Herberge fand sie Anschluss an eine Gruppe von Pilgern, in der Hauptsache Franziskaner, die sich der Führung eines professionellen Pilgerführers anvertraut hatten, eines ortsansässigen Drusen, und am nächsten Morgen aufbrechen wollten, um über die gut bewachte und stark frequentierte Pilgerstraße nach Damaskus zu wandern.

Drei Tage war sie in Richtung Damaskus unterwegs, über schwindelerregende Pfade durch das karge, schon im Altertum abgeholzte Gebirge, das sich zur Bekaa-Ebene erstreckte, bis sie schließlich hinab in die blühenden

Gärten der Ghuta gelangte. Sie übernachtete in heruntergekommenen, verwanzten Herbergen, einmal auch in einem Maronitenkloster, das aber leider auch nicht viel reinlicher war.

Der Abt, ein graubärtiger Alter mit sonnengegerbtem Gesicht und Hakennase, freute sich über den Besuch eines Dominikaners und zog Maria sofort in ein Gespräch. Er versicherte ihr, dass die Maroniten den Papst als Oberhaupt anerkannten und auch an die doppelte Natur Jesu Christi als Mensch und Gott glaubten. Im Gegensatz zu den Katholiken attestierten sie Jesus aber nur einen Willen: einen göttlichen. Mit zitternder Greisenstimme und funkelnden Augen wiederholte der Klostervorsteher noch einmal: »Jesu Willen ist rein göttlich!«

Maria schüttelte innerlich den Kopf. Wie kompliziert es sich die Menschen doch mit ihrem Glauben machten! Wenn Gott größer als alles Denkbare war und jedes Vorstellungsvermögen überstieg, wie konnte man sich dann nur so konkrete Vorstellungen machen und sich wegen dieser Vorstellungen auch noch gegenseitig nach dem Leben trachten?

Während der Abt sich in mäandernden theologischen Ausführungen verlor, dachte Maria an eine Geschichte, die ihr Vater ihr einmal erzählt hatte. Zu dem großen Rabbiner Schamaliel kam ein Mann. Er fragte den Rabbiner, ob er ihm das Judentum mit seinen 623 Gesetzen in der Zeit erklären könnte, in der er auf einem Bein zu stehen imstande war. Schamaliel schlug den Mann erbost mit seinem Stock und jagte ihn aus dem Haus. Was für eine Blasphemie! Ein Leben genügte nicht, um Gottes Gesetze zu studieren und der Einfaltspinsel wollte sie in der Zeit erläutert wissen, in der er sich auf einem Bein zu halten in der Lage war. Hatte man jemals so eine Frechheit vernommen?! Der Mann aber ließ es sich nicht verdrießen, suchte den nicht weniger berühmten Rabbiner Gamaliel auf und bat ihn um dasselbe. Dieser nun antwortete, dass er es könne. Das Wesen der Gesetze, erklärte er, bestünde in dem Satz: *Was du nicht willst, dass man dir tu, das füg auch keinem anderen zu.* Dann lächelte der Rabbiner und meinte abschließend: *Der Rest ist Auslegungssache.*

Maria schützte Müdigkeit vor, um den ausufernden Spekulationen des Abtes zu entkommen, zumal sie nicht recht auskunftsfähig war, da sie niemals über die Gottnatur nachgedacht hatte, obwohl sie im Credo mitsprach:

Credo in unum Deum …
Et in unum Dominum Jesum Christum
(Wir glauben an den einen Gott …
… Und an den einen Herrn Jesus Christus,
Gottes eingeborenen Sohn,
aus dem Vater geboren vor aller Zeit:
Gott von Gott, Licht vom Licht,

wahrer Gott vom wahren Gott,
gezeugt, nicht geschaffen,
eines Wesens mit dem Vater)

Die Mahlzeiten unterwegs blieben karg. Zu essen gab es Fladenbrot. Auf das schimmernde Fleisch verzichtete sie lieber, auch auf den blühenden Käse. Als einer der Mitreisenden wegen starker Magenkrämpfe die Reise unterbrechen musste, gratulierte sie sich zu ihrer Vorsicht. Krank zu werden, durfte ihr weniger als allen anderen Morgenlandfahrern passieren, denn dann lief sie Gefahr, dass ihr wahres Geschlecht herauskam, das die Verkleidung mehr schlecht als recht verbarg.

Schließlich erreichte sie gegen Mittag des vierten Tages das siebentorige Damaskus, das die Einheimischen liebevoll Schmams nannten. Die fruchtbare Flussebene, Ghuta genannt, blühte noch einmal in satten grünen Farben, wie um Abschied zu nehmen, und der steil aufragende Djebel Quasyun, der Hausberg von Damaskus, wachte wie ein mächtiger Herrscher über die prächtige Stadt. Der Fluss Barada, dem sie schon auf ihrem Weg durchs Gebirge begegnet war und der hier behäbig in die Stadt mündete, durchzog die Stadtteile wie ein Kapillarsystem und versorgte die Bewohner mit Wasser und Kühlung. Die Stadtmauer wirkte schützend, aber nicht abweisend. Als sie unter dem mittleren Joch des dreibögigen Osttores hindurchschritt, hatte sie das deutliche Gefühl, ihrem Bruder sehr nahe zu kommen.

Über Damaskus herrschten die muslimischen Emire von Kairo mit harter Hand. Dadurch hatte die Stadt, die einmal der Mittelpunkt Arabiens war, zwar an Bedeutung verloren, gehörte aber neben Bagdad und Kairo zu den bedeutendsten islamischen Metropolen, sah man von den heiligen Städten Mekka und Medina ab, die ohnehin kein Ungläubiger betreten durfte.

Zunächst folgte sie der breiten Hauptstraße, die durch die gesamte Stadt führte. Die Luft ähnelte einem beweglichen Lautteppich, der aus so vielen verschiedenen Sprachen gewebt war, wie es Waren auf dem Basar gab. Wer vermochte sie noch zu unterscheiden? Zuweilen glaubte Maria, ein vertrautes Wort zu vernehmen, das jedoch sogleich von fremdartigen, kehligen, gleitenden und singenden Silben vertrieben wurde. Hier ging es sprachlich zu wie beim Turmbau zu Babel, dachte sie, nur mit dem Unterschied, dass Gott diesen Ort zu lieben schien. Hoch über ihrem Haupt erscholl das typische: *la il Llaha il Allah! Allahu Akbar*, das sie auf ihrer Reise selbst im kleinsten Dorf vernommen hatte, natürlich mit Ausnahme der Maronitensiedlungen und der Dörfer der Drusen. Die Häuser begnügten sich oft mit einem, höchstens zwei Stockwerken. Von außen wirkten viele Häuser schmutzig, da sie nur mit ungebranntem Lehm beworfen waren. Die Türen waren niedrig, wie für Zwerge gemacht, und Fenster kamen allenfalls als viereckige Luftlöcher vor. In der Luft hing ein klebriger Geruch von verbranntem Mist und Olivenholz. Anders als Beirut wirkte Damaskus abweisend auf sie.

Mitreisende hatten sie gewarnt, der berühmten Umayyaden-Moschee, die für Muslime ähnlich bedeutend war wie eine der sieben Pilgerkirchen Roms, und auch den anderen muslimischen Gotteshäusern fernzubleiben, wenn sie nicht gesteinigt werden wollte. Ungläubige duldeten sie hier in ihren Moscheen nicht, und sie beäugten nicht muslimische Ankömmlinge daher misstrauisch. Allerorten spürte sie die beobachtenden Blicke.

Als der mächtige Ball der Abendsonne allmählich in einem glutroten Dämmer zerlief und die Gebetsrufer mit meckernder Stimme zum letzten Mal die Gläubigen aufforderten, ihr Pflichtgebet an Allah zu richten, hatte sie bereits in allen Klöstern und christlichen Kirchen vergeblich nach ihrem Bruder gefragt. War er denn niemals in Damaskus angekommen? Niemals in Beirut von Bord gegangen? Sollte ihn etwa ein zwielichtiger Schiffsherr unterwegs gefangen genommen und in die Sklaverei verkauft haben?

Müde und verzweifelt ließ sie sich auf einem Stein neben dem Kloster der Karmeliter nieder, jenem christlichen Orden, der am hartnäckigsten im Heiligen Land ausharrte, war er doch am heiligen Berg Karmel gegründet worden. Noch nie hatte sie sich so allein, so einsam, so von der Welt und vom Leben abgeschnitten gefühlt wie in diesen Stunden. Ihr wurde förmlich der Boden unter den Füßen weggezogen, und sie fiel in ein schwarzes, grundloses Loch, und fiel und fiel. Gott, großer und gerechter Gott, nimm mich zu dir, es ist genug, bat sie leise auf Hebräisch. Weit war sie gelaufen, aber jeder Weg endete für sie nur im Schmerz.

Sie erinnerte sich, dass Gott mit dem Teufel gewettet hatte, dass es Luzifer nicht gelingen würde, ihm seinen treuen Knecht Hiob abspenstig zu machen, nicht einmal dann, wenn er Hiobs Glück, seinen Reichtum, seine Familie und seine Gesundheit vernichtete und ihn in den beklagenswertesten Menschen unter der Sonne verwandelte. Was für eine grausame Wette! Welche Enttäuschung, dass sich Gott zu einem so niederträchtigen Spiel hergab. Mit Tränen in den Augen dachte sie daran, wie oft sie sich mit ihrem Vater über diese Geschichte gestritten hatte, die sie bis heute nicht gänzlich begriff. Prüfte Gott sie, wie er einst Hiob auf die Probe stellte?

Das Schwindelgefühl, das sie wanken ließ, erinnerte sie daran, dass sie den ganzen Tag weder etwas getrunken noch etwas gegessen hatte. Ihre Gedanken überstürzten sich. War ihre Reise hier in Damaskus zu Ende? Was sollte sie nun tun? Nach Jerusalem weiterziehen? Obwohl er dort angeblich nie angekommen war? Umkehren und unverrichteter Dinge nach Hause zurückkehren? Aber wo war ihr Zuhause? In Straßburg, ihrer Geburtsstadt, lebten weder ihre Eltern noch ihre Verwandten. Mechthild und die anderen Beginen, bei denen sie aufgewachsen war, hatte der Bischof ertränken lassen, und Bruder Johannes wurde von zypriotischen Würmern verspeist. Die Bösen feierten Erfolge, die Guten starben elendig. Die Welt nahm einen blutigen Gang und folgte dem Teufel. Niemanden, den sie kannte – bis auf ihre Erzfeinde, den Bischof und dessen Sekretär –, würde sie in Straßburg antreffen. Konnte die Stadt überhaupt noch als ihre Heimat gelten?

Ihre Heimat würde sie wohl erst dann finden, wenn sie ihren Bruder wiedertraf.

Kapitel 19

Mit den Sternen zog von Nordwesten auch ein kühler Nachtwind auf, der vom Meer kam. Genau wie sie. Allmählich empfand sie diesen Wind als treuen Begleiter. Tröstend liebkoste er ihr Gesicht und kühlte Stirn und Wangen. Ihr fehlte die Kraft, sich zu erheben. Mit dem Aufstehen war es ja nicht getan, denn dann musste sie sich entscheiden, wohin sie sich wenden wollte. Ja, wohin? Das Ziel ihrer gleichermaßen gefährlichen wie beschwerlichen Reise war ihr in dem Augenblick abhanden gekommen, als sie die Spur ihres Bruders verloren hatte. Jetzt schwankten ihre Gedanken zwischen Umkehren und Weitergehen, also zwischen Rache und Suche und letztlich zwischen Tod und Leben.

Und während sie so mit dem Schicksal und sich selbst haderte, spürte sie einen durchdringenden Blick auf sich ruhen. Sie sah auf und schaute in zwei schwarze Augen, die sie neugierig musterten. Die Iris des Fremden hatte zu viel Sonne gesehen. Seinen athletischen Körper verhüllte ein knöchellanges blaues Wollgewand, das ein gelbes Tuch als Gürtel um die Taille zusammenhielt. Auf dem Kopf saß ein grüner Turban. Er sprach sie auf Arabisch an, dann wechselte er probeweise ins Lateinische. Die tadellose Aussprache überraschte sie.

»Suchst du eine Unterkunft, Pilger?« Weder lächelte er einladend noch verriet sein Antlitz irgendeine Regung, es war nur schön, mit ebenmäßigen Zügen, und seine Miene war irritierend unbewegt.

»Mein Vater im Himmel hat für mich gesorgt«, antwortete sie die Bibel zitierend und trotzdem doppeldeutig, denn es blieb offen, ob sie Gott oder ihren leiblichen Vater, den Rabbiner, damit meinte. Aber das ging den Fremden nichts an.

»Ich weiß, denn Gott, der Erhabene, hat mir befohlen: Mach dich auf, Hafis, und suche meine Tochter, die sich in der Kutte der Predigerbrüder verbirgt.«

Maria erschrak. Der Fremde hatte sie durchschaut! Unwillkürlich tastete sie vorsichtig unter der dicken Kutte nach dem Dolch mit der Damaszenerklinge, der ihr schon einmal so gute Dienste geleistet hatte. Der Fremde, der sie nicht aus den Augen gelassen hatte, lächelte undurchdringlich. Auch wenn sie sich schwach fühlte, würde sie sich mit aller Kraft verteidigen.

»Wie kommst du darauf, dass ich eine Frau wäre?«

»Weil du so schmal wie ein Weib bist.«

Fest umklammerte sie den Griff der Waffe und erwiderte: »Ich habe eben sehr viel gefastet, um mich zu reinigen.«

»Die Lüge ist verboten, aber die *taqiya* erlaubt.«

Fragend sah sie ihn an.

»Entschuldige, ich vergaß, du verstehst ja kein Arabisch. Du musst es lernen. *Taqiya* bedeutet frommes Verschweigen, um eine Gefahr abzuwenden. Aber ich bin keine Gefahr für dich. Ich bin nur ein bedeutungsloser Sufi, Staub unter den Füßen der Menschen, ein Sandkorn im Blick der Engel, für Gott, den Erhabenen, kaum noch sichtbar.«

»Ein Sufi?«

»Ja, ein Gottsucher. Einer, der sich auf den Weg zu Gott gemacht hat. Und sein Leben mit nichts anderem verbringt, als diesem Pfad zu folgen. Wie hinfällig ist doch bei Gott die Pracht, wie vergänglich das, was lebendig ist, weil in jeder Minute, die Gott, der Erhabene, sein lässt, die Existenz des allerbedeutendsten und des allergeringsten Menschen ein Ende finden kann. Ein Unfall, eine Seuche, ein Mörder, ein Verlust, ein Unwetter, große Kreaturen oder winzige Kerbtiere, üble Nachrede oder Denunziation können unseren Lebensfaden abschneiden. Sagt das nicht zur Genüge, wie eitel und dumm unser ganzes Planen und Mühen und Handeln ist? Worauf bauen wir? Auf eine Hoffnung, die sich allzu oft nur als Illusion entpuppt.«

Maria lockerte ihren Griff um den Dolch. In seinen Augen leuchtete ein jungenhafter Charme, der trotz allen missionarischen Eifers sympathisch wirkte, weil er großes, unverbrauchtes Staunen enthielt.

»Es sind die Menschen, die aus der Erde ein Jammertal machen, nicht der Allerhöchste. Die Kunst besteht darin, vollkommen leer zu werden, um Platz für ihn zu schaffen. Denn die Vereinigung mit ihm muss im Menschen stattfinden. Wenn ich in mir Platz für Gott schaffe, ganz leer von Begierden, Gedanken und Gefühlen werde, dann kommt der Übergute zu mir und gibt so viel von sich zu schauen, wie ich kleiner Mensch auszuhalten imstande bin.«

Die Worte kamen ihr vertraut vor. Das Gleiche hatten auch Bruder Johannes und Mechthild gesagt. Aber jetzt hatte sie keinen Christen, sondern einen Muslim vor sich. Suchten sie denn wirklich alle nach dem Gleichen: Mechthild, Johannes und dieser Sufi? Noch konnte sie es nicht glauben, es wäre zu einfach und zu schön, um wahr zu sein. Also bohrte sie weiter. Irgendwo musste sich doch ein Haken verstecken. »Welchen Gott meinst du, den der Juden, den der Christen oder den der Muslime?«

»Ich meine Gott, den Erhabenen! Der Rest ist doch unerheblich. Die Glaubensbekenntnisse sind Menschenwerk. Angesichts der Größe und der Unverstehbarkeit Gottes brauchen die Menschen Regeln und Vorstellungen. Meinst du, er, der über allem steht, lässt sich in die armseligen Vorstellungen der Menschen sperren? Niemand kann sich ein Bild von ihm machen, und dennoch können die Menschen nicht anders, als ihn sich vorzustellen. Verstehst du? Deshalb schaffen sie sich Regeln, Gesetze, Vorstellungen, Rituale und Zeremonien. Aber damit hat Gott nichts zu schaffen. Sein Wirken findet sich in dem, worin die drei Religionen übereinstimmen, nicht in ihren Unterschieden. Die sind Menschenwerk, ein eitles Spiel der Macht und nicht des Glaubens.«

»Du bist ein Häretiker!«, rief sie. Seine Gedanken faszinierten sie, zugleich erschreckte sie das Denken des Fremden aber auch.

»Nun, weder die Muslime noch die Christen und auch nicht die Juden würden meine Ansichten gutheißen. Aber was kümmert es mich, was die Menschen sich einreden, zu welchen Banalitäten sie Zuflucht nehmen? Unser Größter Meister hat gesagt: *Ich folge der Religion der Liebe / wohin ihre Reittiere auch ziehen.*«

Jetzt ließ Maria den Dolch ganz los. Der Sufi beeindruckte sie. Als hätte er die ganze Zeit von nichts anderem gesprochen, fragte er sie nach dem Grund und dem Ziel ihrer Reise. Und sie erzählte ihm von ihrem Bruder, den sie ihm auch beschrieb.

»Heißt dein Bruder Christian Rosenkreuz?«

Marias Augen leuchteten auf, und ihr wurde schlecht vor Aufregung. »Du kennst ihn?«

Er nickte. Erregt sprang sie auf, taumelte, und er fing sie geistesgegenwärtig auf. Obwohl ihr übel war, ihre Gedanken so schnell in ihrem Kopf rotierten, dass sie keinen einzigen zu greifen bekam, bereitete ihr die Sicherheit seiner starken Arme ein Wohlgefühl. Ein beruhigender Duft von Männlichkeit drang ihr in die Nase.

»Wie lange hast du schon nichts mehr getrunken, nichts mehr gegessen, du großer Faster?«

»Erzähl mir von meinem Bruder!«, hauchte sie, von Neugier getrieben.

»Gleich, sobald du gegessen und getrunken hast.«

Kapitel 20

Weil es schneller ging, trug er sie einfach. Zu dieser vorgerückten Stunde trafen sie niemanden auf der Straße, der an dem merkwürdigen Anblick – ein muslimischer Sufi trug einen christlichen Mönch auf den Armen – hätte Anstoß nehmen können. Halb im Dämmer nahm sie noch wahr, dass sie ein zweistöckiges, weiß getünchtes Gebäude ohne Fenster betraten, das wie eine Bastion wirkte. Mauerzinnen umgaben das offenbar begehbare Dach. Wohin bringt er mich, dachte sie nur, war aber zu schwach, um zu fragen, und überließ sich ihm einfach. Immerhin stellte er die einzige Verbindung zu ihrem Bruder dar, vorausgesetzt, dass er die Wahrheit sprach. Im Augenblick des Wegdämmerns empfand sie stärker als jemals zuvor, dass ihr Schicksal ihrer Bestimmung folgte.

Am anderen Morgen erwachte sie mit einem feuchten Tuch auf der Stirn und einem wohligen Duft von Weihrauch und Anis in der Nase. Ihre Augen blieben an der niedrigen Decke hängen. Durch kleine, aber regelmäßig angeordnete, viereckige Schächte rieselte Licht wie Blütenstaub in den halbdunklen Raum. Schön und ernst saß der Sufi mit untergeschlagenen Beinen in der

Zimmerecke. Schlief er, wachte er? Der Schatten, in den er sich zurückgezogen hatte, verbarg seine Augen. Doch dann spürte sie seinen intensiven Blick, und in ihr stieg der Verdacht auf, dass er die ganze Nacht so bei ihr gewacht und sie beobachtet hatte. Einerseits schmeichelte es ihr, andererseits berührte es sie unangenehm. Denn der Schlaf war die Zeit der Wehrlosigkeit. Ein unkontrolliertes Lächeln, ein unbedachter Laut, ein hingemurmeltes Wort vermochten mehr von ihr preiszugeben, als sie wünschte.

Bevor sie sich weiter darüber den Kopf zerbrechen konnte, erklärte er ihr, sie habe sich zu lange ohne Kopfbedeckung in der Sonne aufgehalten. Der Feuerball habe alles Wasser aus ihr herausgezogen, so dass sie zu fiebern begonnen habe.

»Hab ich im Fieber geredet, im Schlaf gesprochen?«

»Nein.«

Die Antwort beruhigte sie nicht, denn sie ahnte, dass er taktvoll alles vermeiden würde, was sie in Verlegenheit bringen könnte.

»In diesem Bett hat auch dein Bruder gelegen.« Hafis erhob sich und verließ kurz den Raum. Er kehrte mit einem Teller, auf dem sich Weintrauben und Melonenstückchen türmten, zurück, und stellte ihn auf den kleinen achteckigen Tisch aus dunklem Holz neben ihrem Bett. Jetzt erst entdeckte sie die kostbaren Mosaikarbeiten aus blauen, weißen, grünen und roten Steinchen, die den Fußboden bedeckten. Und während sie die Früchte genoss, den süßen Saft, der ihren Mund füllte und die letzten Schwächen vertrieb, erzählte ihr Hafis von seiner Begegnung mit Christian.

Vor über zwei Jahren hatten ihn die Karmelitermönche gerufen, weil sie einen jungen Pilger beherbergten, der erkrankt war und dem sie nicht mehr zu helfen wussten. Er hatte hohes Fieber und einen bellenden Husten, der keine Ruhe geben wollte, und er begann schon zu halluzinieren. Die guten Karmeliterbrüder sahen seine Seele bereits auf dem Weg zu Gott. Die Symptome, die Hafis schilderte, hörten sich für Maria so an, als habe er sich bei Johannes angesteckt und die beschwerliche Reise die schwelende Krankheit zum Ausbruch gebracht. Die Einsiedler vom Berg Karmel wussten durch ihre lange Nachbarschaft mit dem Ribat der Sufis, dass sich einige unter ihnen, wie Hafis, ausgiebig mit der Heilkunst beschäftigten, so dass sie zwar ohne viel Hoffnung, aber dennoch nach ihm schickten. Hafis untersuchte Christian in der schattigen Mönchszelle. Er stellte fest, dass Christian tatsächlich zwischen Leben und Tod schwebte, sein Schicksal jedoch noch nicht besiegelt war. Eile war geboten. Hafis schlug vor, den jungen Dominikaner zu ihm in den Konvent der Sufis zu bringen.

Dort begann er mit der Behandlung. Einen Monat rang er mit der Krankheit und besiegte sie schließlich.

Doch Christian hatte bei den Karmeliterbrüdern Visionen oder Fieberträume gehabt in der Zeit, in der sein Leben auf Messers Schneide stand. Hafis erkundigte sich nach diesen Visionen und erfuhr, dass die Weisen von Damcar den jungen Christen eingeladen hatten, zu ihnen zu kommen. Christian war hin- und hergerissen, denn auf der einen Seite stand sein fester Vorsatz, nach Jerusalem zu pilgern, auf der anderen Seite hatte die Einladung eine Sehnsucht in ihm geweckt, die er immer weniger zu bekämpfen wusste. Einzig die Furcht, die Einladung der Weisen könnte sich als eine Finte des Teufels erweisen, der ihn von der Pilgerreise abzubringen versuchte, und seine Unkenntnis darüber, wo dieses Damcar lag, hielten ihn zurück, dem Verlangen seines Herzens zu folgen.

Aber auch Hafis erschütterte die Vision. Allerdings aus einem anderen Grund. Er zweifelte weder an ihrer Echtheit noch argwöhnte er, dass der Teufel dahintersteckte. Denn er selbst sehnte sich danach, von ihnen zu lernen. Er hatte gefastet und meditiert, gebetet und immer wieder andere Sufis, die weit herumgekommen waren, befragt, wo Damcar genau liege und wie man zu den Weisen gelange. Alles, was er jedoch in Erfahrung zu bringen vermochte, lief immer auf das Gleiche hinaus: dass die Weisen den Besucher einladen und selbst zu sich führen mussten. Deshalb erschütterte es ihn zutiefst, dass seine Bemühungen erfolglos geblieben waren, während einem Christen die Einladung, nach der er sich so sehr verzehrte, zuteil wurde. Doch es half kein Klagen und kein Zürnen. Da der junge Dominikaner, aus welchen Gründen auch immer, nun ein Auserwählter war, konnte Hafis nicht anders, als sich dem Willen Gottes demütig zu beugen. Seine Aufgabe bestand jetzt darin, Christian zu helfen. Zu verzichten und dem anderen zu ermöglichen, was er selbst am meisten auf der Welt begehrte, verstand Hafis als eine Prüfung, die er annahm.

So kam es, dass Hafis Christian in das Geheimnis der Weisen von Damcar einweihte. Sie waren die verborgenen Meister der Sufis, die allein durch Denken an allen Orten der Welt zu erscheinen und über große Entfernungen hinweg zu kommunizieren verstanden. Was Christian in seiner Krankheit widerfahren war, konnte man deshalb genau genommen nicht als Vision bezeichnen, vielmehr waren die Weisen tatsächlich mit ihm in Kontakt getreten. Zwar kannte Hafis nicht die exakte Lage von Damcar, wusste aber immerhin so viel, dass man in den Jemen reisen musste. Es lag irgendwo in der Wüste zwischen Sana'a und dem Roten Meer. Wenn die Weisen wollten, dass er zu ihnen käme, würden sie ihm den Weg schon weisen. Die Reise anzutreten, lag bei ihm, ans Ziel zu gelangen jedoch bei ihnen.

Christian machte es sich nicht leicht und durchforschte seine Gedanken, sein Gefühl und sein Gewissen. Von der Krankheit schließlich restlos genesen, beschloss er, nach Damcar statt nach Jerusalem weiterzureisen, weil die gründliche Gewissensprüfung ergeben hatte, dass sein Weg ihn tatsächlich zu den Weisen führen würde, zum lebendigen Wissen und nicht zu einem leeren Grab.

Es kam der Tag, an dem sich Christian von Hafis verabschiedete. Eine vergebliche Hoffnung ließ Hafis fragen, ob er Christian begleiten dürfe. Doch dieser lehnte ab. Und sagte einen Satz, der Hafis bis heute beschäftigte: »Für dich ist eine andere Aufgabe vorgesehen!«

»Für mich ist eine andere Aufgabe vorgesehen«, wiederholte Hafis mit traurigem Blick.

Maria setzte sich auf die Bettkante. Auch wenn ihr Bruder in eine ferne Gegend gezogen war, von der sie noch nie etwas gehört hatte, so hatte sie doch seine Spur wiedergefunden, und allein das spendete ihr große Freude und vor allem neue Zuversicht. Im Stillen dankte sie Gott dafür.

»Dann wirst du auch mir den Weg nach Damcar erklären müssen!«, erklärte sie und sah den Sufi verwegen an.

Er schüttelte den Kopf. »Das ist viel zu gefährlich für eine Frau, und es ist weit. Räuberische Beduinen und todbringende Wüsten liegen auf dem Weg zwischen Damaskus und Damcar!«

»Das schreckt mich nicht.« Genüsslich zerquetschte sie mit ihrer Zunge die letzte Weintraube. Ihr Entschluss stand fest.

»Du wirst es nicht finden. Die Weisen haben dich nicht eingeladen.«

»Man kann nicht einfach den Bruder zu sich bitten und die Schwester vor der Tür stehen lassen. Ich gehe, ganz gleich, ob du mir mit deinem Wissen hilfst oder nicht.«

Ihre Blicke trafen sich. Bei aller Freude darüber, eine Spur gefunden zu haben und die Suche wiederaufzunehmen, tat ihr der Abschied von ihm weh, und das verwunderte sie. Hafis bat sie um etwas Geduld. Er brauchte Zeit zum Nachdenken. Dann verließ er den Raum. Später erfuhr sie von ihm, dass er in den Garten des Konvents gegangen war und sich unter einer Dattelpalme niedergelassen hatte, um zu meditieren. Vor ihm stand die Frage, was seine Bestimmung war, ob sich hier die Aufgabe offenbarte, die für ihn vorgesehen war, wie es Christian damals angedeutet hatte. Bestand womöglich seine Aufgabe darin, Maria nach Damcar zu begleiten und für ihren Schutz zu sorgen? Es hieß zuweilen, man werde die eigene Aufgabe erkennen, wenn sie sich zeigte. Doch ganz so einfach schien es nicht zu sein. Wie schied man das, was man glauben wollte, von dem, was man glauben sollte? Hafis verbrachte eine für Maria quälend lange Zeit im Garten, denn da sie nun den Weg vor sich sah, fieberte sie der Stunde des Aufbruchs entgegen.

Schließlich kehrte er zurück und ließ sich wieder in der Ecke nieder, die dunkler war als zuvor, da die Sonne bereits um den Ribat gewandert war und nicht mehr versuchte, durch die kleinen Lichtscharten einzudringen. »Ich komme mit.«

Im ersten Moment freute sie sein Entschluss, dann fragte sie sich, ob sie das überhaupt annehmen dürfe. »Du hast doch selbst gesagt, dass es gefährlich ist und wir weder gerufen noch eingeladen sind.«

»Sa'adi sagt: *Tief im Meer ist Reichtum ohne Maß. / Doch suchst du Sicherheit, dann bleib am Ufer.*«

»Und du suchst keine Sicherheit?«

Statt zu antworten, lachte er sie nur an, mit einem fast bübischen Lächeln, das ihn jünger aussehen ließ. All das Formelle, die angenommene Würde fielen mit einem Mal von ihm ab und begruben die Zweifel. Plötzlich erinnerte sie sich an den Satz des Größten Meisters, den er zitiert hatte: *Ich folge der Religion der Liebe / ganz gleich wohin ihre Reittiere ziehen.* Und fühlte sich mit einem Mal wohl und geborgen. Sie war nicht mehr allein. Jemand war bereit, den Weg mit ihr zu teilen. In Damaskus hatte sie einen Gefährten gefunden.

Kapitel 21

Hafis hatte sich ausbedungen, die Reisevorbereitungen zu treffen, welche dann nicht enden wollende drei Tage in Anspruch nahmen. Maria hatte derweil vor lauter Ungeduld und, um sich zu beschäftigen, das Sufi-Kloster erkundet. Sie hatte die Zellen gesehen, die ihrem Zimmer ähnelten, die beiden Höfe bewundert, deren Böden wie die Zimmer mit kostbaren Mosaiken verziert waren, und ihre Hand in die Springbrunnen gehalten, die in der Mitte der Höfe standen und für Abkühlung sorgten. Kleine Kanäle leiteten das Wasser in die beiden Küchen. Doch für ihre Ungeduld wäre selbst das weitläufigste Ribat, wie man das Sufi-Kloster auch nannte, zu klein gewesen, dieses hatte sie jedenfalls in kürzester Zeit besichtigt. So drängte sie immer wieder zum Aufbruch. Nachsichtig, aber unnachgiebig hielt er ihr immer wieder entgegen, dass, wer unvorbereitet in die Wüste zöge, nur dem Tod in die Arme liefe. Nicht umsonst nannten die Beduinen sie auch den Leeren Ort. Deshalb sollten sie bedenken, was bedacht werden konnte, und Vorsorge treffen. Das Unvorhergesehene käme von ganz allein.

Zu den Vorbereitungen gehörte auch, dass Maria einige Reitübungen auf einem Kamel vollführte, denn ein Araber, der sich diesem Tier gegenüber ängstlich oder ungeübt zeigte, machte sich unglaubwürdig und provozierte gefährliche oder zumindest skeptische Fragen. Maria sah ein, dass sie dies unter allen Umständen vermeiden musste. Schicksalsergeben wagte sie sich auf das Kamel, das man auch das Schiff der Wüste nannte und das sie um mehr als Hauptеslänge überragte. Anfangs war es ihr ein wenig unheimlich, auf diesem schwindelerregend schwankenden Geschöpf reiten zu sollen, aber Hafis übte geduldig so lange mit ihr, bis sich zumindest eine gewisse Vertrautheit einstellte.

»Wenn dir schlecht zu werden droht, richte deine Augen fest auf die Horizontlinie. Sie bringt Ruhe.«

Maria erinnerte sich, dass sie diesen Rat nach ihrer ersten Einschiffung schon einmal von einem Seemann erhalten hatte. Wenn alles wanke, brauche der Mensch einen festen Punkt, an dem er Körper und Seele ausrichten kann. Dieser Grundsatz schien nicht nur für das Fahren auf einem Schiff, sondern auch für den Ritt auf einem Kamel zu gelten.

Zuletzt wurde Maria in einen Araber namens Maa'ri verwandelt, der allerdings leider stumm war. Die Legende diente dazu, Marias fehlende Sprachkenntnis zu bemänteln.

In der Vorbereitungszeit erklärte ihr Hafis auch die wichtigsten Regeln des Islam, besonders die Gesten, die

Hand- und Körperhaltungen, sowie den Ablauf des *salat*, des Pflichtgebetes. Hafis hatte ihr Sandalen, ein langes Hemd und eines seiner Gewänder gegeben, dazu einen blauen Turban, der ihren Kopf vor der unbarmherzigen Sonne schützen würde. So sah sie schließlich aus wie er, wie ein Sufi, nur etwas kleiner, zarter, vergeistigter. Ihre Mönchskutte verbrannten sie kurzerhand. Mit Wehmut blickte sie auf den dicken Qualm, der aus der schwarzen Wolle stieg. Wieder einmal schlüpfte sie von einer Verkleidung in die nächste, von einer Identität in die andere. Würde das je enden, würde sie eines Tages endlich bei sich selbst ankommen und sich nicht mehr verkleiden und verstellen müssen?

Den Dolch brauchte sie nicht mehr zu verbergen, sondern durfte ihn in den gelben Gürtel stecken und offen tragen. Mittels einer Masse, die er aus Harz, Kohle, Olivenöl und ein paar Substanzen herstellte, deren Herkunft Maria nicht allzu genau zu erfahren wünschte, dunkelte Hafis ihren hellen Teint nach. Während er die Paste sorgfältig auftrug, bat ihn Maria, ihr auf dem Weg Arabisch beizubringen.

»Warum willst du meine Sprache lernen?«, fragte er, und in seinem Lächeln zeigte sich eine kleine Eitelkeit, die sie ihm jedoch gönnte.

»Es gibt drei Weltsprachen: Latein, Griechisch und Arabisch. Die ersten beiden beherrsche ich, also liegt es doch nahe, die dritte auch noch zu erlernen.«

»Und danach müsstest du noch Persisch und Chinesisch lernen ...«

»Aber nur bei dir.«

»Durchschaut«, gab er unumwunden zu. Dann tat er so, als dächte er über etwas nach und meinte schließlich: »Ein wenig Persisch könnte ich dir vielleicht tatsächlich beibringen.« Sie lächelte darüber und hielt ihn für einen Angeber, weil sie da noch nicht wusste, dass er ein Perser aus Schiras war. Aber was wusste sie überhaupt über ihn?

Am vierten Tag endlich erhoben sie sich bereits eine Stunde vor Sonnenaufgang von ihren Lagern, wuschen sich in den graubraunen Steingutschüsseln, die in ihren Zimmern standen, tranken anschließend in der Küche des Ribat schweigend Tee und brachen mit ihren Kamelen in Richtung der aufgehenden Sonne auf, deren rotglühender Rand vorsichtig das Gebirge streifte. Ihr kam es so vor, als reisten sie, um sich mit der Sonne zu vereinen.

Der Morgen atmete Zuversicht, seine Kühle erfrischte den Körper und spornte die Seele an. Nicht umsonst verglichen die Weisen den anbrechenden Tag mit dem Beginn eines großen Werks. Sie verließ Damaskus, ohne allzu viel von der Stadt mitbekommen zu haben, und drehte sich auch nicht einmal nach ihr um. Die Stätte des Zweifels und der Einsamkeit lag nun hinter ihr. Natürlich schenkte sie ihrem Herzen keinen Glauben, das zu jubeln wagte, sie habe einen Gefährten gefunden. »Schweig, liebes Herz. Einen Reisebegleiter, ja, aber keinen Gefährten«, wies der Verstand, der über sehr viele Worte verfügte, das ihm einfältig erscheinende Herz in die Schranken. Doch das Hochgefühl hielt sich hartnäckig.

Wochen würden sie nun unterwegs sein. Sie folgten der Weihrauchstraße, über die Karawanen den kostbaren Weihrauch an die Häfen der Levante brachten, von wo er nach Byzanz und ins Abendland verschifft wurde.

Ihre Reise führte zunächst über raue Gebirge und trockene Ebenen. Vor einer tiefen Schlucht ragten wie Posten drei Felsblöcke auf, als ob sie diese gleichsam bewachten. »Geistergräber nennen die Beduinen die Großen Steine, und was dahinter zum Vorschein kommt, der Weg zwischen den Felsen hindurch, nennen wir *Siq*, den Schacht«, brummte Hafis.

»Wohin führt die Schlucht?«

»Zu unserem Nachtlager.«

Ganz wohl war ihr nicht bei dem Gedanken, dem engen Weg zwischen den hoch aufragenden Wänden zu folgen, der geradewegs in die Unwirtlichkeit der Hölle zu führen schien. Den Namen Geistergräber hatten diese Felsblöcke vor der Schlucht gewiss nicht grundlos bekommen. Aber sie hatte keine andere Wahl, als ihm zu vertrauen. Dabei hatte das Leben sie gelehrt, den letzten Wachposten vor ihrem Herzen nie zu ignorieren und das

Misstrauen niemals einschlafen zu lassen. Sorglosigkeit zahlte sich nicht aus, zumindest nicht in der Menschenwelt, die das Wort der Liebe im Mund und den Dolch des Hasses in der Hand führte. Doch wenn der Weg auch in die Hölle zu führen schien, so verschlug ihr die Schönheit der Färbung der Felswände bald schon den Atem. Manche glänzten rot oder schwarz, unterbrochen von grünen oder blauen Linien, wie Ornamente eines geschickten Meisters. Rechts des Weges glitzerte das in Terrakottaröhren dahinschießende Quellwasser wie flüssiges Silber. Das unwiderstehliche Bedürfnis, von diesem Wasser zu trinken, ließ sie das Kamel anhalten, und sie stieg ab. Hafis lächelte und tat es ihr gleich. Kühl und frisch, ein wenig nach Sonne und nach Stein schmeckte das Wasser. Mit beiden Händen schöpfte sie es aus dem Bach und trank so ungestüm, dass es ihr rechts und links aus den Mundwinkeln floss. Und Hafis lachte wild vor lauter Freude. Im Smaragd seiner Augen spiegelte sich die Sonne. Mit der Hand fuhr sie durchs Wasser und schleuderte ihm eine Handvoll des kostbaren Nasses entgegen.

»Willst du mich taufen, kleiner Mönch?«, rief er übermütig. »So wisse, ich bin bereits getauft.«

»Auf das Leben, ja. Aber auch auf die Liebe?« Sie erschrak ein wenig vor dem Übermut ihrer Worte und setzte schnell hinzu: »Die Liebe Gottes?«

»Wenn die Menschen Gottes Geschöpfe sind, dann

liebt man in den Menschen Gott«, antwortete er mit glühendem Blick.

Sie war ernst geworden, aus Furcht, eine Grenze zu überschreiten. »Reiten wir weiter!«, mahnte sie scheu und stieg wieder auf ihr Kamel. Hafis ebenfalls.

Wenig später wandte er sich zu ihr um und wies auf das Ende der Schlucht: »Gleich wirst du sehen, was von der einstmals so stolzen Stadt geblieben ist!«

»Welcher Stadt?«

»Al-Batrā', oder wie ihr sie nennt: Petra. Sie war früher einmal die Hauptstadt eines mächtigen Reiches, Heimat von unvorstellbarem Luxus und unaussprechlichem Hochmut. Gott hat die Überheblichkeit der Nabatäer bestraft, ihr Reich zerstört und die Stadt mit Armut geschlagen. Die Menschen flohen vor der Not, die jetzt zum Herrscher von Petra wurde, und von der einst so stolzen Stadt blieben als Mahnung nur Ruinen.«

Als sie die Schlucht verließen, lag eine von Tempeln und Grabmälern gesäumte Straße vor ihnen, die jedoch zerfallen, von Wind und Wetter zermürbt, nur noch als armselige Erinnerungen an ihre einstige Größe am Wege kauerten. Vor einem Gebäude, dessen Fassade Säulen und Architrave zierten, hielten sie an und stiegen von den Kamelen. Im Inneren war es schattig und kühl. Hafis benetzte zwei große Steine am Eingang mit Wasser. Auf ihren fragenden Blick hin erklärte er ihr, dass sich an den feuchten Steinen die Skorpione sammeln und sie dadurch von ihnen verschont bleiben würden. Die Vorstellung war ihr nicht geheuer, doch sie vertraute ihm.

Lange blickten sie schweigend in den Sternenhimmel, dessen Nachtblau von Brillantenstaub übersät war. Nach einer Weile erhob sie sich, verneigte sich leicht vor ihm und murmelte: »Salam aleikum.«

»Aleikum salam«, antwortete er, ohne sie anzublicken.

Sie sah ihn erst wieder, als er sie am nächsten Morgen weckte. Zumindest vermutete sie, dass es Morgen war, denn die Sonne war noch nicht aufgegangen. Ob er geschlafen oder in der Nacht gewacht hatte, wusste sie nicht. Bis zum Mittag wollte er allerdings die nächste Karawanserei erreichen, um sich einer Gruppe Pilger oder Kaufleute anzuschließen, denn je tiefer sie in die arabische Halbinsel eindrangen, desto gefährlicher wurde es, weil die Reisenden, aber auch die Karawanen immer wieder das Begehren räuberischer Beduinen weckte. Es galt die einfache Faustregel: Je größer die Gruppe, desto sicherer verlief die Reise.

Im Wadi Rum, einem der vielen ausgetrockneten Flussläufe, die zur Orientierung dienten, schlossen sie sich einer großen Karawane an, deren Ziel Medina, die Stadt des Propheten war. Unterwegs tauchten immer wieder in einiger Entfernung Gruppen von Reitern auf, die mit langen Lanzen bewaffnet waren, und musterten sie. Manchmal ritten sie nach einiger Zeit wieder weiter, wenn sie jedoch blieben und sie verfolgten, verhandelte der Führer der Karawane mit ihnen und zahlte ihnen eine Art Zoll, den er von allen Reisenden eintrieb.

Die Karawansereien stachen wohltuend von den Pilgerherbergen ab. Manche verfügten sogar über einen Teich und einen kleinen Garten im Innenhof. Gegen vier Uhr morgens brachen sie auf, legten in der größten Mittagshitze ab elf Uhr eine Pause ein, denn bei fünfzig Grad im Schatten zu reiten – wobei es in der Hochebene, die nur aus Tuffstein und Sand bestand, keinerlei Schattenquelle gab – war nicht nur unangenehm, sondern auch lebensgefährlich. Gegen fünfzehn Uhr setzten sie die Reise dann fort. Abends erreichten sie entweder eine der Karawansereien, die die Weihrauchstraße säumten, oder sie schlugen ihr Lager am Rande einer Siedlung oder Oase auf. Wähnten sie sich unbeobachtet und unbelauscht, dann brachte ihr Hafis wie versprochen Arabisch bei. Und sie lernte gut und schnell.

Vor Medina trennten sie sich von der Karawane. Hafis weigerte sich, Maria die Stadt des Propheten zu zeigen, weil es Ungläubigen verboten war, die Stadt zu betreten.

Sie lachte ihn spöttisch an. »Hast du Angst, dass man meine Verkleidung durchschaut?«

Er wich ihrem Blick aus und schaute nach links auf die Wüste, weg von der rechter Hand liegenden Stadt. »Es wäre eine Sünde, wenn ich Allahs Gebot brechen würde«, sagte er kaum hörbar.

Maria tat es jetzt leid, gefragt zu haben, denn sie spürte, dass er sich schämte. Andererseits machte sie diese Scham neugierig. Bisher hatte er nicht den Eindruck erweckt, wortwörtlich an Vorschriften zu hängen. »Hast du nicht über die Frömmler gespottet, die wie Blinde sind, die sich an den dicken Tauen der Regeln festhalten müssen, weil sie nicht die Wahrheit sehen?«

»Ja, aber ist das ein Argument gegen die Taue?«, fragte er sie, aber auch sich selbst. Und setzte nach einer Weile hinzu: »Ich weiß es nicht.« »Was suchst du?«, fragte sie ihn ernst.

Er maß sie mit einem langen Blick und dachte eine Weile nach, wohl darüber, ob er ihr trauen und sich öffnen durfte. Dann sprach er melodiös und schön in einer Sprache, die sie nicht verstand und die auch nicht Arabisch war. Die unbekannten Worte malten das Bild zweier Menschen in die heiße Luft, die sich einander vorsichtig näherten, mit den Fingerspitzen berührten, zurückschraken und es erneut wagten. Plötzlich hörte sie ihn Lateinisch sprechen, und ohne ihn zu fragen oder dass er es ihr angekündigt hätte, wusste sie, dass er die Verse übersetzte:

»Ich lasse nicht ab
von meinem Verlangen,
bis sich mein Verlangen erfüllt:
Der Körper sucht Vereinigung,

ehe sich die Seele vom Körper scheidet.
Öffne, wenn ich gestorben bin,
mein Grab und sieh mein Sterbehemd
in Flammen stehn
von meinem inneren Feuer!«

»Du bist kein Araber«, sagte sie bestimmt.

»Nein.«

»Sondern Perser!«

Er nickte und lächelte leicht. Sie hatte es erraten. Die Kultur der Perser war viel älter als die arabische und hatte eine eigene Form des Islams geschaffen, als sie die Religion des Propheten von den arabischen Heerscharen übernahmen, die sich erobernd über den Osten ergossen hatten. Immer noch sah sie die Worttupfer, die beiden Gestalten wie Lufthauche im Himmel über der Wüste, die den Weg der Vereinigung suchten, ohne dabei dem Weg des Körpers zu folgen.

»Wer seid ihr Sufis wirklich?«

»Das weiß ich nicht.«

»Aber du bist doch einer.«

»Wer es weiß, ist keiner. Wir sind Leute des Weges, *tariqa. Tariqa* ist alles, es bedeutet Weg oder Pfad im Sinne einer Lehre, einer Art zu glauben. Aber kann es auf dem Weg ein Wir geben? Vielleicht gibt es nur den Sufi, nicht aber die Sufis? Sag mir, was sucht dein Bruder?«

»Nennen wir es Gott.« Sie konnte in seinen Augen lesen, dass ihn die Antwort nicht befriedigte, weil er das Verschweigen darin spürte. Und dann erzählte sie ihm von ihrem Vater und ihrer Mutter, von dem Pogrom und davon, wie die Beginen und der Mönch sie versteckt hatten.

»Und was suchen die Beginen? Was suchte der Mönch?«

»*Wenn die arme Seele an den Hof kommt, dann ist sie weise und wohlerzogen. Dann blickt sie ihren Gott voller Freude an. O, wie herzlich wird sie da empfangen! Da schweigt sie und begehrt über alle Maßen sein Lob. Da zeigt er ihr mit großem Verlangen sein Herz. Das gleicht rotem Gold, das in einem gewaltigen Kohlenfeuer glüht. Dann legt er sie in sein glühendes Herz. Wenn sich der erhabene Fürst und das arme Mädchen in dieser Weise umarmen und vereint sind wie Wasser und Wein, dann wird sie zunichte und weiß nichts mehr von sich. Wenn sie dann erschöpft ist, ist er liebeskrank nach ihr, wie er es immer war, denn er gewinnt nichts und verliert nichts. Da sagt sie: Herr, du bist mein Geliebter, meine Sonne, und ich bin dein Spiegel. So verläuft eine Hofreise der liebenden Seele, die ohne Gott nicht sein kann.* Das hat Mechthild immer gesagt, diese Hofreise strebte sie wieder und wieder an.«

Als sie geendet hatte, fühlte sie seinen nachdenklichen Blick auf sich ruhen. »Wie verwandt wir doch sind. Christen und Muslime:

Im Uranfang sprach deiner Schönheit Strahl:
Ich will begonnen sein!
Und Liebe wurde geboren und trug ins All den Brand!
Dein Antlitz offenbarte seinen Glanz
Und sah die Engel ohne Liebe,
da setzte es den Erdensohn entzückt
in Liebesbrand.

Wir alle suchen nur das eine, die Heimkehr zu dem einen Gott.«

Wieder hatte er die Zeilen zunächst auf Persisch gesprochen und dann ins Lateinische übersetzt, sich allerdings entschuldigt, dass bei seinem armseligen Gebrauch des Lateins so viel verloren ginge.

»Zumindest suchen wir den Ort, an dem Glück lebt und Neid und Bosheit unbekannt sind«, schränkte sie ein. Noch immer zweifelte sie an Gott, konnte nicht so unbeschwert, so ohne jede Skepsis und Einschränkung von ihm sprechen wie Mechthild oder Johannes oder eben Hafis. Die einzige Form, in der sie es konnte, war das Zitat. Wenn sie sich hinter den Worten und Bekenntnissen anderer verstecken durfte.

»Nein, nach Medina gehen wir dennoch nicht«, beendete er das Gespräch.

Am Abend fanden sie eine Gruppe von Pilgern, der sie sich bis Mekka anschlossen. Drängte es Hafis, die Kaaba zu sehen? Es gehörte zu den religiösen Pflichten eines

Moslems, einmal im Leben nach Mekka zu reisen, den schwarzen Stein zu umrunden, anschließend den Berg Arafat aufzusuchen und auf dem Rückweg zur Kaaba den Teufel zu steinigen. Ein Gläubiger, der die Hadsch, die Pilgerreise, absolviert hatte, durfte seinem Namen die Ehrenbezeichnung Hadschi zufügen. Sie wusste, dass er sie nicht allein lassen würde, also bot sie ihm an, so lange in einer Châne auf ihn zu warten, bis er die Hadsch beendet habe.

Seine Antwort überraschte sie. »Mein Weg zu Allah führt nicht über Mekka!«, erklärte er.

Immer wenn sie glaubte, Hafis zu verstehen, entwand er sich wieder mit einem überraschenden Gedanken. Da begann sie zu begreifen: »Wie Christians Weg zu Gott nicht über Jerusalem führt«, fügte sie mehr zu sich selbst hinzu. Er lächelte sie verschmitzt an.

Was würde ihnen Damcar bringen? Es beschlich sie das beunruhigende Gefühl, dass sie dort auf sich selbst treffen würde, auf den Menschen, den sie am besten auf der Welt kennen sollte und der ihr doch so grauenvoll fremd war. Den Menschen ohne Verkleidung.

Schließlich warf sie ihm einen fragenden Blick zu. »Wie weit ist es noch bis Damcar?«

»Ich weiß es nicht. So nah wie fern«, antwortete er rätselhaft.

»Wo werden wir es finden?«

»Wir? Nein, Damcar wird uns finden.«

Kapitel 22

Auf ihrem Weg nach Südarabien durch die Küstenberglandschaft, die Hedschas, kamen sie an Medina vorbei. Sie betraten die Stadt aber nicht, sondern reisten weiter Richtung Mekka, das sie passieren mussten. Denn irgendwo zwischen Mekka und der Südspitze Arabiens lag Damcar.

Sie hätte es nicht in Gedanken fassen und mit Worten zu beschreiben vermocht, aber ihr Gefühl verriet ihr, dass sich nach Medina schlagartig etwas verändert hatte. Nach Mekka reisten sie jetzt allein weiter, mieden sogar jegliche Begleitung, denn nun kannte auch Hafis den Weg nicht mehr, und sie hofften inständig auf ein Zeichen. Ob die Weisen ihnen schließlich den erhofften Weg weisen würden oder sie dazu verdammt waren, durch die Lande zu irren, stand in den Sternen. Hafis indes meinte, es widerspräche dem Charakter der Weisen, ihnen nicht zu Hilfe zu eilen. Und Maria hörte nur zu gern auf ihn, auch wenn ihre Skepsis sie hätte warnen müssen, dass auch Hafis' Wissen über die Weisen nur auf Hörensagen beruhte.

Sie verließen die Hedschas, die gebirgige Region, die sich westlich vom Roten Meer zur arabischen Ebene erstreckte, und gelangten in ein weites Bergland. Berge aus Schutt wechselten sich mit Wehrdörfern ab, die inmitten von Bergterrassen stolz und uneinnehmbar aufragten.

Eines Abends entdeckten sie zwei Tagesmärsche südlich von Mekka Reiter, die auf sie zuhielten. Kurz darauf umringten sie zehn Beduinen, allesamt noch junge Burschen. Sie trugen weiße Gewänder und weiße Turbane, die zerdrückt wirkten. Ihr Anführer, ein bärtiger Mann mit sonnengegerbter, dunkler Haut und seltsam hellen Augen, sprach sie an. Marias Sprachkenntnisse reichten für sein einfaches Arabisch inzwischen aus.

»Du versteht, dass du einen Wegezoll zahlen musst«, sagte er streng mit in Marias Augen angemaßter Autorität.

»Wie viel?«, fragte Hafis gelassen, ohne eine Regung zu verraten.

Der Anführer griente und entblößte dabei eine Zahnlücke in der Mitte seines Oberkiefers. »Wie viel hast du denn bei dir?«

Hafis schüttelte leicht den Kopf, wie man es macht, wenn man sich über die Unvernunft von Kindern ärgert. »So wird das nichts. Sag mir, wie viel du willst.«

Das Grinsen schien dem Anführer ins Gesicht gemeißelt zu sein. »Sieh dich einmal um, und dann sag mir, wer hier Bedingungen stellt.«

»Gut, zwanzig Denare.«

»Zwanzig Denare kostet der Wegezoll für dich. Dann müssen wir den Kleinen da leider mitnehmen.« Der Anführer wies mit seinem Zeigefinger auf Maria.

»Ich habe nicht mehr. Lasst ihn gehen und nehmt mich dafür mit.«

Der Anführer gab seinen Leuten ein Zeichen, während er sich über Hafis zu amüsieren schien. »Was bist denn du für'n komischer Heiliger!«

Blitzschnell umringten sechs Beduinen Hafis, als hätten sie nur auf den Befehl ihres Anführers gewartet, und stießen ihn vom Kamel. Warum sollten sie auf Hafis und sie verzichten, wenn sie Geld und Menschen haben konnten, begriff Maria blitzschnell. Schon hielten drei weitere Reiter auf sie zu. Wenn man sie auf Geld und Wertsachen durchsuchte, würden die Räuber sehr schnell feststellen, dass sie eine Frau war, und das Weitere wollte sie sich lieber nicht ausmalen. Schon streckte der erste Beduine die Hand nach ihr aus, da zog sie blitzschnell den Dolch aus dem Gürtel und stach zu. Aufschreiend zog er seine blutende Hand zurück. Sie nutzte den Moment der Überraschung und trieb ihr Kamel an. Fluchend nahmen die beiden anderen Räuber die Verfolgung auf. Im Gegensatz zu ihr waren sie geübte Reiter, auf dem Rücken der Kamele quasi aufgewachsen. Es konnte nicht lange dauern, bis sie Maria einholen würden. Stärker einem Instinkt als dem Verstande folgend, bog sie von der Straße ab und folgte einem Pfad in die

Berge, der sich einen schmalen Abhang hinaufwand. Sie konnte den Atem der Verfolger bereits im Nacken spüren. Der Vorteil des Pfads bestand aber darin, dass er zu schmal war, um sie zu überholen. Ihre Verfolger konnten vorerst nur an ihr dranbleiben.

Nach einer Weile erreichte sie ein Plateau, auf dem die Sonne ruhte. Die Landschaft ertrank in Licht, das die Farbe von Akazienhonig hatte. Kein Weg führte von diesem Plateau wieder hinunter, sie saß in der Falle. Breit grinsend langten nun auch die Räuber auf dem Plateau an. Sie hatten sich zum Schluss nicht mehr beeilt, weil sie wussten, dass es von hier oben kein Entrinnen für Maria gab. Nun zogen sie ihre Halbmondschwerter.

Maria stieg von ihrem Kamel ab. In dieser Landschaft war der Mensch verloren, wenn er sich von seinem Reittier trennte, aber nur so konnte sie ihr Leben retten. Sie ließ sich auf die Knie nieder und robbte langsam über die Felskante, wo sie einen kleinen Absatz fand. Schweiß lief ihr über die Stirn. Sie hielt sich an einer Art Grasbüschel fest und suchte mit dem Fuß Halt am steilen Abhang. Stück für Stück gelang es ihr, ihn hinunterzuklettern. Von oben stierten ihr die beiden Araber ungläubig hinterher. Sie riefen einander etwas zu. Dann hörte sie, dass einer der beiden fortritt. Wahrscheinlich wollte er sie für den Fall, dass sie es wirklich bis nach unten schaffte, dort erwarten. Sie hing buchstäblich zwischen Himmel und Erde und musste sich entscheiden: Sollte sie weiter nach unten klettern oder den Kampf mit dem Posten oben wagen?

Dann kam ihr eine Idee. Vorsichtig und mühsam kletterte sie weiter abwärts, bis sie eine kleine Mulde fand, in der sie sich niederließ. Sie atmete schwer, und ihr Puls raste. Hier wollte sie den Einbruch der Nacht erwarten. Zwar war es gefährlich, im Finstern zu klettern, aber die Dunkelheit, die sie bedrohte, würde sie zugleich auch schützen. Vielleicht würden ihre Verfolger ja ebenfalls aufgeben.

Die Zeit lastete wie Blei auf ihr. Obwohl es bereits Abend war, dauerte es eine Ewigkeit, bis die Sonne unterging. Nun beleuchteten zwar Sterne die Landschaft, der Mond kam ihnen aber kaum zu Hilfe, denn er war zu einer winzig schmalen Sichel geschrumpft. Sie rang sich durch, weiter nach unten zu klettern. Endlos kam ihr der Weg vor, den sie sich hinabtastete, mit den Füßen nach Absätzen und Einkerbungen im Boden oder nach Grasbüscheln und Wurzeln suchend, während sich ihre Finger an Tamarisken oder schmerzend und blutend an Dornensträucher klammerten oder sich in den Boden wühlten. Schemenhaft erkannte sie, dass sich unter ihr ein kleiner Pfad befand. Schon wollte sie weiter abwärts steigen, besann sich dann aber rechtzeitig und kletterte seitwärts weiter, als wollte sie den Berg umrunden. Wenn sie ihr immer noch auflauerten, konnte sie ihr lautes Keuchen verraten. Maria verlangsamte ihre Bewegungen, um sich etwas auszuruhen und leiser atmen zu können.

Nach einer Weile setzte sie ihren Abstieg fort, und wenig später berührten ihre Füße den Pfad. Geduckt schlich sie den abschüssigen Pfad nach links entlang, wo der nächste Abhang bis zum nächsten Pfad abfiel. Sie vermutete, dass die Räuber nach einiger Zeit abgezogen waren, weil sie sich von ihr nicht allzu viel erhofften. Marias Kamel hatten sie mit Sicherheit mitgenommen, denn ein Reittier war wertvoll. Vielleicht dachten sie auch, dass sie nicht weit kommen und allein in der Wildnis umkommen würde. Und danach sah es auch aus.

So irrte sie durch die Finsternis, allein und verzweifelt. Sie war müde, beherrschte sich jedoch. Es war zu gefährlich einzuschlafen. Zuallererst musste sie etwas zu trinken finden. Und sie fror. So heiß es am Tag war, so kalt wurde es in der Nacht.

Als die Sonne aufging, befand sie sich in einer Talsenke, zitternd vor Müdigkeit und Kälte. Etwas später entdeckte sie einen Bach, aus dem sie gierig trank. Maria fühlte sich einsam, verlassen und ratlos. Sollte sie Hafis suchen? Aber wo sollte sie mit der Suche beginnen? Sie hatte nicht die geringste Ahnung, wo sie sich und wo sich die Straße befand, auf der sie überfallen worden waren. Und selbst wenn sie ihn fand, womöglich in der Gewalt der Räuber, was konnte sie als Frau, ungeübt im Umgang mit Waffen, gegen die zehn Krieger schon ausrichten?

Dann durchzuckte sie ein Gedanke, den sie zurückdrängte, der ihr aber dennoch das Herz verwundete: Nicht auszuschließen, dass die Suche nach ihm überflüssig war, weil man ihn getötet hatte, aus Strafe für ihre Flucht. Sie musste sich eingestehen, dass die Sorge um Hafis tiefer ging, als man sie einem Reisgefährten gegenüber gemeinhin aufbrachte. Das erstaunte sie und erschreckte sie auch gleichzeitig. Was ging da in ihr vor? Sie suchte doch ihren Bruder. Und nichts sonst …

Kapitel 23

Marta riss die Augen auf, als sei sie unsanft geweckt worden. Schnell blickte sie nach links und nach rechts, wandte sich um, doch niemand war da, außer Alfonso, der immer noch in sich versunken meditierte. Nichts wusste sie über ihn, vor einer Woche hatte sie ihn noch nicht einmal gekannt, sah man von der kurzen Begegnung auf der Beerdigung ihres Großvaters einmal ab, dennoch vertraute sie ihm. So sehr, dass sie nicht nur ihr Leben, sondern auch das Leben ihrer Kinder in seine Hand gelegt hatte. Was wäre, wenn sie sich in ihm täuschte? Bei diesem Gedanken wurde ihr schlecht. Sie stand auf, wankte den Flur entlang. Frische Luft. Dringend brauchte sie frische Luft, ihr war, als lastete das ganze Gebäude auf ihrem Brustkorb und drückte ihn langsam nieder. Schwer ging ihr Atem. Schweiß perlte silbern auf ihrer Stirn.

Als sie aus der Tür schlich, riet ihr ein Rest von Instinkt, einen Schuh zwischen Tür und Rahmen zu legen, so dass die Tür nicht hinter ihr zuschlug und sie unbemerkt zurückkonnte.

Dann stand sie unter dem enormen Sternenhimmel. Kalt wie Brillanten funkelten die Sterne herunter. Wie

Seelen, die alles gesehen hatten und nichts mehr anrühren konnte, dachte sie. Sie hatten ja auch wirklich alles gesehen, verbesserte sie sich. Dann liefen ihr heiß die Tränen aus den Augen wie ein gewaltiger Strom, der nicht mehr einzudämmen war. Sie wollte das alles nicht, wollte nur raus aus dem ganzen Irrsinn und endlich ihre Kinder zurück. Wo sie wohl jetzt waren? Ob es ihnen gutging? Waren sie unverletzt? Lebten sie überhaupt noch? Sie hatte die letzte Frage herausgebrüllt. Furchtsam blickte sie sich um. Marta erschrak und biss sich schmerzhaft in die Faust der linken Hand, um nicht zu schreien. Niemand kam. Sie blieb allein. Allein unter dem Sternenhimmel. Und in diesem Moment begriff sie es. Die Sterne blinkten so kalt herab, weil sie einsam waren, auch wenn die Menschen aus Mitleid sie zu Bildern geordnet hatten, war dies doch nur eine Sache der Menschen, die aber mit den Sternen nichts zu tun hatte. Nein, die kalten Lichter im Nachthimmel fühlten sich so verdammt allein wie sie. Vielleicht sind die Sterne auch nur die Seelen einsamer Menschen, die keinen Platz im Paradies fanden, weil niemand dort auf sie wartete, dachte sie und schüttelte sich, als könnte sie so das Gefühl loswerden, das sie zu lähmen begann.

Wie schön wäre es, wenn sie die Meditation zu nutzen verstünde, um zu ihren Kindern zu reisen, doch vorerst vermochte sie nur, das Wissen aus ihrem Innern zu fördern, das ihr Großvater zuvor dort deponiert hatte. Aber vielleicht, vielleicht fand sich am Grund des Wissens der Schlüssel zu dem Ganzen. Das hoffte sie, und, wie sie meinte, nicht ohne Berechtigung. Denn das, was sie gesehen hatte, hatte ihr den Atem verschlagen. Und auf einmal wusste sie, dass der Weg Marias sie zu ihren Kindern führen würde. Sie musste nur dranbleiben, durfte nicht aufgeben, nicht schwach werden. Es lag einzig und allein bei ihr, ob die beiden gerettet werden würden. Nur bei ihr. Sie fluchte über den Fels der Verantwortung, den ihr das Schicksal aufgeladen hatte. Aber alle Verwünschungen, jedwedes Lamento nützten nichts. Das Ganze kam ihr wie eine schwierige OP vor, in der das Ergebnis auf Messers Schneide stand, in der es nur auf ihre kühle Präzision und verdammt noch mal auf ein klein bisschen Glück ankam. Für die Präzision konnte sie bürgen …

Marta wischte die Tränen ab und gab sich zwei Ohrfeigen, um ganz wach zu werden.

Sie kehrte mit schnellen Schritten zu ihrem Platz unter der Glaskuppel zurück. Alfonso saß immer noch entrückt, obwohl es ihr so vorkam, als wäre über seine Lippen die Andeutung eines Lächelns geschwebt wie ein Schmetterling, dessen Flügel so durchsichtig waren, dass man ihn kaum sah.

Sie setzte sich, begann ihren Atem zu regulieren und schloss die Augen. Dann richtete sie den Blick nach innen und dachte an Maria, an das Suchen und Irren der Jüdin. Sie spürte die trockene Hitze und das grelle Licht, wie Licht von Licht. Gleißend hell wurde es in ihr, schmerzhaft hell …

Kapitel 24

Die Sonne brannte unbarmherzig auf Maria herab. Die Hitze war trostlos. Ihr Gefühl sagte ihr, dass es Mittag sein musste, denn es konnte nur noch kühler werden, weil die Luft und der steinige Boden bereits glühten. Sie irrte über eine verwilderte Bergterrasse. Irgendwann hatten Menschen sie angelegt und Pflanzen darauf angebaut. Doch dann war etwas geschehen, vielleicht eine Gewalttat, wie sie es als Kind in Straßburg erlebt hatte, die Bauern waren getötet oder vertrieben worden, die Nutzpflanzen eingegangen und allmählich, aber unaufhaltsam von dem Dornengestrüpp, durch das Maria streifte, verdrängt.

Sie wurde immer unachtsamer, und häufiger ritzten Dornen ihre Haut auf. An ihrem Oberarm klebte getrocknetes Blut. Allmählich stumpfte sie ab und ließ sich treiben wie ein Blatt im Wind, das irgendwann irgendwo liegen bleiben und vergehen würde. Obwohl sie durch fremdes, gefährliches Land irrte, weder ihren Standort noch Weg noch Ziel kannte, beherrschte sie nur der eine Gedanke, dass sie sterben würde, wenn sie stehen blieb. Etwas trieb sie vorwärts, aber sie hatte keine Vorstellung davon, was dieses Etwas war. Ein dunkler, schwerer Schatten fiel vom Himmel, und alsbald noch ein zweiter und dritter. Maria richtete den Blick zum Himmel, schrie auf vor Schmerz, den die Sonne in ihren Pupillen erzeugte, hielt schützend die Hand über ihre Brauen und entdeckte schließlich drei Geier, die über ihr kreisten.

Die Aasfresser schienen sich ihrer Beute sicher zu sein und hatten Zeit. Wenn ihre letzte Lebenskraft versiegt war, würden sie sich ihr nähern und ihre krummen, harten Schnäbel in ihr noch warmes Fleisch schlagen. Einer der Vögel ließ sich auf einem Felsvorsprung nieder, der jetzt vor ihr auftauchte. Seine Gestalt mit den großen Flügeln, die aussahen wie hochgezogene Schultern, und dem kleinen, eingezogenen Kopf erinnerte sie an den Sekretär des Bischofs. Strauchelnd griff sie nach einem Stein, an denen auf diesen Terrassen kein Mangel bestand, umfasste ihn mit überraschender Lust und schleuderte ihn in Richtung des Geiers. Erbost flog das Tier auf, ließ sich aber sogleich wieder nieder. Maria griff nach dem nächsten Stein und warf erneut nach dem Vogel, der wieder aufflatterte, sich diesmal aber in der Luft hielt. Maria spürte, wie sich ein schiefes, aber zufriedenes Lächeln über ihre Mundwinkel legte. Obwohl die Aktion ihr Kraft raubte, erfüllte sie sie mit Zuversicht, denn noch war ihr Körper kein Fressen für die Geier. Sie hatte sich nicht bis hierher durchgeschlagen, nicht den Kapitän erstochen und war den Räubern entkommen, um hier von Vögeln gefressen zu werden. Dann kam ihr ein Psalm in den Sinn, den sie immer geliebt hatte. Und sie sang auf Hebräisch:

Ich freute mich über die, die mir sagten:
Lasset uns ziehen zum Hause des HERRN!
Nun stehen unsere Füße in deinen Toren, Jeruschalajim.
Jeruschalajim ist gebaut als eine Stadt,
in der man zusammenkommen soll,
wohin die Stämme hinaufziehen,
die Stämme des HERRN ...

Und dann lag sie plötzlich vor ihr, in der Talsenke zwischen den Bergen, ein einziger Körper aus Silber und Gold. Wachte oder träumte sie? Sah sie das wirklich, oder begann sie zu halluzinieren? In der Mitte glänzte ein Aquamarin wie ein Auge. Bei näherem Hinsehen erkannte sie, dass dieses Gebilde aus Silber und Gold aus Häusern, Tempeln und Säulen bestand, die aus gelben und weißen Steinen errichtet worden waren und die in der Sonne flimmerten. Der Aquamarin in der Mitte aber erwies sich als ein Teich, sein Zufluss war von Palmen gesäumt. Der Abstieg zur Stadt hinunter würde dauern. Und je näher sie ihr kam, ohne dass ihr Anblick sich veränderte oder gar schwand, desto weniger glaubte sie schließlich, einer Geistestäuschung erlegen zu sein.

Wohltuender Abendwind kühlte ihr glühendes Gesicht, als sie die Talsenke endlich erreicht hatte. Sie staunte. So etwas hatte sie auf all ihren Reisen noch nicht gesehen: Die Stadt besaß keine Schutzmauer, keine Tore, so als benötigte sie all das nicht und stünde unter der Obhut höherer Mächte. Maria näherte sich ihr vorsichtig. Wusste sie, welche Überraschungen sie hier erwarteten? Verlassene Städte rochen nach Staub und Mörtel. Und diese Stadt war verlassen worden. Vor geraumer Zeit bereits. Wie augenlose Höhlen starrten die dunklen Fensterlöcher sie an. Die Türen machten einen unheimlichen Eindruck auf sie, als führten sie geradewegs in die Behausungen von Geistern. Erschrocken flüsterte sie: *Der Herr ist mein Hirte.*

Furchtsam schaute sie sich um. Vielleicht hausten hier die Räuber, und sie lief ihnen womöglich geradewegs in die Arme. Doch dann verdrängte die Enttäuschung die Angst. Sie hatte sich aus der Wildnis gerettet – aber in eine Totenstadt. War sie den Geiern entronnen, damit ihr nun die Ghule, die Totengeister, die in Ruinen hausten, wie Hafis ihr erklärt hatte, das Blut aus den Adern saugen würden? Sie hatte noch nie einen gesehen, aber der Erzählung ihres Reisebegleiters zufolge sahen sie aus wie eine Kreuzung aus Mensch und Affe, mit schmutzig-öliger Haut, riesigen Gebissen, Kiefern wie mächtige Werkzeuge, spitzen Eckzähnen, Blutzähnen. Sie hatte das Gefühl, dass hinter ihr ein Schatten mit beängstigender Geschwindigkeit von einem Haus ins nächste huschte.

Der leichte Wind verwandelte sich plötzlich in einen Sturm, der um die Kanten der Häuser und Säulen pfiff. Sein Rauschen klang wie das Tosen großer Meereswellen.

Das Gemisch aus Luft und Staub, das er vor sich hertrieb, nahm ihr den Atem. Dieser Wind schien zu leben, ja sogar organisch zu sein. Wieder hatte sie das Gefühl, dass sich hinter ihr ein Wesen regte, sie zog das Messer und wandte sich blitzschnell um, doch außer aufgewirbeltem Staub war da nichts vor ihr. Ein Ächzen, das die Straße erfüllte, ließ ihr das Blut in den Adern gefrieren. Dann sah sie etwas Schwarzes auf sich zukommen, riesig und massig, wie eine Walze. Ohne nachzudenken, flüchtete sie in den nächsten Hauseingang und prallte gegen einen Körper.

Augen starrten sie an. Sie hob das Messer und wollte bereits zustoßen, da vernahm sie eine vertraute Stimme.

»Ich bin es!«

»Hafis?«

»Ja.«

»Haben sie dich laufenlassen?«

»Das ist eine längere Geschichte.«

Ihr fiel ein, dass Hafis ihr über die Ghule auch erzählt hatte, dass sie mit Vorliebe die Gestalt geliebter Menschen annahmen, um ihre Opfer zu narren. Unwillkürlich wich sie zurück und hielt den Dolch in Bereitschaft.

»Woher weiß ich, dass du kein Ghul bist?«

»Weil ich dich sonst schon überwältigt hätte. Meinst du, du kannst einen Toten töten?« Das klang zumindest logisch.

»Sprich Persisch mit mir!«

Selbst durch die Dunkelheit konnte sie sein Lächeln spüren. Dann begann er:

»Ich sag' es offen, und ich sag' es freudig:
Leibeigener der Liebe bin ich und
Von dieser und von jener Welt befreit ...«

Wieder übersetzte er die Verse ins Lateinische, und da wusste sie, dass er es wirklich war. Alle Furcht und alle Sorge, alles Leid und alle Traurigkeit fielen von ihr ab, und sie umarmte ihn wild, hielt aber plötzlich erstaunt inne. Ihre Hände berührten nackte Haut.

»Ja, ich bin nackt. Sie haben mir nicht einmal das Hemd gelassen. Als ich vom Kamel gefallen war und dich fliehen sah, habe ich begonnen, meinen Atem zu kontrollieren. Ich ließ ihn flach und immer flacher werden, bis es für Außenstehende so aussah, als hätte ich aufgehört zu atmen. Mein Atem wurde unhörbar, mein Puls unfühlbar. Es ist mir sogar gelungen, meine Köpertemperatur zu senken. Die List ist jedenfalls geglückt. Die Kerle haben mich begafft und befühlt, ich aber war wie ein Stück totes Holz. Der ist hinüber, meinte der Anführer. Dann haben sie mich ausgezogen und mir alles abgenommen, was ich besaß, das Kamel, die Kleidung, das Geld, den Dolch, unser Gepäck. Als sie weder zu hören noch zu sehen waren, bin ich ins Leben zurückgekehrt und habe durch die Berge hindurch ein Blinken entdeckt, dem ich folgte. So gelangte ich hierher.«

Maria wickelte ihren Turban auf und gab den Stoff Hafis, dass er sich daraus zumindest einen Lendenschurz machen konnte. Dann erkundigte sie sich, weshalb er sie verfolgt und sich versteckt habe, wenn sie sich umdrehte.

»Das war nicht ich. Ich habe hier geschlafen, bis der Sturm mich geweckt hat und ich aufstand, um nachzuschauen, was draußen vor sich geht.«

»Aber wer war es dann?«

»Ein Tier vielleicht.«

Wenig von der Erklärung überzeugt, ließ sie es dennoch auf sich beruhen. Hafis erklärte ihr, dass die unheimliche schwarze Walze, die auf sie zugerollt war, ein gigantischer Heuschreckenschwarm gewesen war. Sie hatte gut daran getan, sich in Sicherheit zu bringen. Denn wenn diese Milliarden Heuschrecken sehr ausgehungert waren, fielen sie alles an, was lebte. Der Schwarm hätte sie erstickt.

Inzwischen hatte sich der Sturm gelegt. Sie traten aus dem Haus und schauten sich um. Ein Laut des Staunens entwich ihr. Er sah sie überrascht an und folgte ihrem Blick, den sie nicht vom Himmel zu lösen vermochte.

»Ein Kreuz, ein Kreuz aus Sternen«, rief sie bewundernd.

»Unterscheiden sich eure und unsere Sterne?«

»Ich habe nie darauf geachtet«, gestand sie, »aber auch noch nie zuvor dieses Kreuz gesehen.«

Er legte ihr seinen Arm über die Schulter. Sie genoss es und schmiegte sich an ihn.

»Wer hier wohl gelebt haben mag?«

»Die Weisen«, antwortete er traurig. Sie machte sich frei, dann hämmerte sie mit ihren Fäusten wild auf ihn ein.

»Das ist nicht Damcar!« So durfte ihre Reise nicht enden! »Das kann nicht Damcar sein! Nie und nimmer!« Nicht, nachdem sie sich so weit durchgekämpft hatte. Hafis ertrug die Schläge ihrer Verzweiflung. Sie bearbeitete seinen Brustkorb so lange mit Fäusten, bis sie ermüdete. Dann sank sie in seine Arme und weinte hemmungslos. Zum ersten Mal seit dem Mord an ihren Eltern fühlte sie sich wieder wie ein kleines Mädchen, hilflos und grenzenlos traurig. Sie roch seine Kraft, und es tat ihr gut.

»Warten wir ab, was uns die Stadt zu sagen hat«, meinte er.

Das klang nicht altväterlich und nur aus Trost so dahingesagt, sondern mit echter Neugier geäußert. Verwundert blickte sie ihm in die Augen, aber dort sah sie nur Entschlossenheit. Dann fühlte sie seine weichen Lippen und wollte sich der Lust, die sie empfand, gerade hingeben, als er sie brutal hinter sich zerrte. Zuerst überrascht, dann wütend warf sie ihm einen feurigen Blick zu. Er wirkte hart und hielt ihren Dolch in der Hand. Sie schaute nach links und entdeckte nun ebenfalls, was er nicht aus den Augen ließ: einen Mann mit zotteligen grauen Haaren und einem aus grauen Flicken zusammengeschusterten Gewand. Seine Augen verblüfften durch ihre helle Farbe und die erschütternde Ausdruckslosigkeit ihres Blicks.

»Wer bist du?«, fragte Hafis.

Maria vermutete, dass es sich um dieses Geschöpf handelte, das hinter ihrem Rücken hin- und hergesaust war. Das Wesen antwortete mit einer hohen und gebrochenen Stimme. Sie brauchten eine Weile, bis sie begriffen, dass er nicht eine einzelne Sprache sprach, sondern ein kurioses Gemisch aus Arabisch, Latein, Hebräisch, Aramäisch und etwas, das sie beide nicht kannten, was Hafis aber für Koptisch hielt, das Idiom der ältesten Christen, die in Südägypten oder Äthiopien lebten.

Lange sprachen sie mit ihm, fragten immer wieder nach, bis sie verstanden, was die Gestalt sagen wollte. Und so erfuhren sie vom Untergang der Stadt der Weisen. Die Menschen hatten vergessen, was sie an den Weisen besaßen; anstatt sie zu schützen und um Rat zu bitten, überfielen sie sie immer wieder. Räuber, Mörder und muslimische Fanatiker fielen abwechselnd über den

Ort her, den bisher seine Weisheit und die Achtung vor der Weisheit geschützt hatte. Die Bewohner hatten begriffen, dass ihre Zeit hier unwiederbringlich dahin war, und beschlossen, die Siedlung aufzugeben und nach Fustat weiterzuziehen. Ihn aber hatte man zurückgelassen, damit er Maria und Hafis Auskunft erteilen konnte, wenn sie eines Tages eintreffen sollten. Darin bestand seine Aufgabe.

»Nun seid ihr da, nun ist meine Aufgabe erfüllt. Geht nach Fustat. Christian lebt. Die Weisen leben, auch wenn Damcar nur noch eine Ruinenstadt ist«, schloss die kuriose Gestalt seine traurige Erzählung.

Warum hassten die Menschen die Weisheit nur so, warum schützten sie sie nicht, sondern stellten ihr nach? Hafis schwieg betreten.

»Und du? Was wird aus dir?«, fragte Maria voller Mitgefühl.

»Ich werde euch helfen, an Kleidung, Kamele und Reisegeld zu kommen, dann aber …« Ein Lächeln, so befreit und so schmerzlich, wie sie es noch nie im Antlitz eines Menschen erblickt hatte, verzauberte das Gesicht des Wesens und entzündete in den toten Augen ein Strahlen übernatürlicher Schönheit. »Dann aber gehöre ich dem Wind, der in die Wüste weht, und den ihr nur die Ewigkeit nennt.«

Kapitel 25

Nachdem Selim, so hieß das Wesen, sich die struppigen Haare abrasiert und in dem Teich ein Bad genommen hatte, zogen sie am Abend zu dritt los. Sie folgten einem Weg, der aus der verlassenen Stadt in ein Gebirge führte, das aus verwittertem Gestein bestand. Die Steine schienen von der Sonnenhitze zu glühen, die sie nun langsam an die kühlere Nacht abgab. Ein süßlicher Geruch nach wilder Myrte stach Maria in die Nase. Kurz vor Mitternacht erreichten sie einen Felsvorsprung. Maria schaute sich um und entdeckte, dass auf einer Felsnase unweit von ihnen ein Waran sie neugierig beobachtete. So wie er in den Wadi schaute, der sich unter ihnen ausbreitete, wirkte er wie ein Wüstengeist, der die Gestalt der Rieseneidechse angenommen hatte. Alt und unbewegt von der Welt machte das Tier den Eindruck, als hockte es schon seit Anbeginn der Welt dort und hätte alles gesehen, was das Leben bot. Selim riss Maria aus ihren Gedanken, als er ihnen zuraunte, dass sie jetzt mit dem Abstieg begännen. Unten angekommen, würde er sich dann in das Lager der Räuber schleichen und sie verwirren, während sie sich noch im Schatten der Berge verborgen halten sollten. Auf sein Zeichen hin sollten Maria und Hafis sich Kleidung, Geld und Kamele nehmen und so schnell wie möglich davonreiten, ohne sich weiter um ihn zu kümmern. Maria wollte etwas einwenden, doch Selim lächelte sie zufrieden an.

»Mach dir keine Sorgen. Längst ist im Himmel beschlossen, wie es für euch und für mich weitergeht. Denn nicht der Mensch sucht sich eine Aufgabe, sondern die Aufgabe findet den Menschen, es kommt nur darauf an, ob er sich ihrer als würdig erweist oder zu klein für das ist, was ihm zugedacht wurde.« Dann legte er gebieterisch den Finger auf den Mund, und sie begannen, den teilweise recht steilen Abhang hinunterzuklettern. Dabei setzten sie vorsichtig ihre Schritte, um nicht das lockere Geröll ins Rutschen zu bringen. Sie durften keinesfalls Lärm verursachen und Aufsehen erregen. Am Fuße des Berges verbargen sich Maria und Hafis hinter einem Felsbrocken, der irgendwann einmal zu Tal gedonnert und am Wegesrand liegen geblieben war.

Selim aber richtete sich auf und schritt aufrecht auf die Räuber zu, die um ein Feuer lagerten. Bisher hatte ihn Maria nur gebückt und mit krummem Rücken wahrgenommen. Wobei ihr entgangen war, dass Selim in Wirklichkeit ein großer, schlanker Mann war. Er hatte seine wahre Gestalt vor ihnen verborgen. Wie flüssiges Silber fiel das Mondlicht auf ihn und umgab seine Gestalt mit einer Gloriole. Der rasierte Schädel erinnerte sie an ein

Jesusbild, das eine der Beginen in Straßburg gemalt hatte. Die Räuber schienen ihn nicht zu bemerken, gerade so, als wäre er aus Luft. Er setzte sich zu ihnen, erst da sahen sie ihn und verhielten sich, als würden sie ihn kennen, als gehörte er zu ihnen und wäre nur einmal kurz weg gewesen, um seine Notdurft zu verrichten. Dann hob er den Arm, und alle erstarrten. Maria und Hafis schlichen zum Lager. Hafis wühlte in einem Bündel Kleider, bis er ein gelbes Hemd, eine feuerrote Hose und einen himmelblauen Kaftan gefunden hatte. Auch ein sternenverzierter dunkelblauer Turban hatte es ihm angetan. Er setzte ihn auf. Dann wählten sie drei Kamele aus. Das dritte Kamel, das sie an Hafis' Tier banden, beluden sie mit Wasser, Proviant und Kleidung zum Wechseln. Der Perser freute sich, seinen Koran sowie ein weiteres Büchlein wiedergefunden zu haben. Selim warf ihm eine Geldbörse zu, die er dem Anführer, der mit seinem Kumpanen immer noch wie versteinert dasaß, vom Gürtel geschnitten hatte, und nickte noch einmal aufmunternd zum Abschied in die Richtung der beiden.

Sie bestiegen ihre Kamele und ritten zügig los. Nach einiger Zeit schaute sich Maria um, und es war ihr, als löste sich eine hochgewachsene Gestalt im Wind der Wüste auf. Wie ein Schleier Silberregen im Meer der Dunkelheit, dachte sie. Im gleichen Augenblick rief ihr Hafis zu: »Komm, jetzt müssen wir uns beeilen.« Sie trieb ihr Kamel an, um nicht hinter dem Gefährten zurückzubleiben.

Am Morgen erreichten sie eine kleine Stadt, deren Bewohner misstrauisch und sehr zurückhaltend wirkten. Der nächtliche Ritt steckte ihnen in den Knochen. Nach den Aufregungen der letzten Tage sehnte sich Maria nur nach einem sicheren Rastplatz. Die Müdigkeit begann, ihr physische Schmerzen zuzufügen. Sie fragte sich, ob ihnen die Bewohner des Dorfes, in das sie ritten, friedlich oder feindlich gesonnen waren.

Als sie aber über einem kleinen Lehmbau einen Davidstern entdeckte, wusste sie, dass sie in einen jüdischen Ort geraten waren, und atmete unwillkürlich erleichtert auf. Ihr Vater, erinnerte sie sich, hatte ihr davon erzählt, dass die Juden, nachdem sie von den Römern aus Jerusalem vertrieben und über die gesamte Welt verstreut wurden, bis an die Südspitze Arabiens gezogen seien und dort sogar Königreiche gegründet hätten. Muhammads Gefolge hätte diese Königreiche zwar zerstört, aber überall im südlichen Arabien könne man noch heute jüdische Gemeinden finden. Sie hatte das immer für ein Märchen, bestenfalls für eine Legende gehalten. Dafür leistete sie ihrem Vater nun im Stillen Abbitte.

Maria fragte einen Mann auf Hebräisch nach dem Rabbiner. Der Dorfbewohner, ein gedrungener, glatzköpfiger Mittvierziger schaute sie zunächst verdutzt an, dann wies er auf ein einstöckiges Lehmhaus mit dicken Mauern und fast quadratischem Grundriss. Es hatte keine Fenster zur Straße hinaus, lediglich kleine Lichtlöcher.

Maria bedankte sich, stieg vom Kamel und klopfte an die Tür.

Kurz darauf öffnete ein kleiner Mann mit langem weißen Bart, Schläfenlocken und Gebetsriemen, der ihre Ankunft beobachtet zu haben schien.

Maria begrüßte den Rabbiner auf Hebräisch: »Gott sei mit dir, Lehrer, wir bitten dich, Einkehr bei dir halten zu dürfen und uns ein wenig auszuruhen.«

»Wo kommst du her, mein Sohn?«

Sie überlegte einen Moment, dann beschloss sie, sich dem Rabbiner anzuvertrauen. »Ich bin die Tochter des Rabbiners Meir Yehuda ben Schlomo aus Straßburg, und mein Begleiter ist Hafis von Schiras, ein Sufi aus Persien.«

»Ist aus dir etwa auch ein Christ geworden?«, fragte er streng.

Sofort begriff sie, wie er auf diese Frage gekommen war. Nur von einem einzigen Menschen konnte er etwas über ihren Vater erfahren haben. »Ist Christian hier vorbeigekommen?«, erkundigte sie sich. Ihr Herz schlug wild vor Aufregung.

Der Rabbiner nickte und bat sie ins Haus. Ein Gang führte in einen Innenhof, der Maria erstaunte, weil er sich als gut bewässerter und blumenreicher Garten präsentierte.

Nicht zum ersten Mal fiel ihr auf, dass sich im Morgenland zur Straße hin hinter schmutzigen, schiefen und sehr ärmlich wirkenden Wänden Paläste verbargen. Die

Menschen versteckten, was sie besaßen, aus gutem Grund, um keinen tödlichen Neid zu wecken.

In der Mitte neben einem Brunnen bedeckten Teppiche den rotgelben Lehmstein, zwischen denen ein länglicher Tisch stand, der von den Gobelins aus bequem zu erreichen war. Der Rabbiner führte seine Gäste zu den Sitzgelegenheiten und bat sie, Platz zu nehmen. Ein junges Mädchen mit tiefschwarzen Haaren und Mandelaugen servierte Tee, Gebäck und Obst. Dann verschwand sie wieder so schnell, wie sie gekommen war, ohne ein Wort zu sagen.

»Meine jüngste Tochter«, sagte der Rabbiner nicht ohne Stolz. Prüfend richtete er seine grauen Augen auf Maria. »Du hast meine Frage noch nicht beantwortet!«, mahnte er sie streng.

Da nicht der Vater, sondern die Mutter entscheidend war für die Zugehörigkeit zum auserwählten Volk, wog die Abkehr einer Frau vom Glauben der Vorväter sehr viel schwerer. Mit einem Mann verlor der Stamm lediglich den Mann, mit der Frau die gesamte Nachkommenschaft. Sie hatte gehofft, dass der Rabbiner die Frage vergessen hätte oder taktvoll nicht noch einmal stellen würde, um sie nicht in Verlegenheit zu bringen.

»Ach Rebbe, wie soll ich dir darauf antworten? Ich bin Jüdin, die in christlicher Verkleidung überlebt hat, und suche nun im Gewand eines Sufis und versteckt hinter dem Geschlecht eines Mannes meinen Bruder, den einzigen Menschen, der mir von meiner Familie geblieben ist, die einzige Liebe, die ich auf der Welt empfinde. Ich habe zu oft die Rollen wechseln müssen, um dir zu antworten. Eine Christin bin ich nicht, eine Muslima gewiss auch nicht, aber ob ich noch eine Jüdin bin, das weiß ich nicht.«

»Suchst du einen Glauben oder deinen Bruder? Der Mensch muss wissen, wer er ist. Und das sagt ihm der Glaube«, wandte der Rabbiner ein.

»Mein Herz war fähig, jede Form zu tragen,
Gazellenweide, Kloster wohlgelehrt
Ein Götzentempel, Kaaba eines Pilgers,
Der Thora Tafeln, der Koran geehrt:
Ich folg' der Religion der Liebe, wo auch
Ihr Reittier zieht, hab' ich mich hingekehrt,

sagt der Shaykh Akbar, der größte Meister«, warf Hafis auf Arabisch ein. Er musste die Zeilen nicht übersetzen, denn sowohl der Rabbiner als auch Maria verstanden genügend Arabisch.

Der Rabbiner runzelte die Stirn und bot Maria Weintrauben an, bevor er selbst ein paar aß. »Das klingt sehr gut, doch fürchte ich, dass dieser Traum der Wirklichkeit nicht standhält. Der Glaube ist die Hütte des Menschen, die er sich unter dem Firmament bastelt. Du aber willst, dass der Mensch unter freiem Himmel schlafe«, ewiderte der Rabbiner.

»Er wird die Sterne sehen …«

»… und frieren, denn das Licht der Sterne ist kalt und die dunkle Hütte warm«, schloss der Jude. Dann erzählte er seinen beiden Gästen vom Reich der Himyar und vom Reich von Saba. Den Römern hatten die jüdischen Könige des Jemens getrotzt, den christlichen Äthiopiern und auch den persischen Großkönigen, aber schließlich zerstörten kriegerische Beduinen, die sich zu Muhammads Religion bekannten, die beiden Reiche. Viele Juden waren fortgezogen, nur wenige hatten beschlossen, in ihrer Heimat, im Gelobten Land, zu bleiben.

»Halt, halt! Das Gelobte Land befindet sich doch in Palästina«, wandte Maria verblüfft ein. Der Rabbiner lächelte undurchdringlich. »Ich weiß, es heißt so. Nach der babylonischen Gefangenschaft kehrten die Juden nicht in ihre südwestarabische Heimat zurück, sondern gingen nach Palästina. Aber sag mir, meine Tochter, wo du doch so gut Bescheid weißt, wie ist es möglich, dass ein Prophet und Gottesgesandter, ein mächtiger Führer seines Volkes, wie Moses es war, vierzig Jahre mit unseren Leuten durch ein Gebiet irrte, das selbst ein Fußlahmer in wenigen Wochen durchhumpelt?«

Ihr Gehirn arbeitete fieberhaft. Worauf wollte der Rabbiner hinaus? Wollte er sie womöglich an der Nase herumführen oder sich über sie lustig machen? Wie nebenbei übersetzte sie Hafis in knappen Worten, was der alte Mann gesagt hatte, und spürte die steigende Konzentration des Sufis.

Der Rabbiner indes trank langsam in kleinen Schlucken Tee, was ihm der Sufi gleichtat, während Maria ungeduldig darauf wartete, dass ihr Gastgeber weitersprach. Männer und ihre Rituale! Nach einer Weile fuhr sich der Rabbiner mit seinen dürren Händen durch den Bart, bevor er endlich fortfuhr. »Hierher, in dieses Land zog Moses. Hier, wo wir uns befinden, liegt das Gelobte Land der Bibel, um hierherzugelangen, benötigte er die ganze lange Zeit. Du wirst es nicht glauben, meine Tochter, drei Tagesreisen von hier entfernt liegt Jeruschalajim, zumindest das, was davon noch übrig ist.«

Er hatte sich nicht geirrt, sie glaubte es wirklich nicht. Doch unbeeindruckt von ihren ungläubigen Blicken, fuhr er ohne Hast fort.

»Südlich von Mekka beginnt das eigentliche Land Juda und erstreckt sich wie eine Kordel umgeben vom Land Israel bis in den Jemen hinein. Die jüdischen Könige von Himyar und Saba beherrschten das Gelobte Land. Bis die Reiche von den Arabern geschleift wurden. Viele gingen weg, nur wir bleiben, weil dieses Land unsere Heimat ist.«

»Wer soll das glauben?«, entfuhr es Maria, die Ärger über diese Ammenmärchen, die ihr da aufgetischt wurden, in sich aufsteigen fühlte.

»Niemand. Es ist vollkommen gleichgültig, ob du die Wahrheit akzeptierst oder nicht, denn wir sind die Letzten, die hier leben, und unser Leben wird enden, ganz gleich, wie du über uns denkst, meine Tochter. Mit uns wird die Wahrheit begraben werden, aber das ändert nichts. Reiche steigen auf und zerfallen. Und der Glauben der Menschen ändert sich. Mögen die Namen bleiben, die Riten Bestand haben, die Bekenntnisse weiter in den Synagogen, Kirchen und Moscheen gemurmelt werden, die Menschen ändern sich, und damit wird alles anders. Blut fließt, und Leid geschieht. Die Vernunft ist nur ein schöner Traum. Und nur in einem bleibt der Mensch sich treu, darin, dass er eine reißende Bestie ist, ansonsten verrät er alles und jeden.«

»Warum bist du so hoffnungslos?«

»Weil die Menschen die Heiligen Schriften immer wieder anders auslegen, um die Wahrheit nicht sehen zu müssen, und weil sie die Weisen von Damcar vertrieben haben. Weißt du denn, woher die Weisen stammen?«

Maria riss die Augen auf. Hafis rüttelte an ihrem Ärmel. Sie übersetzte hastig. Doch statt des Rabbiners sprach Hafis weiter. »Sie sind eigentlich der Orden Salomons.«

Und obwohl er Lateinisch gesprochen hatte, hatte der Alte ihn verstanden und nickte mit feinem Lächeln. »Richtig. Der weise König Salomo hat zu seinen Lebzeiten die Hüter der Weisheit eingesetzt und Damcar für sie erbaut. Eine Stadt ohne Mauern, Tore und Wehrgänge, weil er geglaubt hat, dass die Weisheit stark genug sein würde, sie zu beschützen. Immer wenn einer von ihnen hochbetagt stirbt, wird ein junger Mann in den Orden eingeführt, der seinen Platz übernimmt. So halten sie es seit zweitausend Jahren, und so bleibt die Anzahl der Wächter, zwölf Brüder und ein Prior, immer konstant.«

Plötzlich kam Maria ein schrecklicher Verdacht. »Christian?!«, entfuhr es ihr vor Schreck. »Wurde Christian etwa in den Orden aufgenommen?«

Der Alte wiegte nachdenklich den Kopf. »Möglich, wer weiß das schon. Ich bin ein einfacher Rabbiner. Mit mir beraten sich die Weisen nicht. Ich weiß nur, dass sie nach Kairo weitergezogen sind.«

»Dann auf nach Kairo!«, rief sie, doch Hafis legte beruhigend seine Hand auf ihren Unterarm.

»Erst wenn wir geschlafen und die Reiseroute bestimmt haben!«

Bei aller Aufregung, die sie erfasst hatte, spürte sie doch die Müdigkeit in ihren Knochen und musste ihm zu ihrem Bedauern zustimmen. »Ein Tag mehr oder weniger wird auch nichts ändern.«

Kapitel 26

Maria erwachte am frühen Morgen. Wohlig reckte und streckte sie sich, bevor sie aufstand und ihr Gesicht mit dem klaren, kühlen Wasser benetzte, das in einer irdenen Schale auf einem kleinen Holztisch stand. Ihre Haut sog das Wasser förmlich auf. Ihr war, als wäre dies der Morgen aller Morgen. Sie fühlte sich frisch und kräftig. Es war mehr als nur ein Gefühl und auch nicht mit der Euphorie über ihre zurückkehrenden Kräfte zu erklären, die sie keinerlei Zweifel daran hegen ließen, ihren Bruder wiederzufinden. Mochte der Weg auch noch so weit und die Gefahren mannigfaltig sein. Sehnsüchtig streckte sie den rechten Arm nach vorn und drehte ihn plötzlich, als ob sie ein Schwert führte. Es war, als ob ein Tanz, eine Abfolge von unerklärlichen Bewegungen von ihr Besitz ergriff und sie immer tiefer in ihren Rhythmus aufnahm. In einer Mischung aus Staunen und Lust drehte sie sich wie ein Schwertkämpfer und führte dabei graziös die imaginäre Waffe, als tanze sie eine blutfordernde Meditation, die eines Tages ihr Ziel im Herzen des Feindes finden würde. War etwa auch sie wie ihr Bruder auserwählt? Von den Weisen?

Darauf würde es hinauslaufen, dachte sie mit jener Sicherheit, wie nur starke Visionen sie vermitteln, und fand sich einig mit dem ihr zugedachten Schicksal. Und während sie die vorgestellte Waffe mit einer leichten Verbeugung in ihre unsichtbare Scheide steckte, durchfloss eine nie zuvor erfahrene Ruhe ihre Adern. Jegliche Anspannung löste sich. Nun war sie eins mit sich. Sie hätte jauchzen und jubeln können vor Freude. Diese Kraftanstrengung erschien ihr jedoch ebenso überflüssig wie unpassend, denn die Zufriedenheit, die sie nun erfüllte, war weit intensiver, als alle Freudensprünge und alle Freudenlaute es jemals hätten sein können. Sie sah die Welt mit neuen Augen, mit den Augen eines Menschen, der seine Aufgabe erkannt hat.

Als sie in den Innenhof kam, stand die Sonne in der gleichen Höhe wie zu dem Zeitpunkt, als sie eingeschlafen war, als wäre keine Zeit vergangen, seitdem der alte Rabbiner zu ihr gesprochen hatte. War die Sonne einfach stehen geblieben? So wie es in der Bibel bei Josua hieß: *Sonne, steh still zu Gibeon, und Mond, im Tal Ajalon! Da stand die Sonne still, und der Mond blieb stehen, bis sich das Volk an seinen Feinden gerächt hatte. Ist dies nicht geschrieben im Buch des Redlichen? So blieb die Sonne stehen mitten am Himmel und beeilte sich nicht unterzugehen fast einen ganzen Tag.*

»Du hast vierundzwanzig Stunden durchgeschlafen.«

Sie drehte sich um und sah einen strahlenden Hafis vor sich. Ihre einzige Erklärung für seine Reaktion bestand darin, dass er die Veränderung, die mit ihr vorgegangen war, erkannt haben musste.

»Ich will den Schwertkampf lernen. Kannst du es mir beibringen?«

»Nein. Dichten, ja. Meditieren, ja. Die ersten fünf Stufen auf dem Weg zu Gott, oder wie wir sagen, die ersten fünf Menschen oder besser fünf *nafs*, was Atem bedeutet, ja. Aber Fechten, nein.«

»Atem?«

»Gott hat dem Lehmklumpen, der der Mensch war, seinen göttlichen Odem eingehaucht und ihm damit das Leben geschenkt.«

Sie nickte zum Zeichen ihres Verständnisses. »Dann unterweise mich in dem, was du mich lehren kannst, und ich will es zufrieden sein.«

Vielleicht begann ja das Kämpfen mit der Art des Atmens, die Luftströme zu führen, wie man die Waffe führt. Leben war Kampf. Und Gottes Hauch schenkte den Menschen das Leben und mithin auch den Kampf. Fester Grund wuchs unter ihren Füßen, ihre Suche kam ihr auf einmal nicht mehr ziellos vor, sondern der Weg öffnete sich ihrem inneren Auge.

Während sie frühstückten, berichtete ihr Hafis, er habe in der Zwischenzeit die schnellste Route nach Kairo ermittelt und alles, was sie zur Reise benötigen würden, besorgt. Nach dem Frühstück könnten sie aufbrechen, es sei denn, Maria würde sich gern die Ruinen des von dem Rabbiner so eindrucksvoll beschriebenen arabischen Jerusalems anschauen.

»Meinst du wirklich, dass er Recht hat?«, fragte sie ihn mit großen Augen.

Hafis zuckte mit den Schultern. Wenn sie nicht eingeschlafen wäre, wüsste sie es vielleicht, doch seine fehlenden Hebräischkenntnisse erlaubten ihm nicht, ein Urteil zu fällen.

»Wem schadet sein Glaube?«, meinte Hafis. »Ihr glaubt daran, dass sich eure Frühgeschichte in Palästina abgespielt hat, für euch ist Jerusalem immer in Palästina gewesen und wird auch immer dort bleiben, also war es und ist es auch dort. Die Welt ist auch ohne diese Streitfrage schon verworren genug.«

»Du übersiehst, dass es für mich um Christian geht, der sich vermutlich bei den Weisen um Damcar aufhält!«, protestierte sie, ein wenig verärgert über seine Gleichgültigkeit. »Was wäre denn, wenn ich behaupten würde, dass Mekka eigentlich auf Zypern liegt?«

»Wenn es dich befriedigt, dann tue es. Niemand weiß, wann die Juden nach Südarabien kamen und wie die Königreiche entstanden sind. Es ist doch genauso gut möglich, dass die Weisen in den Jemen flohen, als Nebukadnezar die jüdische Oberschicht nach Babylon verschleppt hat. Und vielleicht blieben sie nicht die einzigen Flüchtlinge. Die anderen haben dann ihre Städte wie Jerusalem hier in Südwestarabien neu gegründet. Diese

Erklärung würde der Beweisführung deines Rabbiners nicht widersprechen. Wichtig für uns ist nur zweierlei.«

Sie sah ihn mit großen, spöttischen Augen an. »Da bin ich aber gespannt.«

»Erstens stammen die Weisen von Damcar vom König Salomo ab, der ihnen das geheime Wissen der Welt anvertraut hat, und bilden den Orden Salomonis. Und zweitens müssen wir dringend nach Kairo, weil sich der Orden dorthin zurückgezogen hat.«

Dem konnte und wollte sie nicht widersprechen. Ein wenig ärgerte sie sich jetzt darüber, dass sie eingeschlafen war und dem Rabbiner nicht konzentriert zugehört hatte. Aber ihr Körper hatte die Ruhe gebraucht, und auch ihre Seele. Wäre sie sonst wie neugeboren erwacht?

»Ich hoffe, dass du deinen Glauben wiederfindest«, sagte der Rabbiner ihr zum Abschied. Er konnte nicht wissen, dass Maria längst nicht mehr das in der Welt herumirrende Mädchen war, als das sie gestern zu ihm gekommen war, sondern dass sie in der Nacht einen großen Schritt in ihrer Verwandlung vorangekommen war.

Zwei Tage später hatten sie das Gebirge durchquert, den schmalen Küstenstreifen und schließlich die Hafenstadt Qundfudha erreicht, die am Roten Meer gegenüber von Mittelägypten lag. In Qundfudha nahm sie ein koptischer Kapitän an Bord, der sie in die ägyptische Hafenstadt Al-Qusayr zu bringen versprach, von der sie weiter nach

Luxor reisen wollten, um auf dem Nil nach Kairo zu gelangen.

Vor ihr lag bereits ihre dritte Seereise in diesem Jahr. »Vielleicht besteht meine Bestimmung ja auch darin, Seemann zu werden«, spottete sie. Die Nächte, die wie aus Seide gewebt schienen, mit ihrem Sternenlicht und dem heißen Wind, der aus der afrikanischen Wüste übers Meer blies, verbrachte sie an Bord. Mit Hafis zusammen. Am liebsten gewann sie aber die Dämmerung, in der er Atemübungen mit ihr machte, die das Ziel hatten, den Kopf von Gedanken zu befreien und Atem und Puls der bewussten Kontrolle zu unterwerfen. Den ersten Zustand des Menschen, *nafs-i-ammara*, der keine Kontrolle über sich selbst besaß und sich deshalb permanent über sich selbst im Irrtum befand, hatte sie längst überwunden, ebenso den zweiten Zustand, *nafs-i-lawwama*, eines Menschen, dessen Selbstbewusstsein bereits erwacht war und der die Welt anklagt. Hafis stellte fest, dass sich Maria schon auf der Stufe des dritten Menschen, *nafs-i-mulhama,* befand, des inspirierten Menschen. Ab dieser Stufe setzte das wahre Geistige ein. Sie war mithin in der Lage, sich und die Welt von außen zu betrachten, aus der Perspektive eines Menschen, der verstanden hatte, dass die Wirklichkeit nur ein Gaukelspiel des Teufels darstellte, um die Menschen von ihrem wahren Dasein abzuhalten und von dem Weg, der ihnen bestimmt war, abzubringen. Mittels Atemübungen, Meditationen und Visualisierungen half Hafis ihr deshalb dabei, die vierte Stufe zu erreichen und zum *nafs-i-mutmainna*, zum stillen Menschen, zu werden, also zu jenem, der eine vollkommene Ausgeglichenheit in sich erreicht. »Keine unbedachte und ungefühlte Reaktion darf deiner Seele entkommen, keine unbedachte und ungefühlte Reaktion darf in dir entstehen!«, erklärte er ihr.

Und so lernte sie, ihren Atem zu beherrschen, sie konnte ihn genau fühlen und sogar anhalten. Von der letzten Übung, die den Atem sehr flach und gleichmäßig werden ließ, so dass er ohne Widerstände zu erzeugen floss, ging sie zum Meditieren über und dachte an die Spiele mit ihrem Bruder. Als sie das Lächeln des Fünfjährigen vor sich sah, das sich nicht veränderte, als wäre die Zeit stehengeblieben, jedoch nicht erstarrt, sondern wie eine Bewegung ohne Bewegung, spürte sie einen großen Frieden in sich, als ob sie sich selbst umfinge und endlich bei sich selbst angekommen wäre. Mitternacht war längst vorbei, als sie aus der Meditation wieder aufstieg.

»Jetzt kann ich dir nur noch beim Erreichen einer Stufe, *nafs-i-radiyya*, behilflich sein«, sagte Hafis. »Das ist meine Stufe, die Stufe des Erfülltseins.«

»Und dann?«

»Dann folgen die Stufen des erfüllenden und des geläuterten und des vollendeten Menschen, der in andere Dimensionen des Denkens, Fühlens und Handelns vorgestoßen ist, der die Welt so erkennen kann, wie sie tatsächlich ist, durch alle Täuschungen das Wahre sieht und andere Menschen lehren kann.«

»Die Stufe, auf der die Weisen stehen?«

»Ich weiß es nicht. Wir werden sehen!«

Nach zwei Tagen erreichten sie Al-Qusayr und gingen von Bord.

Al-Qusayr war mit ihren zumeist eingeschossigen Lehmhütten eine eher armselig anmutende Stadt, verfügte aber über einen ausgesprochen vital wirkenden Hafen. Schimpfen, Brüllen, Singen, Jammern, Laute des Spotts und der Heuchelei drangen an ihr Ohr. Ägypter mit fliederfarben schimmernder Haut und schwarze Nubier – halbnackte Frauen, Männer und Kinder –, die zum Verkauf bestimmt waren, sowie vollkommen in weiße Gewänder gehüllte arabische Kaufleute füllten den rechteckigen Platz vor der Mole, die aus Holz errichtet war und einen reparaturbedürftigen Eindruck machte. Ein ärmlicher Händler bot Vögel in Käfigen an, die auf seinem Handwagen standen oder an einem daran befestigten Gestell hingen. Andere boten Fladenbrote oder Hammelspieße feil. In einem Käfig fletschte ein hundeartiges Tier die kräftigen Zähne.

»Eine Hyäne«, raunte ihr Hafis zu. »Im Rudel sind sie gefährlich.« Daran zweifelte Maria nicht.

»Lass uns nach einer Karawane Ausschau halten, die nach Theben geht. Von dort fahren wir dann weiter auf dem Nil nach Kairo.« Hafis blickte sich um, dann hatte er entdeckt, was er suchte. »Warte hier«, rief er ihr zu, dann war er auch schon auf dem Weg zu einer Bretterhütte, die ganz und gar nicht vertrauenerweckend wirkte.

Sie schaute sich derweil weiter um. Ein Muezzin ließ seinen Gebetsruf erklingen, was ihre Aufmerksamkeit auf eine gekalkte Moschee mit kleiner Kuppel und einem niedrigen Turm lenkte. Dann lockte sie das verspielte metallische Klingen der Schläge eines Schmiedes an. Neugierig folgte sie dem Geräusch und stieß auf einen muskulösen Mann mit grobem Gesicht, welcher mit muskelbepacktem Arm, der sich im Vergleich zu dem gewaltigen Hammer in seiner Hand wie ein Kinderspielzeug ausnahm, auf einen Amboss einhieb. Schnell erkannte sie an der getriebenen Form des Eisens, dass es ein Säbel werden würde.

Ohne seine Arbeit zu unterbrechen, sprach er sie an. »Nun, junger Herr, Interesse an einem Schwert oder einem Säbel? Ich habe auch schöne Dolche.«

»Zeig einmal, was du hast!«, entgegnete sie und gab sich Mühe, so rau wie möglich zu klingen.

Sein Blick blieb an dem Dolch hängen, den sie in ihrem Gürtel trug. »Ein schönes Stück. Eine Damaszenerklinge«, sagte er mit ehrlicher Anerkennung. »Du kennst dich aus. Dann habe ich nur eine Waffe, die ich dir anbieten kann. Ich habe das Schwert vor einigen Jahren geschmiedet. Niemand wollte es haben. Die Menschen haben Angst vor ihm.« Der Schmied lachte wild auf.

Wenn sie erwartet hätte, dass er ihr einen Saif, einen arabischen Krummsäbel, anbieten würde, hätte sie sich getäuscht, denn der Schmied präsentierte ihr ein Schwert mit gerader, schlanker Klinge und dem typischen Muster der Damaszenerklinge.

»Dieses Schwert wartet auf seinen Herrn. Azrael«, sagte er stolz.

Sie verstand nicht, was er meinte.

Er sah es ihr an. »So heißt das Schwert. Azrael, *mālik al-maut.*«

Azrael, der Engel des Todes, übersetzte sie bewegt.

Ihre rechte Hand griff nach dem Heft, während sie die Klinge nicht aus den Augen ließ. Der Perlmuttgriff fühlte sich warm und kühl zugleich an. Als sie das Schwert hob, überraschte sie dessen Leichtigkeit. Sie hatte es sich schwerer vorgestellt. Dass sie die Waffe kaufen würde, hatte ihr Herz bereits entschieden. Jetzt mühte sie sich, verdrossen zu schauen, denn die Begeisterung, die sie sich ansehen ließ, würde nur den Preis nach oben treiben.

Der Schmied schien ihre Gedanken erraten zu haben, denn er meinte nur: »Du willst das Schwert, und das Schwert will zu dir. Gib mir, was du mir geben kannst.«

Erfreut kramte Maria die Hälfte ihrer Golddinare aus einem kleinen Lederbeutel, den sie um den Hals trug, und reichte sie dem Schmied. Der lachte sie zufrieden an, steckte das Geld ein, verschwand noch einmal in seiner Werkstatt und kam mit einer schwarzen Scheide zurück, die er ihr überreichte. Maria zog die Scheide über die Klinge, dann steckte sie das Schwert in ihren Gürtel. Jetzt sah sie äußerst verwegen aus, rechts das Schwert und links den Dolch. Die Bewaffnung entsprach zwar nicht ihrer Gewandung als Sufi, aber das scherte sie nicht. Das Schwert war bei ihr. Nur zum Kampf durfte sie noch niemand herausfordern.

Hafis blieb wie angewurzelt stehen, als er sie in dieser martialischen Aufmachung sah.

»Darf ich vorstellen? Azrael, der *mālik al-maut*«, rief sie ihm grinsend zu und zog blank.

Allerdings wirkte der Sufi nicht sonderlich beeindruckt, was sie ärgerte, bis sie sich daran erinnerte, dass er sich weder für Waffen interessierte noch etwas von ihnen verstand.

»Jetzt wird es wirklich Zeit, dass du den Schwertkampf lernst!«, brummte er nur. Man sah ihm an, dass ihm Marias neue Leidenschaft unheimlich war. »Lass uns etwas essen und trinken, bevor wir uns einer kleinen Karawane anschließen, die am Nachmittag nach Theben aufbricht. Ich bin in der Schenke dort drüben«, sagte er, auf eine Bretterbude weisend. »Ich bin nämlich mit dem Karawanenführer handelseinig geworden, während du deinen Bedarf an Waffen gedeckt hast.«

Die Spitze überhörte sie, denn das Ziel Kairo, die Stadt, in der sich ihr Bruder aufhielt, rückte in greifbare Nähe.

Kapitel 27

Unbehelligt zog die Karawane durch die Sandwüste von Al-Qusayr nach Luxor, die sich zwischen dem Roten Meer und dem Nil ausbreitete. Der Weg war nicht zu verfehlen, denn er wurde von den Abfallhaufen früherer Karawanen flankiert, die teilweise zu kleinen Bergen angewachsen waren.

Ruhig verlief die Reise für Maria dennoch nicht. Unterwegs provozierte sie fortwährend ein feister, dickbeiniger Kerl in türkischen Ballonhosen, deren Stoffmenge leicht für die Bekleidung von zwei Menschen ausgereicht hätte. Sein roter Turban türmte sich in den Himmel und hätte ein Zelt für Kinder abgegeben. Alles an dem Mann war zu viel, zu viel Fett am Körper, zu viel Speck im Gesicht, ein zu breites Grinsen. Einzige Ausnahme waren die Augen, die, von Wangenschwarte und Jochbeinfett umwachsen, wie winzige Mausaugen wirkten. Wenn er sprach, hatte man den Eindruck, Tausende wünschten, ihm zuzuhören, so laut schallte seine Stimme selbst bei der noch so geringsten Mitteilung. Zudem lag etwas Streberisches in dieser Stimme, die sich immer vordrängelte, als wollte sie alle bescheiden und nur eines sagen: Ich bin hier. Goldringe quetschten sich um seine kurzen Finger, die sich in fortwährender Bewegung befanden wie herumtollende Ferkel. Am stärksten aber erstaunte die Art seiner Fortbewegung, denn bei all der verschwenderisch geratenen Leibesfülle ging er nicht, sondern tänzelte selbstverliebt wie ein eitles Mädchen daher und hielt seinen gezierten Schritt augenscheinlich für grazil. Dass Maria sich als Sufi verkleidet hatte, schützte sie vor den Nachstellungen des dreisten Kerls, der sich offenbar für unwiderstehlich hielt. Glaubte man seinen Prahlereien, besaß er einen Harem mit nicht weniger als einhundert Frauen, und keine von ihnen kam angeblich zu kurz. In einem Harem mochte sich Maria den Prahlhans am wenigsten vorstellen.

Erkannte der selbst ernannte Frauenkenner schon nicht Marias wahres Geschlecht, so bot sie dennoch Anlass für seine Begehrlichkeit. Ihr Schwert hatte es ihm so sehr angetan, dass er sich von Stunde zu Stunde mehr nach der Waffe verzehrte. Zuerst versuchte er, ihr das gute Stück abzuhandeln, und erhöhte seine Angebote von einer anfangs viel zu niedrigen Summe bis zu einem kleinen Vermögen. Ihre beharrliche Ablehnung steigerte indes nur sein Verlangen, so dass er bald schon über andere Wege nachsann, die wertvolle Klinge in seinen Besitz zu bringen. Die Anwendung von Gewalt schien ihm dafür erfolgversprechend, denn er traute dem schmächtigen Jungen, den sie vorstellte, keine großen Kampfkünste und nur geringe Muskelkräfte zu. Wie war ein so zarter

Jüngling bloß zu einer so schönen Waffe gekommen?, fragte er sich unmutig. So suchte er ständig nach einem Anlass, mit ihr in Streit zu geraten, um sie zu einem Zweikampf mit sicherem Ausgang herauszufordern. Geschickt wich Maria den plumpen Provokationen aus. Zu seiner Begehrlichkeit nach dem Schwert gesellte sich nämlich Misstrauen, denn so gut und so schnell Maria auch Arabisch gelernt hatte, war nicht zu überhören, dass dies nicht ihre Muttersprache war.

»Was für ein seltsames Arabisch sprichst du eigentlich?«, fragte er sie vor allen Mitreisenden am Lagerfeuer. Geistesgegenwärtig antwortet Hafis für sie, dass sein kleiner Bruder aus Balch in Chorassan stamme.

»Ein Afghane also«, brummte der Dicke mäßig überzeugt.

Aber nicht nur Maria litt unter der Anwesenheit des eitlen Mannes. Seine Prahlerei verleidete Hafis die Abende am Lagerfeuer, die der Perser liebte, weil sie Gelegenheit für Gespräche und den Austausch von Geschichten und Gedichten boten. So konnte es durchaus dazu kommen, dass sich um das Feuer einer Karawane Nachrichten und Geschehnisse aus der ganzen Welt, von Zipangu bis Lusitanien, verbreiteten. Dieses Mal jedoch nicht, und das lag keineswegs an der Reisegesellschaft, sondern an der Anwesenheit des Dicken. Nicht nur, dass er in der Runde stets das Wort an sich riss und es bis zur Nachtruhe nicht mehr abzugeben pflegte, der Kaufmann aus Kairo erzählte überdies auch jedem, ganz gleich, ob er es hören wollte oder nicht, dass er nicht ägyptischer, sondern osmanischer Herkunft sei. Allerdings verstand er kein Türkisch, wie Hafis schon bald erausfand. Über seine Geschäfte sprach er erstaunlich wenig, obwohl die größte Anzahl von Kamelen in der Karawane seine Waren trugen, dafür gab er damit an, ein großer Dichter zu sein, worüber Hafis nur mitleidig lächelte, und zudem ein großer Kriegsmann.

»Die geschliffene Feder tötet wie das scharfe Schwert. Dichtkunst und Kriegskunst gehören zusammen wie die linke Hand und die rechte Hand«, verkündete er selbstgefällig am Lagerfeuer und schien sehr stolz auf seine Metapher zu sein.

»Eine Frage, Effendi, vergleichst du die rechte Hand mit der Kriegskunst oder die linke?«, erkundigte sich Hafis.

»Bah! Was für eine dumme Frage«, winkte er ab.

»Ich frage nur deshalb, um zu erfahren, wofür man mehr Geschicklichkeit benötigt und was man getrost mit links erledigen kann: die Kriegskunst oder die Dichtkunst?«

Maria vergrub den Kopf in ihrem Ärmel, um ein Auflachen zu ersticken. Derart in Verlegenheit gebracht und alle Augen auf sich gerichtet, lief er knallrot an und blickte sich wütend nach einem Ausweg suchend in der Runde um. Seine Augen blieben an Maria hängen. Sie kam ihm gerade recht.

»Wagst du es etwa, über mich zu lachen?!« Er wartete ihre Antwort gar nicht erst ab, sondern brüllte sogleich über die Flammen hinweg: »Wenn du ein richtiger Kerl bist, dann lass uns um dein Schwert kämpfen. Der Sieger soll die Waffe des anderen bekommen!«

»Ich bin nicht interessiert an deinem Saif!«, gab sie möglichst gelangweilt zurück.

Er lachte höhnisch. »Es ist ein guter Saif, ein meisterhaft geschmiedeter Krummsäbel. Du bist nur zu feige, du kleiner Kläffer! Du Sohn einer Hündin! Du Dreck unter meinen Sohlen!«

Die Blicke der Reisenden richteten sich auf Maria. Diese Beleidigungen konnte sie nicht ignorieren. Sie verlangten, mit Blut gesühnt zu werden.

»Was willst du, du Sohn eines räudigen Schafbocks? Du kastriertes Warzenschwein!«, ging Hafis seinerseits den Angeber mit Schmähungen an, um die Aufmerksamkeit auf sich zu lenken und Maria aus der gefährlichen Situation zu befreien.

»Wenn ich mit dem Kleinen da fertig bin, bist du an der Reihe«, schrie der Dicke, wobei seine Stimme sich unvorteilhaft überschlug. Aus seinen Augen schossen Blitze.

»Erst wir, du Ochsenfrosch!«, ließ Hafis nicht locker.

Doch so außer sich der Kaufmann auch war, so ließ er sich dennoch nicht ins Bockshorn jagen, sondern baute sich vor Maria auf. »Erst der Kleine, dann du«, beharrte er. »Mach schon mal deinen Frieden mit Gott, denn gleich werde ich dich in die Hölle schicken!«

Die anderen gaben ihm Recht. Es blieb dabei, als Erstes sollte Maria, dann erst Hafis gegen ihn kämpfen. Hafis beugte sich zu Maria und flüsterte ihr ins Ohr, sie solle ihren Atem kontrollieren und das Schwert nicht als fremdes Glied, sondern als Teil ihres Armes benutzen.

»Danke, dass du mir helfen wolltest«, hauchte sie, bevor sie aufstand und sich einige Schritte abseits vom Feuer in Positur stellte.

»Lass von dem Ochsenfrosch noch was für mich übrig«, bat Hafis, und Maria verstand, dass der Perser mit diesen Worten versuchte, den Ägypter so wütend zu machen, dass dieser sich vor lauter Jähzorn vergaß. Und tatsächlich stürmte der Kaufmann auf Hafis los, machte aber kurz vor dem Perser, der aufgeschnellt war, halt, und blickte auf Maria.

»Lässt du mich warten? Oder hast du die großen Hosen voll? Platz genug ist ja dafür in deinem geräumigen Monatsabort«, rief sie ihrem Gegner gelassen zu, den sie nun nicht mehr aus den Augen ließ. Sie versuchte, seinen Bewegungsrhythmus zu erfühlen. Denn das Einzige, was sie retten konnte, war Schnelligkeit. Wie Hafis ihr geraten hatte, konzentrierte sie sich auf ihren Atem, spürte, wie er ihre Bronchien und Lungen ausfüllte und in den Bauch hinunterfloss wie ein Wasserfall, kontrolliert und langsam, Tropfen für Tropfen.

Breit grinsend baute sich der Kaufmann ihr gegenüber auf, zog seinen Saif, spuckte aus und bot verächtlich an, auf den Kampf zu verzichten, wenn sie das Schwert freiwillig herausgebe. Ein ungutes Lächeln glitt über Marias Gesicht. Und noch bevor der Dicke damit rechnete, hob sie mit dem Atemholen das Schwert und schlug beim Ausatmen mit aller Kraft gegen den Saif des Kaufmanns, dessen Klinge sie kurz über dem Heft durchtrennte. Klirrend fiel sie zu Boden. Ein Raunen ging durch die Reisenden, die am Feuer saßen und den Kampf verfolgten.

»Das Schwert schneidet Eisen!«, flüsterte einer voller Bewunderung.

»Ein Zauberschwert«, fügte ein anderer leise und ängstlich hinzu.

Der Kaufmann blieb vor Schreck wie angewurzelt stehen und starrte blöd mit aus den Höhlen tretenden Augen auf den Klingenstumpf.

»Geh zu deinen Kamelen, meide das Lagerfeuer und verschone uns mit deinem Gequake, dann lasse ich dich am Leben, Ochsenfrosch!«

Der Dicke ließ das Heft des Saif zu Boden fallen und verfügte sich blass und schlotternd, wie ihm befohlen worden war, zu seinen Lasttieren. Noch war er viel zu erschüttert, um zu begreifen, was ihm widerfahren war.

Hinter der Fassade eines unbeeindruckten Gesichts dankte Maria Gott für den Beistand.

»Du hast die Überraschung genutzt, mit dem Schwert kämpfen kannst du deshalb noch nicht«, raunte ihr Hafis plötzlich ins Ohr, der wahrscheinlich schon länger hinter ihr stand, um ihr im Notfall beizustehen.

»Ich weiß, Azrael hat mich gerettet«, zischte sie ihm zu.

»Vergiss es nicht.«

Endlich erreichten sie Luxor. Wie ein glitzerndes Band aus unzähligen Tropfen, das aus der Ferne wie Seide aussah, lag das blaue Wasser des Nils vor ihnen. Malerisch boten sich Ruinen von Tempeln und Pyramiden dem Auge dar. Zwischen den dunkelgelben Steinhaufen neckte das junge Grün von Palmen das ehrwürdige Altertum der pharaonischen Bauwerke. Allerdings täuschte die gute Sicht über die wahre Entfernung, die sie noch zurückzulegen hatten. Erst Stunden später langten sie endlich am großen Strom an. Als die Karawane auseinanderging, warf der Kaufmann Maria aus sicherer Entfernung einen nachdenklichen Blick zu. Sie stutzte, doch dann ließ sie den Kaufmann Kaufmann sein und half Hafis bei der Suche nach einem Interessenten für ihre Kamele. Sie verkauften sie zu einem Spottpreis, im Grunde verschenkte sie die Tiere, denn an der Anlegestelle herrschte jetzt ein Überangebot an Lasttieren, weil viele hier auf ein Schiff umstiegen und ihre Kamele zurückließen.

Auf keinem der vier Schiffe gelang es ihnen jedoch,

eine Passage zu ergattern. Als der Ägypter von einem der Boote, das gerade mit seinen Waren beladen wurde, höhnisch zu ihnen herüberlächelte, wussten sie, wem sie es zu verdanken hatten, dass man sie überall abwies.

»Das ist nicht die Art, wie sich ein Krieger rächt«, bemerkte Maria bitter.

»Und auch nicht die eines Dichters«, fügte Hafis hinzu.

»Ich hätte ihn töten sollen!«, entfuhr es ihr.

Hafis erschrak vor ihren Worten, weil Maria offenbar aus tiefster Seele meinte, was sie sagte, und es nicht nur so dahingesagt war. »Beflecke dich nicht mit seinem Blut. Der ist es nicht wert. Er will nur verhindern, dass wir gemeinsam mit ihm in Kairo ankommen und von seiner Schmach erzählen.«

Noch während er sprach, fiel sein Blick auf ein kleines Segelboot, das nicht sehr vertrauenerweckend aussah. Der Perser trat auf den Mann zu, den er für den Besitzer hielt, und Maria folgte ihm. »Möge Allah, der Erhabene, für immer mit dir sein«, sprach er den Mann an.

»Und auch mit dir, mein Freund. Wie kann ich dir helfen?«

»Wir benötigen ein Boot.«

»Wo lenkt Allah eure Füße hin?«

»Mit Gottes Hilfe müssen wir nach Kairo.«

Der Mann legte seine Stirn in Falten. »So, so, nach Kairo. Ich hätte euch mein Boot ja vermietet, aber nach Kairo? Das hält es bestimmt nicht aus. Wartet doch ein paar Tage. Es kommen bestimmt bald wieder Schiffe, die euch mitnehmen.«

»Das ist zu ungewiss. Wir müssen gleich weiter. Oh Verehrter, tu ein Gott wohlgefälliges Werk und verkaufe uns dein herrliches Boot.«

Bei dieser Lobpreisung des erbärmlichen Wasserfahrzeugs verkniff sich Maria ein Lachen. Wovon Hafis auch immer sprechen mochte, so keinesfalls von dem Segelboot, das vor ihnen lag.

»Da du mich so freundlich bittest und ich Mitleid für euch empfinde, verkaufe ich es dir für ganze fünfzig Dinare. Das ist fast geschenkt, und ich stürze damit meine Familie ins Elend, aber so bin ich nun einmal. Der Gläubige ist der Bruder des Gläubigen, möge Allah uns schützen!«

Was der Schuft da verlangte, war eindeutig zu viel, schoss es Maria durch den Kopf, die protestieren wollte, doch Hafis legte seine Hand beschwichtigend auf ihre Schulter. »Mein Freund und ich, Verehrter, wissen dein hochherziges Angebot zu schätzen. Wir wissen, wie viel Verlust du dabei machst, aber wir können dir nur dreißig Dinare zahlen, denn wir sind auf unserer Reise Opfer der schlimmsten Wucherer geworden. Verzeih also, Hochherziger, wenn ich dich mit meinem Angebot kränke.«

Der Mann spuckte aus. »Ja, nichts ist schlimmer als diese verfluchten Wucherer. Sie nehmen es vom Lebendigen. Möge Allah, der Gerechte, sie in die Hölle treiben!«

»Du bist ein rechtgläubiger Mann, Verehrter, und

eine Zierde des Glaubens. Die dreißig Dinare werden dir bei Allah gutgeschrieben.«

»Nun, auch wenn ich dir mein schönes Boot für diesen Spottpreis fast schenke, im Namen Allahs, des Erhabenen, so soll es sein. Ich kann dein Elend nicht länger mit ansehen, ohne helfen zu müssen. Gib mir das Geld, und es ist dein.«

Hafis zahlte dem Ägypter die vereinbarte Kaufsumme, und dann betraten sie den schwankenden Kahn, während sich der Verkäufer schnell aus dem Staub machte, wohl aus Angst, dass es sich Hafis noch einmal anders überlegte, denn auch dreißig Dinare waren eine stattliche Summe für den morschen Kahn. Durch die Planken tropfte Wasser hinein, nicht viel zwar, aber stetig. Während Maria alles, was ihr für die Reise überflüssig schien, wie auf dem Boden herumliegende Lumpen und Tonscherben, kurzerhand über Bord warf und ihr Gepäck ordnete, lichtete Hafis den Anker, richtete das Segel aus und lenkte das Segelboot auf den Nil hinaus. Geschickt und geübt sahen seine Handgriffe indes nicht aus. Maria nahm es mit leichtem Grausen zur Kenntnis.

»Bist du schon einmal gesegelt?«

»Nein«, antwortete Hafis, »aber Gott, der Gerechte, wird meine Hand führen!« Er lächelte sie auf eine Art an, die sie lieber nicht gesehen hätte.

»So viel Gottvertrauen bringt nicht einmal der Papst auf«, stöhnte sie leise.

»Der Papst nicht, auch nicht der Kalif, aber ein armer Sufi«, feixte Hafis.

Das Schiff nahm im leichten Wind Fahrt auf, und rechts und links segelten sie nun an Palmen und schmalen Getreide- und Gemüsefeldern vorbei, hinter denen sich die tafelartigen Sandsteine der Wüste erhoben, so als könnten sie sich jederzeit auf die Reisenden stürzen, wenn sie zum Sprung ansetzten. In der Nähe der Ufer beobachteten sie Fischer auf ihren Booten, die ihre Netze einzogen. Silberne, zappelnde Fischleiber glänzten wie schieres Silber in der Sonne.

Zuweilen wurde die Wüstenlandschaft hinter den fruchtbaren Streifen auch ganz flach, so dass sie in die Tiefe der Wüste zu schauen vermochten, eine Tiefe, die zu durchmessen sie nicht imstande sein würden und die ihre Blicke vollkommen aufsaugte. Die Wüste aber gab keinen Blick und kein Leben zurück.

Kapitel 28

Als die Nacht den Abend endgültig eingeschwärzt und flackernde Lichter an den Himmel gesetzt hatte, holte Hafis das Segel ein und warf den Anker aus. Dabei sang er ein persisches Lied, das Maria zu Herzen ging und das von der Liebe einer Nachtigall zu einer Rose handelte. Im Lied bewunderte die Nachtigall die Rose für ihr Erblühen, trauerte aber zugleich darüber, dass sie bald schon verwelken und vergehen würde. Die Blume erwies sich als taub für die Klage des Vogels. In ihrer Blüte stehend, dachte sie weder an gestern noch an morgen und wiegte sich nur eitel in ihrer Schönheit im Wind. Sie beachtete die Nachtigall nicht, die gezwungen war, von ihrer Schönheit zu künden.

In alle Ewigkeit wird jener
Der Liebe Wesen nicht erkennen,
der nicht den Staub mit seiner Wange
vor einer Schenkentüre fegte!«, beendete Hafis das Lied, nachdem er das Segel gerefft hatte.

Maria breitete die Kamelfelldecke aus. Er wollte sich am Bug zusammenkauern, doch sie hielt eine Ecke der Decke hoch.

»Komm, es wird kalt auf dem Fluss über Nacht.«

Dann lächelte sie spöttisch. »Wie kann der sich rühmen, der Versuchung zu widerstehen, wenn er nie der Versuchung widerstehen musste?«

Hafis kroch unter die Decke. Steif wie ein Stück Holz lag er auf dem Rücken. Das sanfte Schaukeln des Bootes, die Schreie der Zikaden, die vom Ufergestrüpp herüberdrangen, wiegten sie in den Schlaf.

Als sie früh am Morgen erwachte, fand sie sich in seinem rechten Arm, den Kopf auf seine Brust gebettet, wieder. Sanft befreite sie sich aus der Umarmung, stand, vorsichtig jedes Geräusch vermeidend, auf und schaute auf den breit daliegenden Nil. Dunst umgab sie, als atmete der Fluss wie ein Lebewesen. Vielleicht befand sie sich wirklich auf dem Leib eines Riesen, dachte sie. Dann hörte sie laute Geräusche, die wie eine Mischung aus Grunzen und Trompeten klangen. Riesige, ungelenk wirkende Tiere stiegen im Licht der aufgehenden Sonne vom Ufer ins Wasser. Die Himmelskönigin berührte den Horizont mit ihren Rosenfingern.

»Flusspferde«, sagte Hafis, der sich ebenfalls erhob.

»Sind sie gefährlich?«

»Nur wenn sie Junge haben und man ihnen zu nahe kommt.«

»Haben sie Junge?«

»Lass uns lossegeln!«

Während Hafis den Anker lichtete, bereitete sie aus Honig, Ziegenkäse, Datteln und Fladenbrot ein kleines

Frühstück. Als sie mit ihren Händen Wasser zum Trinken schöpfte, schaute sie in ein großes, geöffnetes Maul mit mächtigen Zähnen, die wie die Zinnen eines Walls einen rosafarbenen Platz umgaben. Doch das Boot glitt schnell weiter.

Sie saßen nebeneinander im Heck, das Segel blähte sich im Wind, und Hafis hielt die Ruderpinne in der Hand. Gnadenlos schien die Sonne auf sie herab. Während ihre Augen in die Landschaft tauchten und Bilder tranken, Farben und Licht und Formen, das schwere Gold der Sonne, die unter einem blauen Himmel auf den Wüstenbergen hockte, erzählte ihr Hafis widerstrebend und nur auf ihr beharrliches Nachfragen hin von seiner Kindheit und Jugend. Von seinem Vater, einem armen Schuster, und seinen vielen Geschwistern.

Verse und Geschichten hatten ihn von klein auf begeistert, ermöglichten sie ihm doch, seiner tristen Welt zu entfliehen. Aber mehr noch zog ihn von klein auf das Wunder der Wunder in seinen Bann, das er begann, immer besser kennenzulernen. In einem kleinen Gegenstand, den die Menschen *Buch* nannten, konnte man die gesamte Welt mit sich tragen. Von kundigen Händen in kleine magische Zeichen verwandelt, fand alles in ihnen Platz. Sogar Allah. Und Hafis malte die Basmala, jenes Schriftzeichen in die Luft, das jede Sure des Korans, mit Ausnahme der neunten Sure, eröffnete und lautete: *Im Namen Gottes, des Erbarmers, des Barmherzigen*. Die Klänge der Worte der Suren, die er sich eingeprägt hatte, verglich er eifrig mit ihrer Schriftform. So lernte Hafis anhand des Korans lesen.

Eines Tages geriet er aus Zufall in der Nähe des elterlichen Hauses in eine Diskussion mit einem Sufi, der den aufgeweckten Jungen als Schüler annahm. An diesem Tag verließ er das Elternhaus und ging von da an den Weg der Mystiker, der Männer des Weges, wie man die Sufis auch nannte.

»Und was hat dich nach Damaskus getrieben?«

»Die Liebe.«

»Die Liebe?«

»Zu Allah. Ich folgte meinem Meister. Als er starb, fand ich in Damaskus einen neuen Meister, der mich in der Medizin unterwies und mir das Geheimnis von den Weisen von Damcar offenbarte.«

»Und dann?«

»Stieß ich mit deiner Familie zusammen, erst mit deinem Bruder, dann mit dir. Den Rest kennst du!«

Sie versuchte, in seinen Augen zu lesen. »Wovon träumst du, Hafis?«

»Von einer sauberen Karawanserei.«

»Warum wirst du dann nicht Herbergsvater?«, spottete sie ärgerlich, weil er ihrer Frage auswich.

»Vielleicht keine schlechte Idee. Lass uns an Land segeln.«

Maria schaute in die Richtung, in die der Perser das

Boot lenkte. Unter einem Palmenhain wurden Lehmziegelbauten sichtbar, nicht groß, aber auch nicht ärmlich. Ihre Wände zierten grüne, blaue, rote Farben sowie Töne und Nuancen, die sie nicht genau zuzuordnen verstand. Vor den Türen hingen kostbare Teppiche.

Sie aßen und tranken in dem Dorf. Die Bauern, bei denen sie übernachteten, nahmen ihnen nicht übertrieben viel Geld ab. Und sie genossen es, wieder einmal in einem Bett zu schlafen.

Früh am folgenden Morgen brachen sie auf. Sie kamen sehr gut voran. Manchmal musste Maria Wasser schöpfen, wenn zu viel davon durch die Planken getreten war.

Vor die Wüste mit ihren verwitterten Tafelbergen drängte sich jetzt eine üppige Flora mit unzähligen Facetten von Grün. Pappeln und Pinien reckten sich in den Himmel, während Weiden ihr weit ausladendes Haupt vor ihnen neigten und Dattelpalmen und Sträucher sich um sie versammelten. An einigen Stellen verdeckte Schilf den Übergang vom Ufer zum Fluss. Im Ufergestrüpp entdeckte Maria riesige schwarze und grüne Tiere, die sie an Warane erinnerten. Nur waren diese Ungetüme wesentlich größer als die possierlichen Wüstenechsen. Während Warane einen Kopf mit einem Maul hatten, schien der Kopf dieser Echsen überwiegend aus einem Maul zu bestehen.

»Wenn sie Flügel hätten, würde ich sie für Drachen halten«, sagte Maria.

»Wenn sie Flügel hätten, wären wir verloren. Man nennt diese Tiere Krokodile. Sie können gut und gerne doppelte Manneslänge erreichen. Und sie sind immer hungrig. Es empfiehlt sich nicht, ihnen zu nahe zu kommen.«

Am frühen Abend wies er sie auf eine kleine Bucht an einem Ufer hin, auf dem Ingwergras wuchs. »Lass uns dort die Nacht verbringen.«

»Und die Krokodile?«

»Das ist kein Ort für diese Tiere. Außerdem machen wir ein Feuer, das uns Löwen, Krokodile, Luchse und Hyänen vom Leibe halten wird.«

Hafis hatte in der Tat mit zielsicherem Blick eine gute Stelle ausgesucht. Die Bäume standen in guter Entfernung, und die Landzunge, die in den Fluss ragte und einen Arm der kleinen Bucht bildete, bot ihnen genügend Platz. Im Wäldchen fand sich reichlich Holz, um ein Feuer die ganze Nacht zu unterhalten. Während Maria Gerten anspitzte, fing Hafis mit überraschender Geschicklichkeit Nilhechte mittels eines selbstgebastelten Spießes. Nachdem er drei ellenlange Tiere gefangen hatte, entschied er, dass das fürs Abendessen reichen würde.

Die Fische brieten sie an den kleinen Holzstäbchen, die man nur weit genug übers Feuer halten musste, damit der Fisch nicht zu schnell gar wurde und zerfiel oder das Fleisch gar verbrannte.

Nach dem Essen schauten sie lange in den Sternenhimmel und schwiegen. Maria spürte seine Nähe, so wie damals, als sie im verlassenen Damcar in seinen Armen gelegen hatte. Mit der Intensität eines Tagtraumes empfand sie wieder das beruhigende Gefühl, das von ihm ausging, als ob man zu Hause angekommen wäre und einem nichts, aber auch gar nichts an Schlimmem widerfahren könnte. Sie genoss die Sicherheit, die er vermittelte. Die dunkle Farbe des Nils in der Nacht glich der seiner Augen, auch in ihrer Tiefe ähnelten sie einander. Gern hätte sie mit ihm gesprochen, nur um seine Stimme zu hören, fand aber trotz eifrigen Nachdenkens kein passendes Thema. Was würde geschehen, wenn sie zu ihm rücken und sich an ihn schmiegen würde? Würde er es ausnutzen? Und was hieß schon ausnutzen? Sie hatte genügend darüber gehört, wie Männer und Frauen miteinander umgingen, sowohl die poetische als auch die prosaische Version. Sie kannte das Hohelied Salomos, hatte aber auch gesehen, was Hunde auf der Straße miteinander trieben. In allem mischte sich das Leben aus Reinem und Gemeinem, aus Hohem und Niedrigem.

Es hatte eine Zeit gegeben, da hatten sie mehrmals in der Woche Träume bedrängt, die sie beunruhigten. Sie fasste damals Mut und sprach Mechthild darauf an. Schließlich hatte die Oberin sie ein paar Jahre zuvor bereits zu sich genommen und getröstet, als eines schönen Vormittags ohne Vorwarnung Blut aus ihrem Körper schoss und sie erschrak, weil sie glaubte, sterben zu müssen. Was es mit der Blutung, die nun alle Monate wiederkehren sollte, auf sich hatte und wie man damit umging, lernte das Mädchen, das keine Mutter mehr besaß, von ihr. Also lag nichts näher, als ihr auch von den hitzig-unangenehmen Träumen zu berichten, die sie des Nachts heimsuchten. Damals hatte die Begine sie beeindruckt, denn diese erklärte ihr alles, was es mit Männern und Frauen und der Lust auf sich hatte. Sie verteufelte die körperlichen Bemühungen nicht, auch wenn sie selbst es nicht besonders schätzte und für sich ablehnte, mit einem anderen Menschen in geschlechtlichen Kontakt zu treten. Zwar verdammte sie den Beischlaf nicht, hielt ihn aber auf dem Weg zur Vervollkommnung, auf dem Weg zu Gott für nicht besonders hilfreich, denn letztlich führte nur die Überwindung des Körpers durch den Geist zum Allerhöchsten. Und Maria gab ihr Recht, obwohl sie keinerlei Erfahrung damit hatte, wovon sie sprach. Irgendwann hörten die Träume auf, so plötzlich, wie sie gekommen waren.

Suchten Hafis und sie nicht beide nach dem wahren Leben, nach dem Glück, nach einer Heimat? Und lag die Voraussetzung, diese Heimat zu finden, denn nicht darin, den Leib zu überwinden? Das Glück bestand doch in der Leichtigkeit, und der Körper bedeutete nur Schwerkraft, war der berühmte Klotz am Bein, der das in die Lüfte Springen behinderte. Galt es nicht, den Körper, der nur eine Quelle des Leides und des Schmerzes war, zu überwinden? Obwohl von Priestern und Mönchen Keuschheit verlangt wurde, hielten sich die wenigsten daran. Wie konnte Gott zulassen, dass seine Diener seine Gebote ignorierten? Oder kam die Verpflichtung zur Keuschheit gar nicht von Gott und war am Ende Menschenwerk? Dieser Vorstellung widersprach ein gewichtiges Argument: Alle Menschen, die sie achtete, hatten sich daran gehalten, im Gegensatz zu Kreaturen, die sie hasste, wie der Bischof August von Virneburg, der zudem noch der Sünde der Sodomie huldigte.

Hafis erhob sich. Fragend schaute sie ihn an.

»Ich will ein Bad nehmen«, sagte er und zog sich aus. Das Obergewand, die Hose, sogar den Lendenschurz legte er ab. Sein Körper zog ihre Blicke magisch an. Als ob sie ihn durch ihr Schauen berührte, fühlte sie eine Hitze in sich aufsteigen, die ihr wohltat, zugleich aber auch etwas Unangenehmes hatte. Von seinem Hinterkopf wanderten ihre Augen den wohlgeformten Hals hinab zum breiten Schultergürtel, der sich zur schlanken Taille verjüngte. Die runden Pobacken luden dazu ein, mit flacher Hand daraufzuschlagen. Oberschenkel und Waden wirkten kräftig, jedoch nicht dick. Hafis war weder fett noch ein Muskelprotz, aber auch kein Hänfling, und vor allem nicht schwach. Man sah ihm die weiten Wanderungen, das viele Unterwegssein, das sein Leben ausmachte, an.

»Komm mit«, rief er ihr zu, dann tauchte er in das dunkle, geheimnisvolle Wasser ein, auf dessen Oberfläche nur ein paar Flecken Mondlicht schimmerten. Einladend klang das Plätschern, verführerisch sein genussvolles Prusten in der Art kleiner Jungen, naiv, voller Freude am Balgen mit dem fremden Element, sehnsuchtserweckend schließlich das Eintauchen seiner Arme beim Schwimmen. Da hielt es sie nicht mehr. Auch sie zog sich aus, ohne darüber nachzudenken oder Scham zu empfinden, und lief in den Fluss.

Wohlig umgab sie das kühlende Nass wie ein schwarzer Umhang aus Leinen. Mit der flachen Hand schlug er über die Wasseroberfläche, schleuderte ihr übermütig Millionen von Wassertropfen ins Gesicht und lachte dazu, als gäbe es nichts Komischeres als sie, wie sie nach Luft schnappte. Diese Frechheit wollte sie nicht dulden und schlug erst mit der rechten, dann mit der linken Hand Wasserwellen zu ihm, um gleich noch einmal von vorn damit zu beginnen.

»Halt, halt«, rief er lachend, »ich ergebe mich.« Lautlos watete er auf sie zu. Kleine Wellen berührten ihren Hals. Dann stand er vor ihr. Nur ihre Köpfe und Hälse ragten über die Wasseroberfläche. Und während sie einander in die Augen schauten, spürte sie ihn, den sanften Druck, das Verlangen, das still, aber unbezwingbar von ihm ausging und so natürlich war wie Sternenlicht in der Nacht und der Sonne Glut am Tag, wie Gehen und Stehen, wie Sitzen und Liegen, wie Atmen.

Unter Wasser nahm sie seine Hand und raunte ihm nur zu: »Komm!«

Sie stürmten aus dem Fluss und liebten sich im Ufer, zunächst langsam, behutsam und still, dann immer ungestümer und lauter. Anfangs tat es ihr weh, dann vermischte sich der Schmerz immer mehr mit Lust, die den Schmerz schließlich auflöste wie das Meer einen Tropfen Wein.

Kapitel 29

Als sie erwachte, hielt sie die Augen aus Scham und Unsicherheit noch eine Weile geschlossen, weil sie seinen Blick fürchtete. Was würde sie darin lesen? Überheblichkeit? Glühende Liebe? Ekel oder Bewunderung? Sie hatten in ihrer Leidenschaft den anderen bis auf den Grund ihrer Seelen schauen lassen. So nah ihr Hafis war, so fern kam er ihr zugleich vor, vertraut und fremd in einem. Dieses Gefühl machte ihr Angst, weil es so neu war. Sollte sie Hafis zärtlich oder distanziert begegnen?

Das Grübeln erwies sich zum Glück als nutzlos, denn er rief ihr einfach zu: »Aufstehen, du Langschläfer, sonst geht die Reise ohne dich weiter!«

Unverschämter Kerl, dachte sie belustigt, kümmert sich überhaupt nicht darum, wie es mir geht, dann aber dankte sie ihm im Stillen dafür, dass er es ihr durch seinen scherzhaften Ton so leicht machte. Sie spürte, wie ein Lächeln ihre Lippen entkrampfte, öffnete langsam die Augen und entdeckte zu ihrer Freude das Frühstück. Käse, Honig, Fladenbrot, Weintrauben, Feigen und einen Granatapfel. An diesem Tag brachen sie erst gegen Mittag auf. Sie genoss es, ihm bei den maritimen Arbeiten wie Ankerlichten und Segelsetzen zuzuschauen, die er von Tag zu Tag besser beherrschte, das Spiel seiner Muskeln zu beobachten und sich daran zu erinnern, wie sie sich anfühlten. Dann setzte er sich am Heck zu ihr und übernahm die Ruderpinne. Das Boot zog über den Nil dahin, die Sonne im Rücken.

»Warum reden so viele Christen und so viele Sufis von Enthaltsamkeit?«, fragte sie ihn, weil ihr der Gedanke seit gestern nicht mehr aus dem Kopf ging.

»Ich nicht.«

»Ich weiß«, lachte sie. »Oh, ich weiß, aber das ist keine Antwort.«

»Du kennst die Antwort. Sie glauben, sich Gott zu nähern, indem sie die Wünsche ihres Körpers verleugnen und unterdrücken. Deine Frage lautet anders.«

»Da bin ich aber mal gespannt.«

»Du fragst dich, ob sie Recht haben, ob diese Vorstellung stimmt. Nähern wir uns Gott wirklich, finden wir ihn, schauen wir ihn tatsächlich, wenn wir unseren Körper verneinen und ihn sogar als Feind betrachten? Oh, ich kenne tausend Arten, den Körper abzutöten, aber nur eine, ihn zu heilen.«

»Die wäre?«

»Du kennst sie.«

»In der Heiligen Schrift heißt es: Seiet fruchtbar und mehret euch!«

»Die Bibel hat Recht. Wozu soll uns Gott den Körper

gegeben haben, wenn wir keinen Gebrauch von ihm machen dürfen?«

»Weil er uns prüfen will?«, führte sie probehalber ein Argument ins Feld, das sie häufig gehört hatte.

»Reichlich viel Aufwand für eine Prüfung, findest du nicht? So viele Formen von Leben hat er erschaffen, vom Skarabäus bis zum Menschen, vom Schmetterling bis zum Elefanten, von der Seeanemone bis zur Zeder. Wozu? Ein jedes, eine jede und ein jeder soll leben nach den Gesetzen seiner Art! Finden wir Gott in dem, was er schuf!« Sagte es und küsste sie lang und innig.

So flossen die Tage und Nächte dahin wie der mächtige Nil, auf dem sie nach Norden Richtung Kairo fuhren, angefüllt mit Segeln, mit Gesprächen, mit Dichten und Lieben, zeitlos, bis sich eines Mittags der Fluss in ein Delta verzweigte. Die Welt mit ihren Abläufen, Zwängen und Aufgaben hatte sie wieder.

Im Abendhauch erblickten sie die Silhouetten der Stadt des Kalifen, al-Qāhira, die Eroberin, Kairo, die Stadt, nach der sich ihr Herz so viele Tage gesehnt hatte. Nun aber, da die Minarette, die Kuppeln der Moscheen und die Paläste eitel vor Marias Augen posierten, wurde ihr weh ums Herz, denn ihr Gefühl verriet ihr, dass die Zeit der Liebe um sein würde. Das, was sie erlebt hatte, war nicht vorgesehen und deshalb ein Geschenk.

»Sag nichts«, flüsterte sie und legte ihren Finger auf seine Lippen, als sie in seinen dunklen Augen die gleichen Gedanken, die sie selbst bewegten, erkannte. »Sag nichts.«

Am Hafen gegenüber der großen Flussinsel el-Gesira gingen sie an Land und ließen das Boot, das ihre Liebe trug, zurück, ohne sich noch einmal nach dem schäbigen Gefährt umzudrehen, das die Reise wider Erwarten durchgehalten hatte. Sie suchten eine Herberge, die sie im Schatten der Amr-Ibn-el-As-Moschee, eines der größten Gotteshäuser der Stadt, alsbald auch fanden. Schweren Herzens entschlossen sie sich dazu, getrennte Zimmer zu nehmen, auch wenn sie vor Sehnsucht und Lust schier vergingen. Es war jedoch zu gefährlich, dem Verlangen nachzugeben, denn entweder würde dadurch ihr Geheimnis, nämlich, dass der kleine Sufi in Wahrheit eine Frau war, gelüftet, oder man hielte sie für homosexuell, was alles andere als harmlos war. Ihr kleines Zimmer mit einem Fenster zur Moschee kam ihr wie ein Kerker vor, in dem sie ihre Gefühle einschloss.

Vor dem Schlafengehen betete Maria das Kaddisch, das jüdische Gebet des Gedenkens. Und rief sich zur Ordnung, schließlich hatte sie eine Aufgabe zu erfüllen. Und plötzlich fragte sie sich, ob sie ihren Bruder erkennen würde, wenn er auf der Straße zufällig an ihr vorbeilief. Wie viele Jahre hatte sie ihn schon nicht mehr gesehen? In dieser Nacht träumte sie das erste Mal nicht vom Augenblick des Wiedersehens mit Christian, sondern von Hafis, und fühlte im Traum seine weichen Lippen auf ihrem Leib.

Nach dem Frühstück durchstreiften sie die Stadt, von deren wenigen breiten Straßen unzählige verwinkelte Gassen abzweigten, die sich träge um quaderförmige Häuser schlängelten. Plätze hatten sich nur dort gebildet, wo Moscheen oder Paläste Raum geschaffen hatten. Zuweilen führten Treppen in die erste Etage, wo sich der Haupteingang befand.

Hafis suchte mit ihr ein Sufikonvent nach dem anderen auf, um diskret Erkundigungen über die Weisen von Damcar einzuholen. Das gestaltete sich höchst zeitraubend, denn er konnte natürlich nicht mit der Tür ins Haus fallen, sondern musste sich mit den Meistern und Lehrern zunächst an einen Tisch setzen, Tee trinken und über mäandernde Gespräche herausfinden, welch Geistes Kind sein Gegenüber und wie vertrauenswürdig er war. Maria starb dabei vor Ungeduld tausend Tode, während sie den Gesprächen, die von Hölzchen auf Stöckchen kamen, mühsam folgte. Immerhin verbesserte sie dabei ihr Arabisch, denn die Wortgewalt der Meister, die Doppeldeutigkeit der von ihnen verwandten Ausdrücke und die Geheimsprache, derer sie sich bedienten, forderten ihre ganze Aufmerksamkeit. Auf diese Weise lernte sie zwar das Denken der Sufis kennen, kam ihrem Bruder aber keinen Schritt näher. Sie wurde unruhig. Alles Reden und Teetrinken endete stets nur in Gedankenlabyrinthen, denn keiner ihrer Gesprächspartner, ganz gleich welchem Sufiorden er angehörte, erweckte auch nur im

Entferntesten den Anschein, dass er etwas über die Weisen von Damcar wusste. Manche argwöhnten in ihnen sogar eine List des Teufels, andere ein Kindermärchen.

Eines Morgens weckte Hafis sie mit strahlendem Gesicht. Er hatte von einem Shaykh gehört, der bei einem armen Schuster in der Vorstadt wohnen und in Verbindung zu den Weisen stehen sollte. Endlich hatten sie eine Spur. Ohne gefrühstückt zu haben, brachen sie sofort auf. Der Weg nahm eine Stunde in Anspruch und führte durch ein koptisches Viertel. *In meines Vaters Haus sind viele Wohnungen,* erinnerte sich Maria an einen Ausspruch Jesus' und stimmte ihm von ganzem Herzen zu.

Der Schuster saß vor seiner Hütte. Er bestritt beharrlich, dass besagter Shaykh bei ihm wohne. Hafis führte all seine Beredtsamkeit ins Feld, doch der Mann arbeitete mit verschlossener Miene weiter an einem Schuh. Als Hafis sich abwandte, schossen Maria Tränen in die Augen. Sie hatte ihm verschwiegen, wie viel Hoffnung sie sich auf dem Weg hierher gemacht hatte, dass dieser Schuster ihre letzte Zuversicht gewesen war. All die langen, nutzlosen Gespräche um des Kaisers Bart hatten ihren Glauben, ihren Bruder jemals zu finden, aufgerieben. Ihr Leben schien sich allmählich im süßlichen Geruch der Wasserpfeifen aufzulösen, der sich aufs Gehirn legte und Bilder von verwelkenden Klatschmohnfeldern heraufbeschwor.

»Gott, Gerechter und Allmächtiger, der Schwertträger ist ja eine Frau!«, rief der Schuster angesichts ihrer Tränen mit großen Augen aus.

Plötzlich bewegte sich der Flickenvorhang vor dem Eingang zur Hütte des Schusters, und ein ziegenbärtiger, alter Mann trat heraus. Sie spürte, dass Hafis erschrak, als er den Mann sah, dessen schmutzigen Kaftan das Emblem einer schwarzen Schlange zierte.

»Der Meister«, flüsterte er ergriffen.

»Trinken wir Tee«, sagte der Mann ausdruckslos mit dünner Stimme.

»Danke für die Einladung, Shaykh«, verneigt sich Hafis.

»Nenn mich nicht Shaykh, sondern Pir oder Fakir, oder wenn du Mitleid mit mir empfinden kannst, sage Nichts zu mir.«

Sie folgten ihm in den hinteren Raum der Hütte, der nur eine Matte und ein halbhohes Tischchen enthielt. Das Zimmer war so klein, dass Maria, Hafis und der Schaykh es vollkommen ausfüllten. Der Schuster brachte beflissen Tee und drei grobe Steingutschalen herbei, dann verschwand er sofort wieder. Augenscheinlich verehrte er den Meister. Mochte dieser ziegenbärtige Alte für den Handwerker ein Heiliger sein, für Maria roch es in dem Zimmer nur nach altem Mann, und sie hoffte inständig, bald wieder an die frische Luft zu kommen.

Hafis verzichtet diesmal auf die übliche Art, das Gespräch mit einem theologischen Disput zu beginnen, sondern fragte den Shaykh unumwunden, ob er wisse, wo sich die Weisen von Damcar aufhielten und ob ein junger Mönch bei ihnen sei. Der Alte schwieg, endlos lange, wie es Maria vorkam, bevor er einräumte, von ihnen gehört zu haben.

»Sie wohnen in Damcar. Aber niemand, der nicht von ihnen gerufen wird, gelangt zu ihnen.«

Maria warf Hafis einen enttäuschten Blick zu, denn das wussten sie bereits.

»Sie haben Damcar verlassen«, widersprach Hafis ein wenig missmutig.

Bedächtig schlürfte der Alte einen winzigen Schluck Tee. »Ist Damcar ein Ort oder eine geistige Form?«, fragte er, ohne eine Antwort zu erwarten. Er sprach äußerst leise, als wäre es ihm gleichgültig, ob sein Gesprächspartner ihn verstand. Vermutlich empfand er es als eitel, sich darum zu sorgen, gehört zu werden – was gingen ihn noch die Menschen an?

Maria sah eine neuerliche Haarspalterei auf sich zukommen. »Natürlich ein Ort!«, wies sie ihn zurecht und spürte den missbilligenden Blick des Persers.

Der Alte lachte meckernd. »Ach, ihr Frauen, das Geistige ist euch fremd, für euch gibt es nur, was ihr hören, sehen, fühlen, schmecken und riechen könnt. Ihr seid der Körper. Das Feld des Mannes, sagt der Koran. Aus Üppigkeit entstanden, neigt ihr zu Übertreibung. Weshalb trägst du das Schwert an deiner Seite? Willst du in einen Kampf ziehen, obwohl du vom Kämpfen nichts verstehst?«

Hafis rief ihm ins Gedächtnis, dass sich unter den Sufimeistern auch verehrungswürdige Frauen befanden. Selbst der Größte Meister verehrte Fatima bint al-Mutanna und hatte von ihr gelernt. Der Alte schwieg und würdigte den Einwand keiner Entgegnung. Er zeigte nicht einmal eine Regung, sondern starrte nur vor sich hin, trank wieder einen winzigen Schluck Tee.

»Vielleicht«, sagte er nach langem Nachdenken, »ist Damcar nur ein geheimer Name für Mekka oder für den Berg Arafat. Es steht bei Gott zu wissen, wo die Weisen leben. Vielleicht ist ihr Palast die Straße und ihr Bett der Weg? Und den Zustand der höchsten Weisheit nennen sie Damcar.«

Über diese Spekulation versank er in tiefes Nachdenken, so dass Hafis Maria durch ein diskretes Zeichen zu verstehen gab, dass mehr von dem Mann nicht zu erwarten war. Leise schlichen sie sich aus dem halbdunklen Raum. Wenn der Shaykh Recht hatte, dann konnten die Weisen überall sein. Aber wem, fragte sich Maria, waren sie dann im Jemen begegnet?

Sie wollte Hafis fragen, doch der war kreidebleich. »Wir sind gerade dem Tod begegnet.«

Kapitel 30

Nachdem sich Hafis von seinem Schrecken etwas erholt hatte, erklärte er, der Alte gehöre dem Pfauen-Orden an, dessen Lehrer sich Pir oder Fakir nannten. Alles, was Hafis über den geheimnisvollsten aller geheimen Sufiorden wusste, war, dass sie in einem schrecklichen Kult mit blutigen Ritualen den Pfau und die Schwarze Schlange anbeten sollten. Ihr Oberhaupt nannten sie den *malak tauus*, den Pfauen-Engel. Diesen Fanatikern zu begegnen, gefiel ihm gar nicht. Es war eindeutig ein sehr schlechtes Zeichen.

»Warum hast du aber gesagt, wir wären dem Tod begegnet?«

Hafis kam nicht mehr zum Antworten, denn die Antwort stand plötzlich leibhaftig vor ihnen. Als sie um eine Ecke bogen, versperrte ihnen ein Mann den Weg, der in schwarzes Leder gehüllt war und einen schwarzen Turban wie ein Tuareg trug. In seinen Händen lag der Griff eines Beidhänders. Die Art und Weise, wie er dastand und das Schwert hielt, ließ keinen Zweifel daran, dass er mit der Waffe vortrefflich umzugehen verstand. Auf dem Turban erkannte sie die schwarze Schlange, die auch den Kaftan des Alten geziert hatte. Hinter ihnen versperrten jetzt fünf Männer den Rückweg. Eine Falle, schoss es ihr durch den Kopf, die ganze Geschichte mit dem Meister war nur eine Falle! Aus dem Schatten des Kämpfers trat ein alter Bekannter, den sie niemals wiederzutreffen gemeint hatten: der Kaufmann. Er hatte sie aufgespürt, um sich endlich für die erlittene Demütigung zu rächen. Was sie verwirrte, war allerdings, dass er an seinem Turban das gleiche Emblem wie der Shaykh trug. Das war ihr auf dem Weg nach Theben nicht aufgefallen.

»Gib mir das Schwert«, rief ihr Hafis zu, der nicht einmal einen Dolch trug. »Hast du etwa Kämpfen gelernt?«, fuhr sie ihn an. Ihre Nerven waren bis zum Äußersten gespannt, und sie suchte fieberhaft nach einem Ausweg. Hafis verstummte, wollte sich das Schwert aber mit Gewalt nehmen, um sie zu beschützen. Maria machte einen Ausfallschritt, zog Azrael und richtete kurz die Klinge gegen den Mann, den sie liebte. »Zurück! Ich bin der Träger des Schwertes.«

In diesem Augenblick griff sie der schwarze Mann an. Kräftige Schwerthiebe prasselten auf Maria nieder, die sie mehr schlecht als recht parierte. Ihr schien, dass ihr Gegner mit ihr spielte, weder seine ganze Kraft noch seine gesamte Schnelligkeit einsetzte und wie die Katze mit der Maus einen tödlichen Scherz trieb. Aufgeben kam für sie nicht infrage. Solange sie sich wehrte, so lange lebte sie noch. Doch dann stolperte sie und fiel auf den Rücken. Ungerührt setzte der Angreifer die Spitze seines Schwertes in die kleine Vertiefung ihres Halsansatzes. Die Spitze des Beidhänders bohrte sich allein durch das Gewicht der Waffe in ihr Fleisch. Es brannte, mehr noch aber versengte sie ihr Zorn auf sich selbst, so achtlos in eine Falle getappt zu sein, so sinnlos und ohne ihre Aufgabe erfüllt zu haben, das Leben zu verlieren. Vielleicht strafte Gott sie ja für die Zügellosigkeit und für die Fleischeslust, der sie sich hingegeben hatte. Vielleicht hatten ja diejenigen, die Enthaltsamkeit predigten, doch Recht, und sie hatte sich in einem frivolen Irrtum befunden. Mondo cane, hatte eine gelehrte Begine einmal gesagt: die Welt von der Hundeseite.

Er tat so weh, der Stahl, der sich in ihren Hals bohrte, mehr aber noch der Stahl aus Vergeltung, der ihr Herz verwundete. Sie sah in die leeren Augen ihres Gegners. Da wusste sie, dass er sie töten würde. Und in dieser Sekunde spürte sie es, zum ersten Mal wieder seit dem Tag, an dem ihr Vater und ihre Mutter ermordet worden waren, das Leben, fühlte, wie verzweifelt sie daran hing, am nächsten und übernächsten Atemzug, dass sie nicht bereit war, dieses kleine, schmutzige Erdenleben wegzuwerfen, einzutauschen gegen einen Platz im Himmel – und diese Einsicht erschütterte sie zutiefst. Immer hatte sie geglaubt, dass ihr das Leben gleichgültig wäre, dass sie es sogar hasste, und nun musste sie sich eingestehen, dass sie es heiß und innig liebte, obwohl es für sie doch nur Schmerz, Abschied und Verstellungen bereitzuhalten schien und sie für das geringste Glück bitter bezahlen musste. Das Leben behandelte sie schlecht, und dennoch klammerte sie sich jetzt daran. War es, weil sie die Liebe kennengelernt hatte? Kettete die Lust die Seelen an die Leiber? Was richteten die Liebkosungen und Umarmungen, die zärtlich hingehauchten Worte an? Raubten sie ihr das gute Gefühl der Hoffnungslosigkeit?

Hafis wollte ihr zu Hilfe eilen, doch der Kaufmann trat ihm in den Weg und hielt ihn mit seinem neuen Saif in Schach.

Hafis, mein Liebster, dachte sie, warum sind wir nicht auf dem Fluss geblieben? Unser ganzes Leben hätten wir dort zubringen können. Zu spät. Das Leben hatte sie mit der Liebe geködert. Gern hätte sie zu ihm geschaut, ihm einen letzten Blick zugeworfen, sich noch einmal selbst in seinen Augen gefunden, doch konnte sie ihren Kopf nicht bewegen, wenn sie sich nicht selbst die Schwertspitze tiefer in den Hals bohren wollte. Vielleicht war es aber auch gut, ihn nicht mehr anzusehen, sich am Schmerz in seinen Augen nicht zu verbrennen. Sie konnte ja selbst über die Entfernung hinweg seine Verzweiflung, ihr nicht beistehen zu können, körperlich spüren.

»Nur ein Wiedergeborener wird die Weisen treffen!«, sagte der Kaufmann ruhig und ernst. Seine Worte, die in sich ruhende, fast bescheidene Stimme des Kaufmanns verwunderten Maria.

»Wer bist du?«, hörte sie Hafis staunend fragen.

»Weißt du das immer noch nicht?«

»Ein Yesid?«

Der Kaufmann lächelte nachsichtig. »Hafis, Hafis, ich habe dich für klüger gehalten! Nun, vielleicht bin ich auch ein Yesid, ein Pfauenanbeter. Aber weißt du denn nicht, dass *malak* wie *malik* klingt, Engel wie König, und das Wort für Pfau dem Wort für grünendes Land vom Klang her verwandt ist? Den Pfau anbeten heißt also nichts anderes, als das Bewusstsein, das unser König ist, zu erweitern und ein vollkommener Mensch zu werden.«

»Und da schwarze Schlange, *hayyat,* auch wie das Wort für Leben klingt, bedeutet die Anbetung der Schwarzen Schlange nichts anderes als den Kult der Weisheit des Lebens. Ihr huldigt in Wahrheit der Weisheit des Lebens.«

»Langsam gewinne ich den Glauben an deinen Scharfsinn zurück, mein persischer Freund.«

Maria spürte eine kleine Entlastung am Hals, denn ihr Gegner hatte das Schwert leicht angehoben.

»Leider kann ich euch jetzt nicht mehr gehen lassen. Ihr müsst mit mir kommen. Aber das wollt ihr ja auch, schließlich sucht ihr die Weisen schon so lange.«

Jetzt verstand Maria gar nichts mehr. Gehörte der ungehobelte Kaufmann, den sie in der Karawane vom Roten Meer nach Theben kennengelernt hatten, etwa zu den Weisen von Damcar? Hatte sie sich von der unmöglichen Figur, die er abgegeben hatte, dazu verführen lassen, nicht auf das Wesen der Dinge zu schauen?

Kapitel 31

Der Kaufmann führte sie durch ein paar Gassen zu seinem prächtigen Haus. Die geschwungenen Arkadengänge bestanden aus luftigen Schnitzereien besten Zedernholzes. Sein kleiner Palast schien zu schweben, alles an ihm wirkte leicht. Wohlgerüche durchzogen die weiten und hohen Gänge. Das Betreten des hinteren Flügels, in dem sich sein Harem befand, war den Gästen verboten, doch daran hatten Maria und Hafis ohnehin kein Interesse. Der Kaufmann, der sich ihnen als Mansur vorstellte, brachte die beiden im linken Flügel des Gebäudes unter und bat sie, nachdem sie sich frischgemacht hätten, in den Innenhof zu kommen, um einen kleinen Imbiss mit ihm einzunehmen. Seine Diener holten inzwischen ihr Gepäck aus der Herberge, von der aus sie zu dem Schuster aufgebrochen waren.

In ihren Zimmern fanden sie neue Kleidung vor. Maria konnte zwischen Frauen- und Männerkleidung wählen. Die Zeit, wieder ein Kleid zu tragen, hielt sie jedoch noch längst nicht für gekommen, auch wenn die blaue und rote Seide verführerisch war. Doch sie blieb hart gegen sich.

Mansur hatte es sich auf einem mit blauem Samt bespannten *suffah* bequem gemacht. Er lag fast auf dem Ruhemöbel, nur den Oberkörper hatte er halb aufgerichtet, und ließ sich Weintrauben munden. Dass er dabei schmatzte, störte nicht, denn die fröhlichen Essgeräusche klangen nach purer Lebenslust. Drei weitere *suffahs* waren um einen runden, niedrigen Tisch gruppiert, der sich unter den Speisen und Getränken, die sich auf ihm drängten, fast durchbog. Hohe Palmen spendeten Schatten, ein Goldfischteich, in dessen Mitte aus einem tönernen Delfinmaul Wasser sprudelte, sorgte für eine angenehme Kühlung und Befeuchtung der heißen Luft.

Eben noch dem Tod ins Auge geblickt zu haben, nun aber auf feinste Art bewirtet zu werden, verwirrte Maria, zumal sie immer noch die Angst, die sie um ihr Leben empfunden hatte, schockierte.

Der Schwertmeister, der den Beidhänder geführt hatte, gesellte sich zu ihnen und ließ sich auf einem grünen Sofa nieder.

»Wir haben euch lange beobachtet, schon seit ihr Damaskus verlassen habt, um herauszufinden, ob wir euch trauen können. Das scheint der Fall zu sein. Doch seid gewarnt, wenn ihr je etwas von dem, was ihr gleich hören werdet, verratet, werden wir euch töten, und der Höchste, gelobt sei seine Name, wird euch verdammen und den Teufeln überlassen. Täuscht euch nicht darüber, wie ernst ich das meine.«

»Wir werden schweigen«, sagten beide gleichzeitig,

als hätten sie sich abgesprochen. »Sollen wir schwören?«, setzte Maria hinzu.

Aber Mansur winkte ab. »Schwüre sind leere Hülsen. Wer sie benötigt, hat bereits verloren. Nun aber: Es stimmt, die Weisen haben Damcar verlassen, kurz nachdem Christian Rosenkreuz bei ihnen eingetroffen ist. Ihr müsst wissen, Hasan-i-Sabah, der Alte vom Berge, ist ein grausamer und machtgieriger Mann. Er hat einen Orden von Männern gegründet, die *fidawijja*, die ihm bis in den Tod treu ergeben sind. Überall hat er Helfer und Helfershelfer, an der Levante, in Damaskus, sogar im Abendland. Er will die Welt beherrschen. Sein Hauptquartier ist eine uneinnehmbare Festung. Es befindet sich in den Bergen, südöstlich vom Schwarzen Meer im unzugänglichen Gebirge von Alamut. Wie gesagt, uneinnehmbar. Die Sultane haben sich die Zähne daran ausgebissen. Inzwischen wagt auch keiner mehr, ihn anzugreifen oder ihm einen Wunsch auszuschlagen, denn er hat eine schreckliche Waffe entwickelt. Junge Männer, die zu ihm kommen, versetzt er ins Paradies – fragt mich nicht, wie der alte Zauberer das macht –, und wenn sie wieder auf die Erde kommen, sehnen sie sich nur noch danach, so schnell wie möglich in die himmlischen Gärten zurückzukehren. Er verspricht ihnen das, wenn sie seine Aufträge bedingungslos erfüllen. Jeden Feind, jeden, von dem er sich beleidigt fühlt oder der seinen Plänen entgegensteht, lässt er durch diese jungen Leute ermorden. Diese jungen gebildeten Männer erschleichen sich die Gunst ihres Opfers, verbringen manchmal mehrere Monate, zuweilen sogar Jahre in der Nähe der hochgestellten Persönlichkeit, die Hasan-i-Sabah aus dem Weg räumen lassen will, bis sie vertraut genug mit ihrem Opfer sind, um es zu erstechen oder zu erschlagen. Wenn sie den Anschlag ausgeführt haben, fliehen sie nicht, sondern lassen sich festnehmen und hinrichten, denn dadurch kehren sie für immer in das Paradies zurück, das sie bei Hasan-i-Sabah kennengelernt und in das sie sich so verliebt haben, dass es sie an keinem anderen Ort auf der Welt hält.«

»Assassinen nennt man diese Meuchelmörder im Abendland! Ich habe von ihnen gehört«, rief Maria.

Mansur lächelte. »Ja, ihr nennt sie Assassinen, weil ihr glaubt, dass sie Haschisch zu sich nehmen und das Paradies, das sie sehen, nur ein Rauschgifttraum ist. Ich weiß nicht, ob es so einfach ist. Aber wie Hasan-i-Sabah es auch anstellt, er macht es perfekt. Ihr müsst wissen, er ist ein schwarzer Sufi, einer, der den Weg gegangen ist und kennt. Vergesst das nie. Er ist bestens mit uns vertraut. Der schlimmste Feind ist der, der einmal ein Freund war. Nun verhält es sich so, dass die Weisen unter ihren vielen Kenntnissen über ein paar Geheimnisse verfügen, in deren Besitz Hasan-i-Sabah kommen will, weil sie in seinen Händen ein Quell unaussprechlicher Macht wären. Das darf niemals geschehen. Deshalb haben die Weisen Damcar schweren Herzens aufgegeben, weil sie dort nicht mehr sicher waren, und haben sich in die Verborgenheit zurückgezogen. Dort sind sie unauffindbar.«

»Bist du einer der Weisen?«, fragte Maria.

»Nein, nur einer ihrer unwürdigen Diener. All die Pracht hier, der dummdreiste Kaufmann, den ich euch vorgespielt habe, ist nur meine Tarnung. Verzeiht, dass sie nicht etwas subtiler ausfiel.«

»Für welche Geheimnisse interessiert sich denn der Alte vom Berge?«, hakte Hafis nach.

»Dafür ist es noch etwas zu früh, mein persischer Freund. Ihr müsst nach Fès weiterreisen, dort halten sich einige der Weisen auf und auch Christian.«

»Wo liegt Fès?« Fragen und Aufstehen waren für Maria eins. Sie wollte nicht noch mehr Zeit verlieren.

»In Nordafrika, im Maghreb, gegenüber von Spanien«, erklärte ihr Hafis, der sich ebenfalls erhoben hatte.

»Dann wollen wir aufbrechen. Wir sind schon viel zu lange in Kairo.«

»Kannst du denn mit deinem Schwert umgehen, Maria? Wolltest du nicht deine Kenntnis der Heilkünste erweitern, Hafis?«, fragte der Kaufmann. Er bat sie, sich wieder zu setzen und nach Herzenslust zu essen und zu trinken, da sie all ihre Kräfte für die Gefahren, die ihnen bevorstanden, noch brauchen würden. Mansur erklärte ihnen, dass die Weisen sie in Fès erwarteten, aber erst, wenn es so weit war, wenn Hafis und Maria in Kairo alles erlernt hätten, was erforderlich war.

Lernen zu sollen, wo sie nur so schnell wie möglich zu ihrem Bruder wollte, stellte Maria auf eine quälende Geduldsprobe. Doch der Weg zu ihm führte nur über den Erwerb der Kenntnisse.

Die nächsten Tage verliefen gleichförmig. Während Maria von morgens bis abends im Schwertkampf unterwiesen wurde, vertiefte Hafis unter Mansurs Anleitung seine medizinischen Kenntnisse, nachmittags standen Atem- und Meditationsübungen auf dem Programm. Und zum Ausklang tafelte man gemeinsam und sprach über die Welt.

So erfuhr Maria, dass Azrael tatsächlich für sie bestimmt war.

»Und warum hast du dafür gesorgt, dass wir auf keinem Schiff mitkamen, sondern dieses elende Segelbötchen nehmen mussten?«

»Weil ihre eine wichtige Erfahrung noch machen musstet«, antwortete Mansur hintersinnig lächelnd.

»Dann habt ihr uns also ständig auf die Probe gestellt?«

»Jede Reise ist eine Probe, denn sie ist auch immer ein Weg der Seele zu sich selbst.«

Für ihre Geduld wurde Maria reichlich entschädigt, denn was die beiden nach dem Nachtmahl anstellten, blieb ihnen überlassen, lagen doch ihre Zimmer nicht nur nebeneinander, sondern waren auch durch eine Tür miteinander verbunden.

Manchmal, wenn sie sich erschöpft im Arm hielten, verspürte sie den Wunsch, für immer hierzubleiben, niemals aufbrechen, sich niemals trennen zu müssen, denn sie hatte den Eindruck, das auch Mansur, wie der Alte vom Berge es mit seinen Assassinen tat, sie in ein Paradies versetzte, das sie nicht mehr missen wollten. Wenn er es absichtlich tat, blieb ihnen der Zweck allerdings verborgen.

Doch dann erklärte ihnen Mansur eines Abends, dass sie am nächsten Morgen mit einer Handelskarawane, getarnt als seine Diener, nach Fès reisen würden, wo sie nach einem Metzger namens Yussuf fragen sollten. Die Zeit des Lernens und des Liebens war vorbei. Wieder würden sie sich in Gefahr bringen, wieder das Verlangen bezwingen müssen, um sich nicht zu verraten.

In dieser Nacht taten sie kein Auge zu. Sie liebten sich stürmisch und hart, weil sich in ihr Liebesspiel die Verzweiflung mischte und sie zu vergessen suchten, dass sie einander vielleicht das letzte Mal umarmten. Es war grausam, ins Ungewisse zu ziehen, wenn man zum ersten Mal das Gefühl hatte, mehr verlieren als gewinnen zu können. Sie wollte ihm die Hälfte jenes Rings umhängen, den sie damals mit ihrem Bruder geteilt hatte, doch er schob ihre Hand zurück.

»Du wirst ihn noch brauchen. Und du hast mir etwas viel Wertvolleres geschenkt, deine Liebe. Wie kann ich die jemals verlieren?«

Niemals hätte sie auf dem Nil geglaubt, dass sie von dem dicken Kaufmann eines Tages als Freunde scheiden würden. Doch so war es gekommen.

Die Karawane zog durch die Wüste, den Maghreb. Es zeigten sich zwar immer wieder neugierige Berber, die die Erfolgsaussichten für einen Überfall auszukundschaften pflegten. Doch angesichts der Größe der Karawane und ihrer Eskorte erledigte sich jeder auch noch so verwegene Gedanke, sie ausrauben zu können, von selbst.

Wenn sie in einer Karawanserei oder am Rande einer Oase ihr Lager aufschlugen, nahm Maria ihr Schwert, ging ein paar Schritte in die Wüste und erprobte sich bis zur Erschöpfung im Schwertkampf. Um Schnelligkeit und die Übereinstimmung von Atem und Bewegung zu üben, benötigte sie keinen Partner. Jede ihrer Bewegungen wurde zum Teil eines Tanzes, dessen Rhythmus vom Ein- und Ausatmen bestimmt wurde. Manchmal schloss sie die Augen und brachte ihre Atmung zum Stillstand, um jede Bewegung in ihrer Umgebung zu fühlen, noch bevor sie sie hörte. Jede Bewegung des Windes, eines Blattes am Baum, eines Kerbtieres im Sand löste einen Hauch aus, den sie spüren konnte. Und so, wie sich ihr die Erschütterung von Wassertropfen mitteilte, vermochte sie auch die Schwingung der Luftmoleküle wahrzunehmen. Das hatte sie der Schwertmeister zuerst gelehrt, den Hieb des Feindes bereits zu erkennen, noch bevor er ihn ausführte, denn jedem Schwertstreich geht eine, wenn auch noch so kurze, Vorbereitung voraus. Darin verriet sich der Gegner, sie galt es rechtzeitig auszumachen und dann schnell zu handeln. Diese Fähigkeit, die sie durch hartes Üben erworben hatte, musste immer weiter vervollkommnet werden. So wie sie sich erlernen ließ, so konnte man sie auch wieder verlieren. Die Sinne neigen von Natur aus nicht dazu, feiner, sondern gröber zu werden. Und wie ein unbearbeiteter Acker bald von Unkraut überwuchert ist, so verhält es sich auch mit den Sinnen.

Aus diesem Grund wurden ihr die Übungen zu einer zweiten Natur, die sie bald schon nicht mehr missen wollte, sondern die sie ein wenig blasphemisch ihren Gottesdienst nannte. Vergnügt stellte sie fest, dass Azrael mit jeder absolvierten Übung leichter wurde. Er war zu einem Teil ihres Körpers geworden. Hafis beobachtete sie aus der Entfernung. Sie vergaß schnell, dass er jeder ihrer Bewegungen folgte, ganz versunken in ihrem Tun. Aber es gefiel ihr, dass er zusah. Wenn sie ihre Schwertmeditationen beendete, hatte sie das Gefühl, dass er ihr ein Gewand aus Blicken gewebter kühlender Seide über die schwitzenden Schultern legte. Dann ging sie zu ihm und setzte sich im Schneidersitz neben ihn. Blicklos schauten sie in die Ferne und legten die nach oben geöffneten Hände vor ihren Körpern übereinander. Und dann gelang ihnen eines Abends etwas, das sie zutiefst erstaunte und beglückte. Sie verließen ihre Körper, liefen tief in die Wüste und liebten sich, wild und lange und dann wieder zärtlich. Jeder Außenstehende, der sie gesehen hätte, hätte gemeint, dass da zwei Kaufleute nebeneinandersaßen und beteten. Niemals wäre er auf den Gedanken verfallen, nur Hüllen vor sich zu haben, niemals hätte er auch nur geahnt, dass sie ihre äußere Gestalt verlassen hatten und was sie in Wirklichkeit gerade taten. Sie liebten sich in der Verborgenheit.

Nach einem Monat zeigte sich in der Ferne die Silhouette von Fès wie ein Scherenschnitt vor dem weiten Himmel über der Wüste. Maria befürchtete, nur einer Fata Morgana aufzusitzen, aber der Führer versicherte ihr, dass sie abends in der nordafrikanischen Stadt eintreffen würden.

Fès war eine Stadt, die nur aus Musik zu bestehen schien. Bereits bei ihrem Einzug in die Stadt begleiteten sie die Yallahllalala-Rufe der Berberfrauen, die sie mit ihren Zungen so geschickt hervorbrachten. Sie klangen gefährlich und verführerisch zugleich. Vor der Stadt löste die Karawane sich auf. Maria und Hafis nahmen ihr Bündel und überließen ihre Kamele einem Diener Mansurs, von dem sie sich blumig verabschiedeten. Mit dem Lob des Dieners zollten sie seinem Herrn Respekt.

Durch ein hohes, von mannshohen Zinnen gekröntes Stadttor betraten sie die alte Stadt. Dahinter empfing sie eine schmale Gasse, die von den Einheimischen Tala'A Seghira, kleine Stiege, genannt wurde. Die Gasse schien ein einziger Markt zu sein, angefüllt mit Waren, Händlern, die sich mit werbendem Singsang zu übertreffen suchten, Passanten und Käufern. Sie wichen einem dicken Mann, der einen beladenen Esel mit sich führte, in letzter Sekunde aus und traten dabei zwei anderen Männern auf die Füße, die sofort in ein wütendes Geschrei verfielen.

»Bedrängt nicht einen armen Pilger!«, schnauzte Hafis die beiden an, die es nur auf ein Schmerzensgeld abgesehen hatten. Als sie das nicht beeindruckte, drehte sich Maria den beiden so zu, dass sie das Schwert sehen konnten, und funkelte sie zornig an. Die zwei Spitzbuben verstummten augenblicklich und verschwanden im Menschenstrom, der sich durch die Gasse wälzte. An einem Stand erwarb Hafis zwei Büschel Pfefferminze und reichte eines davon Maria mit der Bemerkung, dass sie es noch benötigen würde. Dann bogen sie bald schon nach links und unmittelbar darauf wieder nach rechts in die große Stiege ab. Wenn sie allerdings aufgrund des Namens gehofft hatten, so aus dem Gewühl herauszukommen und dass es auf der Straße etwas leerer sein würde, sahen sie sich bitter enttäuscht. Bei den vielen Menschen, an denen sie sich vorbeiquetschen mussten, war es schlicht unmöglich, einzuschätzen, ob diese Gasse tatsächlich breiter war.

»Woher kommen bloß diese vielen Menschen?«

»Alles trifft sich hier: Händler, Glückssucher, Studenten, Pilger, Menschen aus dem Maghreb, aus Al-Andalus, aus Kairo, aus Bagdad. An den hiesigen Medressen studieren Tausende junger Männer. Fès ist die heimliche Hauptstadt der islamischen Welt, hier kommen Ost und West zusammen«, antwortete Hafis beschwingt. Aus irgendeinem Grund begeisterte ihn die Stadt mit ihrem vielfältigen Gedränge und ihrem Klangreichtum. Fast an jeder Ecke bliesen Musiker auf Flöten, schlugen Trommeln und Tamburine, allerorten wurde Tee aus marokkanischer Minze getrunken, der die Lebensgeister belebte.

»Da drüben siehst du das Herz der Universität«, wies Hafis sie auf die Universitätsmoschee al-Qairawiyin hin, deren Kachelfassade wie eine Flamme aus Farben loderte – blau zu Ehren der Stadt, grün als Symbol für den Islam, weiß für die Herrscher.

»Warst du schon einmal hier?«, fragte sie den Perser erstaunt.

»Nein, aber ich habe so viel darüber gelesen und gehört. Ich trage die Stadt in meinen Vorstellungen mit mir.«

»Und? Entspricht die Realität deiner Fantasie?«

»Fast.«

»Nur fast?«, fragte sie gespielt enttäuscht.

»Ja, weil ich mir nie hätte vorstellen können, dass es dich gibt und ich mit dir durch die Gassen der Stadt ziehen darf.«

Sie schmunzelte.

Auf ihrem Weg durch das Viertel der Gerber hielt sich Maria dankbar das Pfefferminzbüschel unter die Nase, denn der beißende Gestank von Urin, der zum Gerben der Tierhäute benötigt wurde und den die Hitze unerträglich verstärkte, hätte ihnen sonst den Atem geraubt.

Wenig später verließen sie die Altstadt. Zwischen ihr und der Stadt des Sultans, El medinet El-Beida, nach ihrem hellen Leuchten weiße Stadt genannt, kauerte wie eine Art Niemandsland das jüdische Ghetto, das die Einheimischen *Mellah* nannten. Die Juden, die Steuern zahlten, hatte der Herrscher in seiner Nähe angesiedelt, denn sie standen als *Dhimmis* unter seinem persönlichen Schutz. Bei einem Obsthändler erkundigte sich Hafis nach Yussuf, dem Metzger. Der Obsthändler erklärte ihm den Weg, nicht ohne ihnen frische Orangen anzubieten. Der süße Saft versetzte sie fast ins Paradies, so sehr genossen sie ihn.

Yussufs Haus bestand aus zwei Stockwerken, der Eingang zur Metzgerei war von einem schlichten Balkon überdacht. Als sie den schattigen Innenraum betraten, von dessen Deckenbalken Ziegen und Hammelkeulen hingen, drang ihnen sofort der süßliche Geruch von frischem Blut in die Nase. Ihr Blick fiel auf einen kleinen

Mann mit blutverschmiertem Kaftan, der einen Schafbock beim Ausbluten beobachtete. Der Mann schaute auf die beiden Fremden, ohne eine Miene zu verziehen.

»Salam aleikum«, grüßte Hafis, erhielt aber keine Antwort.

»Schalom«, versuchte es Maria.

Der Metzger grinste listig, wobei er eine Zahnlücke in der Mitte des Oberkiefers entblößte, und sagte auf Spanisch: *»Gloria a Dios en las alturas, y en la tierra paz a los que gozan de su buena voluntad.«* Dann wiederholte er auf Latein: *»Ehre sei Gott in der Höhe und Frieden auf Erden bei den Menschen seines Wohlgefallens.«*

»Seit wann zitiert ein Jude das Evangelium nach Lukas aus dem Neuen Testament?«, wunderte sie sich.

»Bin ich ein Jude? Vielleicht. War Jesus ein Jude? Bestimmt. Was wollt ihr, Lamm oder Ziege?«

»Das Passachlamm«, antwortete Maria auf Hebräisch.

»So, das Passachlamm. Wer schickt euch?«, wechselte Yussuf wieder ins Arabische.

»Mansur, der Kaufmann«, übernahm Hafis das Gespräch.

»Ich kenne keinen Mansur.«

»Du kennst ihn nicht, aber du weißt von ihm.«

Der Metzger näherte sich den beiden und schaute ihnen fest in die Augen. »Wie hieß der Mann, der den Leeren Ort bewohnt?«

»Selim.«

»Wisst, ihr seid einem Toten begegnet. Er hat nur noch auf euch gewartet, um seine Ruhe zu finden. Was trägt der Christ, den ihr sucht, um den Hals?«

Maria schluckte. Sprach Yussuf etwa von ihrem Bruder? Mit zitternden Händen zog sie ihren Kettenanhänger aus dem Gewand und zeigte dem Metzger das halbe Kreuz. Er berührte es, und sein Blick wurde weich. Dann hieß er sie, die Gasse bis zum Ende zu gehen, die nächste Quergasse links und in die Parallelgasse zu seiner eigenen abzubiegen, wo auf der Höhe seiner Metzgerei sein Freund Avram ebenfalls eine Koscherschlachterei betrieb.

»Geht zu ihm und sagt ihm, dass ich euch schicke. Die Tage der Entscheidung sind angebrochen, der Engel ist eingetroffen.«

Sie sah ihn erstaunt an. »Der Engel?«

Er zeigte mit seinem Finger auf das Schwert an ihrer Seite, dann zitierte er den Koran:

»Der Todesengel wird euch zu sich nehmen,
der über euch bestellt ist:
Dann werdet ihr zu eurem Herren zurückgebracht.«

Sie war sich über die Erfolglosigkeit des Versuches, weiter in ihn zu dringen und nach Christian zu fragen, vollkommen im Klaren. Maria würde sich gedulden müssen. Also folgte sie Hafis. Avram ähnelte Yussuf von Größe, Habitus und Sprechweise. Auch seine Metzgerei glich der

Yussufs. Der jüdische Metzger bat sie in den ersten Stock seines Hauses. Er lebte allein. Sie setzten sich auf einen schäbigen Teppich in einem fensterlosen Raum und tranken Tee. »Du musst dich an die Dunkelheit gewöhnen, meine Tochter«, war das Einzige, was sie von ihm über ihre Zukunft und über ihren Bruder zu hören bekam. Avram fragte Hafis pedantisch genau über seine Reisen, seine Lehrmeister und seine Kenntnisse aus.

Als Yussuf kam, herrschte draußen vollkommene Dunkelheit. Licht strahlte nur von der Altstadt und der Weißen Stadt herüber, das jüdische Viertel indes lag im Finsteren. Avram zündete eine Öllampe an und führte seine Gäste ins Erdgeschoss. Hinter der Metzgerei befand sich ein weiterer fensterloser Raum, in dem nur ein paar durchgewetzte Teppiche lagen. Avram drückte gegen die Rückwand, woraufhin sich ein Spalt öffnete, gerade groß genug, dass eine Person bequem hindurchzugehen vermochte. Avram ging voraus, Hafis und Maria folgten mit bebenden Herzen, während Yussuf den Schluss bildete und hinter sich die Wand wieder verschloss. Jetzt standen sie in einem quadratischen Raum, der mit wertvollen Perserteppichen und kostbaren Suffuhs ausgestattet war. Avram stellte das mitgebrachte Öllämpchen auf einen achteckigen Tisch mit kostbaren Intarsien. Dann setzten sich die beiden alten Männer und forderten mit einer sparsamen Handbewegung ihre beiden Gäste auf, es ihnen gleichzutun. Maria erkannte, dass die beiden Metzgereien in zwei parallel verlaufenden Gassen an ihrer Rückseite miteinander verbunden waren und in Wirklichkeit ein Gebäude darstellten und ihre vermeintlichen Rückwände diesen geheimen Raum einschlossen.

Avram hob langsam und bedächtig an zu sprechen wie ein Mann, der keine Eile kannte, weil er in den Strom der Zeit getaucht war.

»Als wir Damcar verließen, weil es nicht mehr der Ort unseres Lebens war, wussten wir, dass wir uns über die Welt verstreuen mussten. Wir hatten erkannt, dass sich die Weisheit, die sich nur an einem Ort konzentrierte, in größter Gefahr befand. Die Kräfte des Bösen mussten uns nur überfallen. Also tauchten wir in der Welt unter. Unser beider Los lautete, als Metzger getarnt in Fès unterzutauchen.«

»Warum ausgerechnet als Metzger?«, fragte Maria.

Der Weise lächelte. »Weil er zu den verachteten Berufen gehört. Ihr habt hinter unserem blutigen Gewerbe unsere wahre Identität doch auch nicht erkannt oder erraten.«

»Stimmt«, gestand Maria ein. Sie bewunderte die Klugheit der beiden alten Männer. Juden standen in der Hierarchie ganz unten, und Metzger belegten mit Totenwäschern die unterste Stufe der sozialen Stufenleiter. Wer würde die arabischen Weisen schon unter den jüdischen Metzgern suchen? Auf diese Idee käme nicht einmal Hasan-i-Sabah.

Nun erfuhr sie, dass Christian von den Weisen den Auftrag erhalten hatte, den Orden im Abendland neu zu gründen, weil seine Tage im Morgenland gezählt waren. Alles Wissen und alle Fertigkeiten dafür hatte er bei Yussuf erworben. Doch je länger sie ihm zuhörte, desto mehr beschlich sie das bedrückende Gefühl, dass etwas grauenvoll schiefgegangen war. Die Angst vor dem, was sie gleich zu hören bekommen würde, trocknete ihr die Kehle aus. Der Alte war zwar nicht weitschweifig in seinen Schilderungen, aber genau.

»Sarazenen haben das Schiff, auf dem Christian nach Spanien segelte, überfallen, ihn gefangen genommen und an Hasan, den Anführer der Assassinen, verkauft.«

»Christian wird in Alamut gefangen gehalten!«, platzte Hafis heraus.

Die beiden Alten nickten betrübt.

»Wo ist denn das?«, fragte Maria erschrocken.

»Südlich vom Kaspischen Meer, im Norden Persiens.«

»Und was haben die davon, ihn gefangen zu nehmen?«, wollte Maria wissen.

»Sie sind hinter dem Wissen her, das er bei den Weisen erworben hat«, erklärte Hafis mit finsterer Miene.

»Ihr müsst ihn befreien«, sagte Yussuf. »Nicht auszudenken, wenn Hasan ihn auf seine Seite zieht.«

»Wie sollte ihm das gelingen?«, fragte Maria ärgerlich, denn der Zweifel an Christians Zuverlässigkeit verstimmte sie.

»Hasan ist klug, gerissen und mächtig. Wüsste ich, ob ich ihm widerstände, fiele ich ihm in die Hände?«, gab Avram mit betrübtem Gesicht zu.

Hafis schüttelte den Kopf, sämtliches Blut schien ihm aus dem Gesicht gewichen zu sein. Die weiße Stadt des Sultans war schwarz im Vergleich zur Farbe seines Antlitzes. »In die Festung des Alten vom Berge eindringen, einen Gefangenen befreien und mit ihm entkommen zu wollen, ist heller Wahnsinn. Wir gelangen nicht einmal in die Nähe von Alamut, ohne bemerkt und überwältigt zu werden.«

»Ich gebe zu, die Chancen stehen schlecht, und vermutlich hat Hafis Recht, aber ihr habt starke Verbündete und führt verlässliche Waffen mit euch!«, erwiderte Avram.

Hafis schüttelte nur ungläubig den Kopf. Seine Hände begannen zu zittern. Niemals zuvor hatte Maria ihren Gefährten in Panik gesehen, und der Anblick seiner Angst jagte ihr Respekt vor dem tollkühnen Vorhaben ein. Aber sie hatte Zehntausende von Meilen zurückgelegt, die Wüste überwunden und war Räubern entkommen, sie hatte Krankheit überstanden und ihre Sinne und ihren Körper geschult, da würde sie jetzt nicht aufgeben. Und dann kam ihr ein Gedanke, der alle Bedenken in ihr fortspülte wie ein reißender Fluss. In ihrer Vorstellung wurde Hasan-i-Sabah zu August von Virneburg. Beide stellten für sie das vollkommene Böse dar. In Hasan-i-Sabah würde sie den Bischof des Teufels töten können.

»Es geht nicht um Vergeltung, es geht um Befreiung«, mahnte Yussuf.

Ertappt, musste sie unwillkürlich lächeln. »Waren meine Gedanken so deutlich?«

»Sie lagen offen vor mir wie ein Buch.«

Und dann vernahm sie Yussufs Stimme in ihrem Kopf, während sie seine Lippen geschlossen sah. »Du wirst lernen müssen, deine Gedanken so zu verstecken, dass niemand sie lesen kann.«

»Wie mache ich das, Shaykh?«, fragte sie, ohne zu sprechen.

»Indem du sie nicht denkst. Keine Sorge, du wirst es lernen.«

»Einverstanden«, sagte sie laut, »ich gehe nach Alamut. Hafis, mein Liebster, du musst mich nicht begleiten. Ich danke dir für alles, was du für mich getan hast. Aber hier endet unsere gemeinsame Reise.«

Hafis entfuhr ein ellenlanger persischer Fluch, dann sagte er: »Es würde mir nicht zur Ehre gereichen, wenn ich dich nicht begleiten würde. Nicht auszudenken die Schande, die über mich käme, wenn ich dich auf dieser gefährlichsten Reise von allen, noch dazu in meine Heimat, im Stich ließe!«

Der Ausdruck seiner Liebe zu ihr, die über die Liebe zu seinem eigenen Leben ging, beglückte sie, aber sie konnte und wollte das Opfer nicht annehmen. Sie würde es nicht ertragen, ihn sterben zu sehen, und nichts auf der

Welt wäre schlimmer als das Wissen darum, dass sie die Schuld an seinem Tod trüge. Also bat sie ihn, flehte ihn an, beschwor ihn, befahl ihm schließlich, sie allein ziehen zu lassen. Doch nicht nur, dass er taub für diesen Wunsch war, er wurde darin auch von den Weisen unterstützt.

»Du wirst die Aufgabe nicht allein erfüllen können. Du wirst Hafis brauchen.« – »Ihr seid Gefährten!« – »Weshalb, denkt ihr, hat euch die Reise zusammengeführt? Woher, meint ihr, kam die Kraft für die Art und Weise, wie ihr euch in der Wüste geliebt habt?«

Die beiden erröteten.

»Wir waren nicht dabei, wir wissen nur davon«, bemerkte Avram diskret.

Es verlangte Hafis zu erfahren, welche Waffen und Fertigkeiten sie besäßen, die ihnen zumindest eine Chance einräumte, den Auftrag erfolgreich ausführen zu können.

»Die Liebe«, sagte Avram. »Hasan kennt die Liebe nicht, nur den Hass, denn er ist ein Meister des Hasses und der Vater des Zorns. Aber das ist auch seine Schwäche. Maria hat einen starken Freund an ihrer Seite, Azrael. Und wir werden euch in den nächsten Wochen das letzte und höchste Wissen vermitteln, einen sehr wichtigen Teil der Geheimnisse von Damcar!«

Avram lächelte undurchdringlich. Seine Worte klangen in Marias Ohren wie ein Geschenk und eine Drohung zugleich.

Kapitel 32

Was nun für sie folgte, nachdem sie sich entschlossen hatte, ihren Bruder zu befreien und damit auch den Auftrag der Weisen von Damcar anzunehmen, geriet zur seltsamsten Zeit ihres Lebens, zu einer Zeit ohne Zeit, zu einem Sein ohne Werden.

Die Weisen versprachen ihr, sie in das tiefste Geheimnis einzuweihen, nämlich in die Fähigkeit zur körperlosen Reise an jeden Ort der Welt und zur Kommunikation über große Distanzen hinweg. Hafis hingegen würde sie während der Zeit ihrer Initiation in die tiefsten Mysterien der Heilkunst einweihen. Zusammen würden sie danach über das Wissen verfügen, das die Weisen seinerzeit Christian vermittelt hatten. Aber bei ihm hatte ihnen beträchtlich mehr Zeit zur Verfügung gestanden.

Avram sprach eindringlich mit Maria und warnte sie, dass ihr die schwierigste Reise ihres Lebens, die Wanderung zum Urgrund ihrer Seele bevorstand. »Wer wiedergeboren werden will, muss zuvor sterben«, sagte er, und Yussuf fügte hinzu: »Nur ein Wiedergeborener wird die Weisen treffen.«

Denselben Satz hatte Mansur damals Hafis zugerufen, als Maria ihrem Tod ins Auge zu sehen glaubte und sich zum ersten Mal an ihr Leben geklammert hatte. Und das nicht allein aus dem Grund, weil sie ihre Aufgabe noch nicht erfüllt hatte, sondern auch, weil sie das Leben selbst spürte.

»Seid ihr etwa nicht die Weisen?«, fragte sie.

»Schon, aber noch siehst du uns nicht in unserer wahren Gestalt, noch hast du Avram und Yussuf vor dir, aber nicht diejenigen, die wir wirklich sind.«

Da begann sie zu ahnen, was ihr bevorstand.

Avram rollte den Teppich zurück, und Yussuf öffnete die Bodenklappe, die darunter zum Vorschein kam. Kalte Dunkelheit sprang sie aus der Tiefe an. Mit Schaudern blickte sie hinab und schluckte. Ihr fiel der Satz aus der Offenbarung ein: *Fürchte dich nicht! Ich bin der Erste und der Letzte und der Lebendige. Ich war tot, und siehe, ich bin lebendig von Ewigkeit zu Ewigkeit und habe die Schlüssel des Todes und der Hölle.*

Mit einem Mal empfand sie eine bisher nicht gekannte Furcht im Angesicht der Aufgabe, die offenbar nur sie zu lösen vermochte. Bis jetzt hatte ein naives Selbstvertrauen sie davor bewahrt, darüber nachzudenken, mit welchen Kräften sie sich einließ und wen sie herausforderte. Nun schauderte sie zurück. Sie war doch nur eine junge Frau und keine der ohnehin nur wenigen Heldinnen, die in den Liedern der Skalden, Minnesänger und Troubadoure vorkamen, Heldinnen wie Brunhilde oder Kriemhilde, wie Isolde oder Ginevra. Aber es mochte sein, wie es wollte. Sie hatte sich den Weg nicht ausgesucht, er hatte sich ihr aufgedrängt. Hatte sie nicht immer nur auf das reagiert, was ihr das Schicksal an Zumutungen wie Stolpersteine zwischen die Beine warf? Bei Lichte besehen war das, was man nun von ihr erwartete, nur logisch. Nur wenn sie freiwillig in das Reich des Todes hinabstieg, um als neuer Mensch geboren zu werden, vermochte sie, die nächste Stufe der sieben Menschen, den sechsten Menschen, zu erreichen – einzig indem sie starb und wieder zum Leben, zu einem neuen Leben erwachte. Auch wenn der Verstand das einsah, zögerte das Herz, dieses kleine dumme Menschenherz, das eher Schwierigkeiten schuf, als sie zu überwinden half. Sie gab sich einen Ruck und setzte ihren linken Fuß auf die Stiege, die in die Dunkelheit hinabführte.

»Warte«, mahnte Avram, »wir dürfen dir zwar nicht sagen, was dich dort unten erwartet, aber ein paar Hinweise zu geben, ist uns erlaubt. Also höre gut zu. Einen ganzen Monat, dreißig Tage, siebenhundertundzwanzig Stunden, dreiundvierzigtausendzweihundert bange Minuten wirst du dort unten zubringen müssen. Auf dich allein gestellt, dich selbst zum schlimmsten Gegner habend. Die Angst wird dein einziger Begleiter sein. Manchmal wird der Schlaf dir ein wenig Ruhe und Vergessen gönnen, immer aber wird der Zweifel an dir nagen, den du zu überwinden hast. Deine Sachen darfst du nicht mitnehmen, auch das halbe Kreuz nicht, das du um den Hals trägst. Nackt, so wie du geboren wurdest, wirst du den tiefsten Ort auf Erden aufsuchen. Du steigst in das Reich der Toten hinab, begibst dich freiwillig in die Hölle, aber du trägst auch etwas Unzerstörbares in dir, nämlich die Liebe. Das darfst du niemals vergessen. Du bist erst verloren, wenn dir die Liebe abhanden kommt. Solange du sie in dir fühlst, kann dir nichts widerfahren. Aber sollte der Hass in dir die Oberhand gewinnen, dann bist du des Teufels, dann wird dir niemand mehr helfen können – auch wir nicht. Dann hast du deine und unsere Chance verwirkt. Mit unserer Liebe und unseren geistigen Kräften stehen wir dir bei, so gut wir können, aber zählen kannst du nur auf dich. Und noch eins. Vergiss es nie: Der Teufel ist eine Maske ohne Gesicht.«

»Was heißt das?«, fragte sie erschrocken. »Was ist eine Maske ohne Gesicht?«

»Du wirst es erfahren«, beschied sie Avram. »Trau nicht den Erscheinungen.«

Dann verstummten die Weisen, und Hafis machte ein unglückliches Gesicht. Seine Stimme klang verzweifelt, als er sang:

»Dem smaragdenen Himmelstor
sind die Lettern eingeschrieben:
Außer jenen Taten, die die Güte übte,
wird nichts dauern!
Lass nicht ab von deinem Anspruch

auf die Liebe deiner Freunde.
Denn Gewalt und Willkür
wird nicht dauern«.

Als er geendet hatte, stürzte er ungelenk auf sie zu und umarmte sie so heftig, dass sie ihre Glieder knacken hörte. Als wollte er sie in seinen Körper pressen, um sie mit seinem Fleisch vor der Welt zu schützen. Sie würden erst ihn zerreißen müssen, bevor sie Marias habhaft werden könnten.

Verlegen machte sie sich von ihm frei. So unbeholfen und ohne Eleganz wie heute hatte sie den Perser noch nie erlebt, und das rührte sie. Dann legte sie ihre Gewänder ab, warf einen unsicheren Blick auf die drei Männer, deren Hoffnung sie trug, und stieg hinab in die Finsternis.

Der letzte Lichtstrahl erstarb, als jemand über ihr die Falltür schloss. Noch lange war sie nicht am Ende der Treppe angekommen, sie würde nun im Dunklen weitergehen und dabei Obacht geben müssen, nicht zu straucheln und zu stürzen. Bedächtig setzte sie deshalb Stufe für Stufe Schritt für Schritt. Je tiefer sie kam, desto modriger roch es. Kühler wurde es nicht, im Gegenteil, feuchte Wärme umfing sie. Es kam ihr vor, als verschwände sie in einem riesigen Schlund, denn was sie als Luftzug verspürte, empfand sie als den fauligen Atem eines gewaltigen unterirdischen Geschöpfes. Die Luft wirkte verbraucht, mehr noch: verlebt.

Sie verlor jegliches Gespür, wie lange sie weiter hinabstieg. Es kam ihr wie eine Ewigkeit vor. Doch irgendwann ging es nicht mehr tiefer, und sie langte auf einem erdigen Grund an. Es blieb stockfinster. Tastend streckte sie ihre Hände aus, um nicht gegen etwas zu laufen, und schob sich vorsichtig Fuß um Fuß voran, um in kein Loch zu stürzen. Dann blieb sie stehen. Ihr war, als würde sie gerufen, kurz nur, dann war es wieder still. Sie beschloss zu meditieren und setzte sich hin. Der Boden war glitschig wie Schlamm und schmatzte, als ihr Gesäß ihn berührte.

Nach einiger Zeit hatte sie das Gefühl, als schwebte sie über ihrem Körper, als liefe sie wieder die Treppen hoch und ginge durch die geschlossene Falltür, deren Holz sie nicht hinderte. Sie entdeckte Hafis, der sie aber nicht sah und unter Yussufs Anleitung eine Leiche sezierte. Der Weise erklärte ihm anhand des Toten die menschliche Anatomie.

Sie verließ den geheimen Raum und das Haus und fragte sich, was die Leute wohl sagen würden, wenn sie Maria so nackt durch die Straßen von Fès wandeln sahen, doch dann merkte sie, dass die Passanten und Händler sie, wie zuvor schon Hafis, gar nicht wahrnahmen. Als ihr das bewusst wurde, war sie schon nicht mehr in der Stadt, sondern durchquerte die Wüste und stand plötzlich an jenem Ort, an dem Hafis und sie sich in der Meditation geliebt hatten. Jetzt tauchte Hafis vor ihr auf und nahm ihre Hand, küsste ihr Ohrläppchen, fuhr mit den Daumen sanft über ihre Augenlider, die sie unter dem Druck schloss, bereit, sich ihm hinzugeben, für ewig. Zum ersten Mal in ihrem Leben begegnete sie einem Glück, das zu dauern versprach, das unvergänglich war. So wie er sich ihr, musste sie sich ihm nur hingeben und sich auf das große Vergessen einlassen, denn was war Glück schließlich anderes, als das Bewusstsein dafür zu verlieren, dass Leid, Unglück, Schmerzen, Tod und Verlust existierten? Hafis lächelte, schön, zu schön, ohne jeden Makel. Die Lachfalten fehlten und die schiefen Mundwinkel beim Schmunzeln, das Grübchen auf dem Kinn, der kleine, selbst in der größten Freude nie versiegende Schmerz in den Augen. Nein, vor ihr stand nicht Hafis, sondern nur ein Wesen, das die Gestalt des Geliebten angenommen hatte und versuchte, makelloser zu sein als derjenige, dem ihr Herz gehörte, dabei liebte sie doch gerade seine Makel. Vor ihr stand die große Auslöschung.

Sie stieß die Gestalt zurück, die sich daraufhin in Millionen Heuschrecken auflöste. Und schon stand sie im Innenhof von Mansurs Palast. Seine Leiche schwamm aufgedunsen im Goldfischteich. Seinem misshandelten Leib sah sie an, dass man ihn gefoltert hatte. Hatte er etwas verraten? Hasan-i-Sabah war ihnen also auf den Fersen. Hing jetzt nicht alles davon ab, Yussuf und Avram zu warnen? Vielleicht erreichten die Meuchelmörder in diesem Augenblick schon Fès? Aber ihr wurde klar, dass die Abwehr der Assassinen Yussufs und Avrams Aufgabe war, während ihre darin bestand, die Reise fortzusetzen.

Ihr Weg führte sie direkt und ohne Vorwarnung nach Straßburg. Als sie die Stadt betrat, trug sie auf einmal eine Rüstung und ein scharfes Schwert. Es war Winter. Schnee fiel auf ihr Metallgewand. Sie richtete ihre Schritte zum Haus ihrer Eltern. Die Luft roch abstoßend süßlich nach verbranntem Menschenfleisch. Wohin sie auch schaute, entdeckte sie Scheiterhaufen, auf denen Juden verbrannt wurden, die man aus den Häusern getrieben hatte. Mit klopfendem Herzen erblickte sie vor sich ihr Haus, in das gerade der Priester August von Virneburg in Begleitung von drei Spießgesellen, die Schwerter und Dolche in den Händen hielten, eindrang. Sie erinnerte sich, dass ihre Eltern, ihr Bruder und sie zur selben Zeit am Frühstückstisch saßen und ihr Vater eine Anekdote vom Rabbi Gamaliel erzählte. In ihr vergnügtes Lachen drangen die Mordgesellen mit blankgezogenen Klingen. Schnell zog Maria ihre Waffe und rannte auf das Haus zu. Noch war es nicht zu spät, noch konnte sie ihre Eltern retten und den Lauf der Geschichte ändern. Diese Möglichkeit, da sie ihr nun einmal geboten wurde, durfte sie nicht ungenutzt verstreichen lassen.

Ihr Vater griff nach der Holzzange für den Kamin, um auf die Eindringlinge loszugehen, während ihre Mutter die beiden Kinder an die Hand nahm. Da schaute sich

Maria plötzlich in ihre eigenen Kinderaugen. Der Blick ging ihr durch Mark und Bein. Sie sah das kleine zehnjährige Mädchen, das sie einmal war, und erkannte die Angst in ihren Augen. Ihr Herz gefror, und sie verspürte jetzt wieder diese alte Angst. Und Hass drang in sie ein, brennender Hass auf die, die es wagten, Kinder in Angst und Schrecken zu versetzen. Die Furcht in den Augen der Kinder ließ gewaltigen Zorn in ihr anschwellen. Wie konnten sie es wagen? Diese Ungeheuer gehörten gevierteilt, dachte sie grimmig. Sie brauchte nur zuzustoßen, um den Lauf der Welt zu ändern, und dankte Gott, dass er ihr die Möglichkeit bot, die Geschichte zu korrigieren.

Fest umfasste sie den Griff des Schwertes, das sich fremd in ihrer Hand anfühlte. Sie blickte auf die Waffe und erkannte, dass es nicht ihr Schwert war, nicht Azrael, das sie erhob, um August von Virneburg zu töten. Ihre Mutter floh derweil mit den Kindern aus der Tür und wurde von der Spitze des Dolches einer der drei Spitzbuben getroffen. Zu lange hatte sie gezögert, die Mutter konnte sie nicht mehr retten. Aber den Vater. Maria wollte dem Priester schon das Schwert in den Wanst treiben, da sah sie, wie einer der Spitzbuben ihren Vater von hinten packte, der andere ihm den Holzhaken aus den Händen schlug und sich der rechtgläubige August von Virneburg mit sadistischem Grinsen den Dolch des Spitzbuben geben ließ. Mit gezücktem Dolch ging er auf ihren Vater zu und setzte ihm die Spitze auf die Brust.

»So! Du Christusmörder wolltest uns also angreifen? Dann wirst du jetzt zur Hölle fahren!«

War es nicht vollkommen gleichgültig, welches oder wessen Schwert sie in der Hand hielt? Wichtig war doch nur, dass es scharf und solide war. Sie wollte es auf den Kopf des Priesters niedersausen lassen, da streifte sie der Blick ihres Vaters, der sie erstaunte. Angst entdeckte sie nicht darin, auch keine Verachtung, weder Hass noch den Wunsch nach Vergeltung, sondern nur Segen, denselben Segen, den Moses dem Volk Israel einst erteilt hatte, nun segnete der Rabbiner seine Kinder, das Letzte, was er noch für sie tun konnte. Und in diesem Augenblick begriff sie, was sie all die Jahre auch in den gefährlichsten Situationen beschützt hatte, nämlich sein Segensspruch. Wie ein Mantel aus Stahl hatte er sie umgeben, wie ein Engel mit feurigem Schwert in der Hand war er über ihr gekreist:

Der Herr segne euch und behüte euch;
der Herr lasse sein Angesicht leuchten über euch und
sei euch gnädig;
der Herr hebe sein Angesicht über euch und
gebe euch Frieden.

Die Zeit der Rache war noch nicht gekommen. Es kostete sie die größte Überwindung, die sie jemals in ihrem Leben aufgebracht hatte, die größte Selbstverleugnung, das Schwert ungenutzt zu senken und zuzulassen, dass August von Virneburg in wilder Lust den Dolch immer wieder in den Leib ihres Vaters stieß. Sie sah die geliebten Augen brechen, da brach auch sie zusammen. Und fühlte nichts mehr, hörte nichts mehr, sah nichts mehr. Dunkelheit umgab sie, und Finsternis war in ihr. Jetzt sank sie bis auf den Grund und erreichte den Tod der Tode.

Lange verharrte sie, in diesem Zustand. Sie fand aus der Finsternis nicht mehr heraus. Bleiern lag das Nichts auf ihr. Jenseits von Gott oder Teufel kauerte sie und wimmerte in unmenschlichen Lauten. Da drang plötzlich eine Stimme an ihr Ohr, fein, kaum hörbar, wie ein Wispern. Sie konzentrierte sich und lauschte so angestrengt, dass es ihr wehtat. Es war seine Stimme, so viel nahm sie wahr, aber nicht, was er sagte. Doch sie sehnte sich so sehr nach den Worten des Geliebten, dass sie ihre Glieder anspannte. Es schmerzte, als seien ihre Arme und Beine mit glühenden Ringen umschlossen. Jede Bewegung würde sie verbrennen. Aber die Sehnsucht war größer. Sie richtete sich auf und schleppte sich in die Richtung, aus der sie die Worte zu vernehmen meinte. Und mit jedem Schritt, den sie tat, verstand sie Wort für Wort mehr:

Lass nicht ab von deinem Anspruch
auf die Liebe deiner Freunde.

Sie fühlte die Stiege, die sie betrat, denn sie wollte alles hören:

Denn Gewalt und Willkür
wird nicht dauern

Als das letzte Wort verklungen war, hörte sie einen ohrenbetäubenden Lärm, und im gleichen Augenblick flutete eine Helligkeit den Schacht, die sie blendete und tausend kleine Lichtpunkte, deren jeder für sich heller als die Sonne war, tanzten vor ihrer Iris im wilden Funkenflug. Ihr wurde übel, und sie spürte, dass sie das Bewusstsein verlor und stürzte, als zwei starke Arme nach ihr griffen. Hafis.

Kapitel 33

Später behauptete sie, in jenem Moment, als Hafis die Falltür öffnete und das Licht einfiel, Gott gesehen zu haben. Der Perser vermochte zwar die Blendung nach dem längeren Aufenthalt in der Dunkelheit medizinisch zu erklären, doch er wagte nicht, auf dieser wissenschaftlichen Erklärung zu bestehen, denn dass das Licht seit Moses' Tagen als Attribut Gottes galt, wusste auch er. Sie staunte, als sie Yussuf und Avram gegenübertrat, denn beide steckten zwar noch in den alten und abgetragenen Sachen der Metzger, doch es ging eine Ausstrahlung von ihnen aus, die sie jünger, ja alterslos erscheinen ließ. In ihren Augen las sie, dass sie über den Verlauf ihrer Reise Kenntnis hatten.

»Ist Mansur wirklich tot?«, fragte sie und fürchtete zugleich die Antwort, weil sie diese im Grunde ihres Herzens bereits kannte.

»Der lebenslustige Mann starb wie ein Held«, sagte Yussuf.

»Ja, Hassans Mörder kommen uns immer näher. Aber wir sehen sie«, fügte Avram gelassen hinzu.

Dass sie weder ihre Mutter noch ihren Vater gerettet hatte, als sie dazu in der Lage war, empfand sie als tiefe

Schuld. Deshalb fragte sie die beiden, was geschehen wäre, wenn sie eingegriffen hätte.

»Dann hätte sich der Teufel ins Fäustchen gelacht«, antwortete Yussuf knapp.

»Niemand ändert, was geschehen ist. Der entfesselte Zorn hätte die Liebe in dir zerstört. Lerne handeln, das Notwendige zu tun, auch töten, wenn es sein muss, ohne zu hassen.«

Yussuf gratulierte ihr dazu, dass sie nun außerhalb ihres Körpers reisen konnte, wie sie es in der Meditation bereits getan hatte, und Kontakt mit jedem Menschen aufzunehmen vermochte, ganz gleich, wo auf der Erde er sich befand.

»Auch mit Christian?«

Yussufs Gesicht wurde hart. »Nein. Wir wissen nicht, wie es Christian geht, ob er Hasan widersteht oder von ihm umgedreht wurde. Du würdest dich verraten. Was auch immer dir in seinem Körper begegnet, es ist höchst ungewiss, ob es Christian sein wird, der dir gegenübersteht. Sei auf der Hut. Von dir hängt alles ab.«

Zwei Tage ließen ihr die Weisen, um sich zu erholen, zu baden, sich wieder an das Licht zu gewöhnen und Vorbereitungen für die Abreise zu treffen. Die Sonne ging über Fès auf, vom Minarett der Al-Qahira pries der Muezzin Allah und rief die Gläubigen zum Gebet, als sich Maria und Hafis von den beiden Männern verabschiedeten. Sie wandten sich zum Gehen, da standen drei schwarz gewandete Männer vor ihnen, die ihre Säbel zogen.

»Hasan entbietet euch durch uns seine Ehrerbietung und seinen letzten Gruß.«

Bevor die Mörder sie erreichen konnten, hatte Maria Azrael gezogen und mit einem Schwerthieb dem Ersten, der gesprochen hatte, den Schädel gespalten, dem Zweiten die Spitze in den Hals getrieben, sie blitzschnell wieder herausgezogen, sich auf der Stelle um die eigene Achse gedreht und dem Dritten ins Herz gestochen. Das alles in einer Geschwindigkeit, die es jedem Beobachter schwergemacht hätte, ihren Bewegungen zu folgen. Es war ihr gelungen, exakt im gleichen Moment auf die Aktionen ihrer Gegner zu reagieren, in dem diese den Entschluss dazu fassten.

»Du bist für den Weg bereit. Geh, wir schaffen das hier fort. Niemand wird nach den Unglücklichen fragen, die glauben, ins Paradies zu den sechzig Jungfrauen zu kommen und stattdessen bei des Teufels haariger Großmutter landen. Was für ein Betrug!«

Sie schlossen sich einer Karawane an, die durch das Küstengebirge zur Hafenstadt Mric zog. Dort bestiegen sie eine Galeere, die sie nach Palermo brachte, von dort nahm sie ein arabisches Handelsschiff mit nach Antiochia. Anschließend trugen sie Kamelrücken auf der Seidenstraße über Palmyra und Bagdad bis nach Ekbatana. Das Zagrosgebirge im Rücken, ritten sie auf zwei schwarzen Hengsten in die hohen karstigen Gebirge, die zwischen der Handelsstadt und dem Kaspischen Meer lagen.

Drei Monate nach ihrem Aufbruch aus Fès erreichten sie in den Abendstunden das Plateau eines Berges, von dem aus sie auf der gegenüberliegenden Seite des Tals die mächtigen Befestigungsanlagen von Alamut, dem Adlersitz der *fidawijja* oder, wie die Franken sagten, der Assassinen erblickten. Wie Blut leuchtete das Rot der Mauern, eine Warnung für jeden, der sich der Feste unbefugt zu nähern beabsichtigte.

Das Hauptquartier des mächtigen Feindes im Auge, wusste Maria, dass es nun darauf ankommen würde zu siegen, dass es um alles ginge und die Hoffnung der Weisen von Damcar auf ihren schmalen Schultern ruhte. Nur auf sie würde es ankommen, auf ihre Klugheit, auf ihre Schnelligkeit, auf ihr Glück …

Kapitel 34

Marta erwachte wie aus einer Trance. Durch die Glaskuppel, unter der sie zu schweben schien, fiel das sanfte Licht der Morgensonne und erweckte in ihr das Gefühl, als erwache das Leben nach einem langen Schlaf. Alfonso blickte sie freundlich an.

Sie brauchte einige Minuten, um sich zurechtzufinden. Richtig, sie befand sich in diesem Kloster der Rosenkreuzer mitten im Schwarzwald. Und der gut aussehende Mann, der vor ihr hockte, nannte sich Alfonso und war auf seltsame Art mit ihr verwandt.

Es gelang ihr nicht, sich dem, was sie in der Meditation gesehen und erfahren hatte, zu entziehen. Wie ein großer, drückender, aber auch betäubender Schatten lasteten die geschauten Geschehnisse auf ihr. Dann traf sie der Gedanke an ihre Kinder, Angst und Sehnsucht nach Katharina und Benjamin rissen an ihrem Herzen. Ihre Gesichtszüge verzerrten sich vor Schmerz.

Alfonso bat sie um Entschuldigung, falls er sie gestört haben sollte. Doch als er aus seinem Zimmer getreten war, um einen Morgenspaziergang zu unternehmen, hatte er sie so schön und versunken dasitzen sehen. Und nicht anders gekonnt, als sich zu ihr zu hocken und sie zu betrachten. Sie erinnerte ihn an eine von Botticellis Frauengestalten in *La Primavera*.

Marta dagegen war, als ob sie durch eine dicke Folie blickte. Seine Lippen bewegten sich, und sie vernahm sogar undeutliche Laute, die wie ein Raunen klangen, aber seine Worte drangen nicht zu ihr durch.

»Die Kinder«, meinte sie nur dumpf. Dann zerriss die Membran, die sie noch von der Welt trennte.

»Erzähl mir alles, was du gesehen hast!«

»Warte hier«, bat sie. Marta verschwand in ihr Zimmer, duschte heiß und danach kalt, zog sich eine Jeans und ein T-Shirt an und kehrte zu ihm zurück. Sie lehnte sich an die Wand und blickte in den blauen Himmel, während es nur so aus ihr heraussprudelte. Als könnte sie mit jedem Wort die Entfernung, die sie von Katharina und Benjamin trennte, verkürzen. Manchmal fiel er ihr ins Wort, bat sie, ein Detail genauer zu schildern oder einen Menschen besser zu beschreiben. Als sie endete, war sie schweißgebadet und er völlig ergriffen von der Gewalt ihrer Geschichte. Bittend sah sie in sein nachdenkliches Gesicht, in der Hoffnung, ihm gelänge es, die beunruhigende Vielfalt zu ordnen, denn sie war mit einer Welt in Berührung gekommen, von der sie bisher nicht einmal geahnt hatte, dass sie überhaupt existierte. Sie fühlte sich überfordert, gleichzeitig aber auch reich. Glück und Furcht, Unsicherheit und Klarheit mischten sich in ihrem Empfinden. Sie hatte das Gefühl, als wäre die ganze Welt auf sie eingestürmt, als hätte sie die Welt so gesehen, wie Gott sie sah. Alles und alles gleichzeitig.

»Dann weißt du ja jetzt, wie die *isra'* funktioniert«, fasste er ihre Schilderung zusammen, auch um ihr Mut zu machen.

Unsicher wiegte sie den Kopf hin und her. »Wie soll ich jemandem erklären oder beibringen, was ich selbst kaum verstehe? Wie soll ich das dem Entführer von Katharina und Benjamin bloß begreiflich machen?«

»Ich verstehe das Problem, man beherrscht es zwar, aber man kann es nicht vermitteln.«

Sie lachte bitter auf. »Beherrschen? Man beherrscht es nicht, es beherrscht einen!«

Er machte nur eine vage Handbewegung, als wäre das jetzt nicht so wichtig. »Es ist, als wolle man einen Kuss durch Boten senden, so nennen es jedenfalls die Sufis.«

»Ja, aber wie sendet man einen Kuss durch Boten?«

Alfonso zuckte mit den Achseln. Dann schlug er vor, in die Küche zu gehen, um Tee zu trinken und sich zu stärken. Sie folgte ihm ohne rechte Lust, weil sie nichts anderes mit sich anzufangen wusste. Appetitlos, nur der Notwendigkeit der Nahrungsaufnahme gehorchend, stopfte sie zwei Marmeladenbrötchen in sich hinein.

»Jetzt hilft nur noch frische Luft!«, entschied er.

Sie verließen den Hof, liefen über Wiesen und tauchten in den Wald ein. Anfangs liefen sie über einen federnden Boden aus Fichtennadeln, bis sie in einen Mischwald gelangten. Über den schwarzen Waldboden krochen, unterbrochen vom Grün der Moospolster und dem Blau der Blumen, knorrige Wurzeln.

»Ich will meine Kinder wiederhaben«, stöhnte sie auf. Fieberhaft dachte sie darüber nach, wie sie dem *fidai* ihr Wissen so vermitteln konnte, dass er ihr im Austausch die Kinder zurückgab. Dann lehnte sie sich an einen Baum und berührte mit den nach hinten gedrehten Handflächen die warme Rinde einer Buche. Unter der groben Rinde fühlte sie den Baum pulsieren. Sie stieß sich ab, nahm Alfonsos Hände und funkelte ihn an. Die Idee, so verrückt sie klingen mochte, stand immer deutlicher vor ihr.

»Weißt du, wie man einen Kuss mit einem Boten sendet? Ganz einfach! Indem man selbst zum Boten wird!«

Er pfiff durch die Zähne und mochte sich fragen, warum er nicht selbst darauf gekommen war. Dann erklärte sie ihm ihre Idee und entwickelte einen Plan, hochriskant zwar, aber es ging für sie schließlich um alles oder nichts.

Er blieb skeptisch, hatte aber auch keinen besseren Vorschlag. Marta rannte zum Hof zurück und stürzte in ihr Zimmer, dicht von ihm gefolgt. Hektisch griff sie nach ihrem Handy und wählte Achmeds Nummer.

»Ich habe, was Sie wollen!«

»Keine Spielchen!«

»Nein«, sagte sie empört. »Natürlich nicht. Es gibt nur ein Problem.« Sie machte eine Pause, doch er antwortete nicht, sondern wartete ab, was sie sagen würde. Also sprach sie weiter. »Ich habe das Wissen in mir. Man kann es nicht aufschreiben, ich kann … ich kann … ich kann es nur lehren, verstehen Sie, was ich meine … Ihnen zeigen … Aber nicht beibringen. Man kann keinen Kuss durch einen Boten überbringen lassen!«

Er antwortete nicht. Mit klopfendem Herzen lauschte sie ins Telefon, damit ihr auch nichts entging. Doch dann brach die Verbindung ab, und sie fühlte sich wie am Boden zerstört. Hatte sie zu hoch gepokert? Hatte sie überhaupt gepokert? Verzweifelt hämmerte sie gegen die Wand. Alfonso wollte sie in den Arm nehmen, sie trösten, da entlud sich ihr ganzer Zorn und ihre ganze Verzweiflung gegen ihn. Sie schlug auf ihn ein, kratzte und biss, als habe er ihre Kinder entführt, dann sank sie erschöpft in seine Arme und wimmerte. Sanft strich er ihr übers Haar. Die halbe Nacht verbrachte sie so. Sie hatte das Gefühl zu sterben.

Dann klingelte endlich das Handy. Erst dachte sie, ihre angespannten Nerven spielten ihr einen Streich, doch dann wurde ihr klar, dass es wirklich ihr Telefon war, das läutete. Laut und vernehmlich, geradezu drängend und ein wenig beleidigt, dass man seinem anhaltenden Klingelton keine Beachtung schenkte. Hastig sprang sie auf, verfing sich in ihren Beinen, fiel der Länge lang hin, rappelte sich wieder auf und griff atemlos nach dem Apparat.

»Hallo«, brüllte sie in panischer Angst, zu spät zu sein, hinein.

»Wir holen dich um Mitternacht ab. Steh vor dem Kloster. Wenn uns jemand folgt, ist Deal geplatzt!«

Sie verstand die Drohung in ihrer ganzen Tragweite und wusste nur zu gut, dass sie alles andere als leer war. Er wartete ihre Erwiderung nicht ab, sondern legte auf.

Alfonso versuchte, ihr mit allen Mitteln auszureden, sich in die Gewalt der Fanatiker zu begeben. Drohte ihr sogar, sie mit Gewalt zurückzuhalten und sie einzusperren. Sein schönes Gesicht wirkte verzweifelt.

»Ich weiß, wo sie mich hinbringen werden«, schnitt sie ihm kühl das Wort ab. »Ich weiß auch, wo sie die Kinder verstecken.« Wenn sie die Augen schloss, sah sie Katharina und Benni deutlich vor sich, die Angst ihrer Tochter, die das tapfere Mädchen so gut es ging unterdrückte, um ihrem Bruder nicht noch mehr Angst zu machen. Sie hatte genug damit zu tun, ihn vom Bettnässen abzuhalten, womit er wieder angefangen hatte. Sie erfand Geschichten wie eine kleine Scheherazade, damit der kleine Kalif die Angst vergaß. Nein, nichts, aber auch gar nichts hielt sie jetzt mehr zurück. Er schreckte vor ihrem grimmigen Lächeln zurück. »Woher?«

»Glaubst du nicht mehr an das, was du mir erzählt hast? Nicht mehr an die körperlosen Reisen, an die *isra'*?«

Dagegen fiel ihm kein Argument ein. Er musste sich geschlagen geben.

»Die Kinder sind in Alamut, und dahin werden sie mich schaffen.«

»Da kannst du unmöglich hingehen.« Sie sah, dass er sich Sorgen um sie machte, und das tat ihr gut.

»Du hast Recht. Es ist gefährlich. Allein wird es mir nicht gelingen, die Kinder und mich zu retten. Deshalb brauche ich dich.«

»Es ist unvernünftig genug, in die Höhle des Löwen zu gehen. Ich bin dabei«, entgegnete er mit einer wilden Freude.

Kapitel 35

Mitten in der Nacht hielt vor dem Kloster ein schwarzer Wagen. Es nieselte, die Sterne waren von dichten Wolken verhüllt. Der leichte Regen fühlte sich warm an. Auf der rechten Seite des Autos sprang die Hintertür auf. Sie stieg ein. Die Tür knallte zu, und der Wagen fuhr ab. Neben ihr saß Achmed. Marta hatte keine Fragen, er keine Veranlassung, ihr etwas mitzuteilen. Sie empfand Verachtung für ihn. Denn er war nur ein kleiner Handlanger, der sich als wichtig aufspielte. Sie hatte seine fehlende Kultur mit Härte verwechselt. Gern hätte sie ihn zurechtgewiesen, ihm etwas Verletzendes gesagt, jetzt, wo sie seine Rolle im Spiel kannte. Aber wozu? Es würde nichts erleichtern, sondern die Dinge vielleicht nur noch schwieriger machen. Es ging hier nicht um sie. Also schwiegen sie.

Gespenstisch wirkten die Baumstümpfe, wenn das Licht der Schweinwerfer sie traf. Die Fahrt kam ihr endlos vor. Sie schloss die Augen. Das brachte etwas Entspannung. In ihrem Dämmerzustand sah sie ihre Kinder, die in einem kleinen Raum zusammen in einem Feldbett schliefen. Bei diesem Anblick verkrampfte sich ihr Herz, und sie riss die Augen auf, um nicht loszuweinen. Jetzt kam alles darauf an, stark zu sein. Im Umgang mit diesen Leuten musste sie an ihre Zeit bei *Ärzte ohne Grenzen* zurückdenken. In Afrika hatte sie sich immer um die wehrlosen Opfer viehischer Gewalt kümmern, sie manchmal sogar behandeln müssen, vor allem Frauen und Kinder. Jetzt würde sie mit Männern kämpfen müssen, die vor nichts zurückschreckten, wenn sie ihre Kinder retten wollte. Noch vor Stunden hätte diese Perspektive sie erschreckt, nun war ihr klar, dass es keinen anderen Ausweg gab, und das schenkte ihr eine seltsame Ruhe.

Die Landschaft wurde nach geraumer Zeit flacher. Im Licht blitzte auf einem gelben Untergrund der schwarze Schriftzug *Friedrichshafen* auf. Wenig später hielt das Auto vor einem barackenähnlichen Bau, dem kleinen Flughafen von Baden-Baden, der einmal ein französischer Militärflughafen war und nun von kleineren zivilen Flugzeugen und Chartermaschinen genutzt wurde. Bis jetzt hatte sie sich mit ihrer Vermutung nicht geirrt. Das gab ihr Hoffnung, weil es ihr das Gefühl vermittelte, ihren Feinden einen Schritt voraus zu sein.

Die Formalitäten waren schnell erledigt, dann gingen sie aufs Rollfeld. Sie blickte kurz zu den Sternen hinauf, bevor sie die kleine Dornier bestieg. Im Flugzeug erwarteten sie drei Männer mittleren Alters. Es war zwecklos, sie etwas zu fragen. Sie konnten ihr nichts sagen, was sie nicht ohnehin schon wusste. Eine kleine, absurde Freude überkam sie, als ihre Intuition ihr sagte, dass ihre Kinder in der Maschine gesessen hatten. Der Weg stimmte also. Nun endlich folgte sie ihnen.

Zweimal landeten sie, um aufzutanken, dann schwebten sie wieder durch die Nacht unter dem Sternenzelt wie auf hoher, aber ruhiger See. Marta versuchte, ein wenig zu schlafen, denn sie würde bald schon alle Kraft brauchen, die ihr zur Verfügung stand.

Bei Sonnenaufgang landeten sie in einer Stadt am Meer. Sie erkundigte sich bei Achmed.

»Trabzon«, sagte der gleichgültig. »Jetzt geht weiter mit den Jeeps.«

Sie würden also in der alten Hafenstadt am Schwarzen Meer landen und dann durch die Nordtürkei südlich am Kaukasus vorbei in den Iran fahren.

Es waren zwei Jeeps, die die Bergstraße nach Täbris nahmen. Wäre sie als Touristin unterwegs, hätte sie die Landschaften genossen, die hohen Berge mit ihren vom Schnee silberweißen Rücken und Gipfeln, die steilen Schluchten, durch die sich Wildbäche schlängelten. Die Grenzübertritte verliefen unproblematisch. Achmed sprach jeweils nur ein paar Worte mit dem verantwortlichen Offizier. Sie mussten sich nicht einmal ausweisen. Zweimal hielten sie unterwegs, um Tee zu trinken, etwas zu essen und austreten zu gehen oder zu tanken. Nach fünfzehn Stunden erreichten sie den großen Salzsee von Urmia. Im Abendsonnenlicht glitzerten die Salzkristalle, in die sich der See an den Ufern zu verdicken schien. An seiner schmalsten Stelle überquerte ihn eine lange Brücke, die wie ein Wall wirkte und den See in zwei Hälften teilte. Marta indessen interessierte sich nicht für die Landschaften, sondern versuchte, Kontakt zu ihren Kindern aufzunehmen, aber in dem holpernden Wagen wollte ihr die Meditation nicht gelingen. Noch nicht, später vielleicht, dachte sie und beschloss, es immer wieder zu probieren. Sie musste sich innerlich nur von ihren Bewachern lösen.

Sie hatte gehofft, dass sie in Täbris übernachten würden, aber Achmed gönnte ihnen nur eine kurze Pause, dann ging es weiter. Im Dunklen rasten sie nun mit halsbrecherischem Tempo durch die Bergwelt westlich des Kaspischen Meers.

Sie schloss die Augen. Und sie sah ihre Kinder. Nun traten ihr doch Tränen in die Augen, denn sie hörte Katharina, die ihrem kleinen Bruder ein Märchen erzählte, in dem eine große Ritterin kommen würde und sie aus den Fängen des bösen Zauberers befreien würde. Ihre tapfere Katharina streichelte ihren kleinen Bruder, tröstete ihn, wo sie doch selbst Trost brauchte, und redete ihn in den Schlaf. Dann verblasste das Bild, und Marta wurde schwindelig…

KAPITEL 36

Hafis zeigte auf die Burg auf dem gegenüberliegenden Berg. Sie wirkte verlassen. Eine Ruine. Maria erstarrte. Hatten sie sich geirrt? Waren sie am falschen Ort?

Hafis warf ihr einen resignierten Blick zu. Sollte alles umsonst gewesen sein? Es hieß zwar, die Mongolen hätten die Burg gestürmt, verwüstet und die Herrschaft des Alten vom Berge gebrochen, aber er hatte nicht daran geglaubt. Und nun schienen sich die Gerüchte zu bestätigen.

»Sie haben sich eingegraben. Warten wir die Dunkelheit ab«, sagte sie und setzte sich. Schweigend verbrachten sie die Zeit, bis die Nacht endlich ihre schwarze Decke über die Bergwelt gebreitet hatte. Dann stiegen sie den Berg hinab und schlichen durch die Talmulde. Langsam und stets Deckung suchend erklommen sie den Festungsberg. Ihre Vorsicht hatte etwas Überflüssiges, denn in der Ödnis des Gesteinsschutts war keine Menschenseele zu sehen. Sie passierten ein Tor, das keine Flügel mehr besaß, kletterten dann, weil es Maria zu gefährlich erschien, den Serpentinenweg ins Innere der Festung zu nehmen, die verwitternden Mauern hinauf. Als sie durch ein Loch in der oberen Wehrmauer auf den inneren Platz der Festung gelangten, hörten sie Schritte und versteckten sich im Eingang eines Turms. Zwei Männer, gekleidet wie die drei Mörder, die sie in Fès überfallen hatten, patrouillierten über den Hof. Triumphierend schaute Maria zu Hafis, dessen Lächeln Freude und Bewunderung ausdrückte.

Als die beiden Wachleute an ihnen vorüber waren, schlichen sie schnell und lautlos wie Katzen über den Hof in die Richtung, aus der die beiden gekommen waren. Vor ihnen erhob sich eine Langhalle. Durch die Tür schlüpften sie ins Innere. Das Dach war teilweise eingestürzt. Holzbarren und Ziegel lagen auf dem Boden verstreut herum und zerfielen. Sie legte den Finger auf die Lippen und bedeutete dem Perser durch Handzeichen, dass sie jetzt wie die beiden Wachposten quer durch die Halle gehen würden.

Sie hatten das Langhaus fast durchquert, als eine Stimme aus dem Dunklen heraus sie streng auf Persisch fragte, warum sie von ihrer Patrouille schon zurückkehrten.

»Wir haben eine wichtige Meldung zu machen«, antwortete Hafis.

»Bleibt dort stehen!«, befahl die Stimme.

Maria konzentrierte sich darauf, die Dunkelheit zu durchdringen. Allmählich machte sie Schemen aus. Fünf Männer bewachten den Eingang zur unterirdischen Festung. Als eine der Wachen ihnen so weit entgegengekommen war, dass sie ihn erreichen konnte, schnitt sie ihm blitzschnell mit dem Dolch die Kehle durch. Hafis trat rasch hinzu und fing den toten Köper auf, bevor er fallen konnte, und ließ ihn zu Boden gleiten. In Windeseile zog er sich die Kleidung des toten Assassinen über, setzte dessen Helm auf und hielt den Kopf gesenkt, während sie sich weiter dem Eingang näherten. Maria spürte die wachsende Unruhe der dort postierten Männer. Einer von ihnen fragte den Abgesandten etwas, von dem sie noch nicht wussten, dass er tot war.

Jetzt waren Maria und Hafis nah genug heran. Sie zog ihr Schwert und ging, einmal nach rechts und nach links austeilend, durch die überrumpelten Wachen, die durch ihre Streiche enthauptet oder mit zertrümmertem Schädel zu Boden gingen. Schnell zog auch sie sich die schwarze Kleidung eines der Assassinen an. Dann wünschten sie sich Glück und begannen, die breite Treppe hinabzusteigen. Auf dem ersten Podest, das sie erreichten, töteten sie lautlos die beiden Wachposten und stiegen weiter in einen Luftschacht, der für Maria gerade noch ausreichend breit, für Hafis aber fast zu schmal war. In den Fugen fanden sie beim Klettern mühsam Halt. Schweiß überströmte sie, der Weg hinab schien endlos zu sein. Je tiefer sie kamen, desto deutlicher wurde die Musik, die in ihrer Leichtigkeit himmlisch, ja paradiesisch klang.

Durch ein Gitter konnten sie jetzt in das Innere eines Raumes sehen, der mit Teppichen und weichen Kissen ausgestattet war. Junge Männer mit verzückt-entrückten

Gesichtern lagen halbnackt oder nackt auf Polstern und träumten mit offenen Augen, aßen und tranken oder wurden von jungen Frauen mit Zärtlichkeiten verwöhnt. Hasans Paradies, dachte sie. Kerzen in rosa- und purpurfarbenen Lampionschirmen verbreiteten ein diffuses Licht. Eine wohlklingende Stimme rezitierte Verse aus dem Koran. Maria gewöhnte sich allmählich an das dämmrige Licht und erkannte, dass sich der Raum nach hinten hin zu einem großen Bassin öffnete. Ein dichter Nebel aus Dämpfen, der einladend über dem Wasser schwebte, hinderte die Blicke, tiefer in das künstliche Paradies zu schauen. Düfte von Moschus und Weihrauch, von Minze und Aprikose umspielten ihre Riechnerven. Bevor sie allein vom Hören, Sehen und Riechen benommen wurden, kletterten sie weiter abwärts. Anstrengende Minuten später tauchte auf der gegenüberliegenden Seite des Schachtes ein Loch auf, durch das sie in einen Flur gelangten. Sie folgten ihm. Wachen begegneten ihnen, ohne dass sie auffielen. Plötzlich spürte Maria in ihrem Innern ein Zittern. Prompt blieb sie stehen. Für einen kurzen Moment war es, als hätte ihr Herz ausgesetzt.

»Christian ist hier«, raunte sie Hafis zu. Ihrem Gefühl nachgehend, bog sie um die Ecke und öffnete eine gerade mal mannshohe Tür, die mit sparsamen Schnitzereien verziert war. Drinnen hockte, der Tür den Rücken zugewandt, ein junger Mann an einem Tisch und las. Er drehte sich um.

»Christian«, entfuhr es ihr. Endlich! Endlich hatte sie es geschafft und sah ihren Bruder wieder. Glück durchtoste ihre Adern wie Wein. Bis ins Reich des Todes, bis ans Ende der Welt war sie gegangen, um ihn wiederzusehen. Ihr Bruder, der unter einem grünen Kaftan Hosen in gleicher Farbe trug, erhob sich. Schmerzlich wurde ihr in diesem Moment seine Ähnlichkeit mit ihrem Vater bewusst, die sich mit den Jahren noch stärker ausprägen würde. Sie wollte ihm um den Hals fallen, ihn streicheln und küssen, ihm ihre Freude ins Ohr säuseln, aber sein scheues, fast distanziertes Lächeln hielt sie zurück. Sie wunderte sich. Hatte Hasan ihn unter Drogen gesetzt? Maria konnte nicht glauben, dass es dem Alten vom Berge gelungen sein sollte, ihren Bruder auf seine Seite zu ziehen. Aber sie hatte Christian lange nicht gesehen und in der Zwischenzeit Dinge erlebt, von denen sie zuvor nicht einmal vermutet hätte, dass es sie gab. Wessen konnte sie sich also sicher sein auf der Welt? Und dennoch, er war ihr Bruder! Der einzige Mensch, den sie auf der Welt noch hatte.

»Das ist das Ende der Reise«, sagte er fast ohne Betonung. Vom Flur drang Lärm. Schritte näherten sich, und gleich darauf drängten Bewaffnete in den Raum. Hafis und Maria traten zurück und standen nun rechts und links neben Christian. Die Krieger bildeten einen Korridor, durch den ein alter Mann, etwa so alt wie Avram und Yussuf, schritt. Er trug einen langen weißen Bart.

»Ich habe euch erwartet. Mein Name ist Hasan, aber das wisst ihr sicherlich.«

»Oh ja«, antwortete Maria. »Lass Christian mit uns gehen. Ich habe genug Leid erlebt und bin es müde.«

»Du weißt doch, dass das nicht geht. Nachdem die Mongolen unsere Festung zerstörten, haben wir an Macht und Einfluss verloren. Weißt du, wie lange es gedauert hat, bis wir wieder erstarkten? Das gebe ich nicht auf. Mit euch als Bundesgenossen werden wir reich und mächtig und über die ganze Welt herrschen.«

»Ich werde nicht deine Verbündete«, erklärte Maria entschlossen.

Hasan lächelte breit und selbstgefällig. »Das hat Christian auch gesagt. Und nun hat er uns sogar über euer Kommen informiert. Meint ihr denn, ihr wärt sonst so leicht in meine Bergfestung gelangt? Aber in eurer Eitelkeit seid ihr mir bereitwillig in die Falle getappt. Eigentlich hatte ich euch für klüger gehalten.«

Fassungslos sah Maria zu ihrem Bruder. War er wirklich nur noch eine Marionette in den Händen Hasan-i-Sabahs?

Nun kam das Schwerste: Sie musste den Ausweg finden, ohne ihn zu denken, denn Christian würde jeden Gedanken in ihrem Kopf lesen und Hasan warnen können. Und während sie das dachte, hörte sie ihn schon sprechen, seltsam, monoton.

»So ist es, Schwester. Es ist aussichtslos, gib auf. Weißt du denn, wie schön es hier ist? Von den Menschen haben wir doch nur Verrat und Brutalität erlebt. Willst du mich töten?«, sagte Christian.

Sie sah ihn prüfend an, aber sein Gesichtsausdruck blieb undurchdringlich. Er hatte Recht, sie hatte in der Tat gedacht, der letzte Ausweg wäre, sich und Christian zu töten, um Hasan die gefährliche Waffe, die sie beide darstellten, aus der Hand zu schlagen. War dies wirklich das Ende ihres Weges?

Ein anderer Gedanke quälte sie zunehmend. Würde sie ihn überhaupt töten können, brächte sie es wirklich übers Herz, ihren Bruder zu erschlagen? Und für wen? Für die Menschen, die sie zu Waisen gemacht, die ihnen nicht geholfen hatten? Doch da fiel ihr Mechthild ein und Johannes Tauler.

Nein, die Menschen glichen einer Schafherde, um die sich Engel und Teufel stritten, Männer wie Johannes Tauler und Hasan-i-Sabah. Nur durch den Tod, ihren und Christians, war Hasan-i-Sabah aufzuhalten, nur durch den selbstlosen Mut, den sie aufbringen musste, das Letzte zu wagen. Sie wollte gerade zum Schwert greifen, als Hafis plötzlich den Psalm anstimmte, den er oft von Maria auf ihrer Reise gehört hatte und den er so sehr liebte:

Ich freute mich über die, die mir sagten:
Lasset uns ziehen zum Hause des HERRN!
Nun stehen unsere Füße in deinen Toren, Jeruschalajim.
Jeruschalajim ist gebaut als eine Stadt,

in der man zusammenkommen soll,
wohin die Stämme hinaufziehen,
die Stämme des HERRN …

»Schafft den Sufi raus! Schneidet ihm die Kehle durch. Er hat genug gesungen!«, brüllte Hasan.

Und dann ging alles plötzlich sehr schnell. Als hätte er nur darauf gewartet, dass Hasan ihn aus den Augen ließ, griff Christian mit einer kaum wahrnehmbaren Bewegung nach dem Schwert, das noch in Marias Gürtel steckte, erhob es und erschlug Hasan-i-Sabah. Maria, die Christians Bewegung aus den Augenwinkeln gewahrte, erstach mit dem Dolch von hinten einen von Hasans Garde, der gerade Hand an Hafis legen wollte, und erntete dafür einen liebevollen Blick des Persers.

Als die Männer jedoch sahen, dass ihr Anführer auf dem Boden lag und sein weißer Bart sich vom austretenden Blut rot färbte, erfasste sie Angst und Verwirrung, denn sie wussten nicht, wie sie sich verhalten und was sie tun sollten, so sehr hatte Hasan ihr Denken beherrscht. Sie stürzten aus dem Zimmer, als wären sie dem Leibhaftigen begegnet. Ihre panischen Stimmen hallten in den Fluren wider: »Der Shaykh ist tot! Der Shaykh ist tot! Man hat den Shaykh erschlagen!«

»Kommt«, rief Christian den beiden zu. Maria schaute ihren Bruder prüfend an. Der umarmte sie lachend. »Meint ihr, ich überlasse euch dem da!

Kapitel 37

Der Jeep hielt.

»Raus mit dir!«, fuhr Achmed sie an. Marta stieg aus dem Jeep und schaute sich um. Um sie herum lagen Ruinen, aufragend oder als zusammengesunkenes Häuflein, je nachdem, in welchem Zustand die Erdbeben die Gebäude hinterlassen hatten. Hinter den Berggipfeln, die wie riesige, schräg übereinandergelegte Gesteinsplatten wirkten, ging eine blutrote Sonne auf. Sie stach ihr in die Augen, so dass sie schnell zum Schutz ihre Hand hob. Links von ihr standen die Reste eines Turms, die Marta als die Reste des Verlieses wiedererkannte, in dem ihr Großvater gefangen gehalten worden war.

»Komm«, drängelte Achmed ungeduldig. Sie folgte ihm in ein Haus ohne Dach. Die Rückseite bildete eine Felswand, die sich öffnete und den Blick auf einen breiten Gang freigab, der von Glühbirnen, die in unregelmäßigen Abständen von der Decke hingen, beleuchtet wurde. Von dem Flur gingen Räume ab, abgetrennt durch Türen, manchmal aber auch nur durch Vorhänge. Achmed öffnete schließlich eine Doppelflügeltür, und sie betraten einen kleinen Saal, in dem ein großer, von Stühlen umgebener runder Tisch stand. Von der gegenüberliegenden Seite trat ihnen ein Mann entgegen, wuchtig, muskulös, mit struppigen schwarzen Haaren und klugen Augen. Sofort erkannte sie in ihm jenen Mann wieder, mit dem ihr Großvater sich auf dem Bergplateau gestritten hatte. Mit einer Handbewegung forderte er sie auf, sich zu setzen.

»Erst will ich meine Kinder sehen!«, sagte sie entschieden.

»Wenn wir uns unterhalten haben!«, entgegnete er in besserem Deutsch, als Achmed es sprach. Widerwillig folgte sie seiner Anweisung. Er erzählte ihr von seinem Vorgänger, zu dessen Ehren er den Namen Hasan-i-Sabah angenommen hatte, dem letzten großen Shaykh der *fidawijja*, bevor achtbare Männer den Orden am Leben gehalten hatten, ohne jedoch seine alte Stärke zurückerobern zu können. Als Christian Rosenkreuz Hasan damals erschlug, traf er den Orden damit ins Mark. Er brauchte Jahrhunderte, um sich zu erholen, Jahrhunderte, in denen er nur damit beschäftigt war, das Wissen zu erhalten, das er gesammelt und geschaffen hatte. Es war nicht einmal daran zu denken gewesen, wieder eine mächtige Organisation aufzubauen.

Hasan hatte in Köln Elektrotechnik studiert. Doch wer er war, wusste er nicht. Iraner? Deutscher? Muslim? Wissenschaftler? Ingenieur? Um nicht verrückt zu werden, warf er alles hin und wanderte, von Konya beginnend, durch die Türkei Richtung Osten. Nadschaf und

Kerbela, Quom und schließlich Lahore lagen auf seinem Weg. Er lernte Sufis der unterschiedlichen *Tariqa*, der unterschiedlichen Wege kennen, Rumis tanzende Derwische und *Naqschbandiyya*, aber auch Fakire, Buddhisten, Hindus, Leute, die sich *jina,* Sieger, nannten, insgesamt zu viele, als dass er alle benennen könnte. Irgendwann war er auf Erzählungen über die *fidawijja* gestoßen, die man auch Assassinen nannte, furchtlose Männer, die die Welt beherrschen wollten und dafür kein Opfer scheuten. Sie hatten in einzigartiger Weise Techniken der Beeinflussung und der Macht gesammelt. Doch ihre beeindruckendste Fähigkeit war ihnen von den Rosenkreuzern gestohlen worden, die *isra'*, die Möglichkeit, mit jedem Menschen über alle Distanzen hinweg zu kommunizieren und außerkörperlich zu reisen.

»Da bist du einfach falsch unterrichtet. Die *fidawijja* haben diese Fertigkeit niemals erlernt, weil Christian Rosenkreuz sie von den Weisen von Damcar erworben und den *fidawijja* nicht ausgeliefert hat«, wandte Marta ein.

»Woher weißt du das?«, bellte Hasan sie an.

Marta schmunzelte.

»Sei es, wie es will, jetzt wirst du uns dein Wissen darüber jedenfalls ausliefern!« Hasan funkelte sie an.

Marta hielt seinem Blick stand. Ihre Miene war undurchdringlich. »Wozu brauchst du diese Fähigkeit?«, fragte Marta.

Hasan lächelte schief. »Errätst du das nicht?«

»Du willst herrschen!«

»Ja, ich will unser altes Reich wieder errichten!«

»Weißt du, dass Hasan niemals im Besitz dieser Befähigung war?«

»Du lügst!«

»Die Weisen von Damcar, die Maria und Christian Rosenkreuz darin unterwiesen hatten, wollten, dass diese Fähigkeit den Menschen nützen, nicht schaden sollte. Bei dem Versuch, dieses Wissen an sich zu reißen, starb Hasan.«

Er durchbohrte sie für einen Moment mit seinen Blicken, bevor er in ein lautes Gelächter ausbrach. Als er sich wieder beruhigt hatte, fragte er sie belustigt, ob das eine Drohung sein solle. Marta antwortete nicht. Er musterte sie, dann befahl er, dass man sie zu ihren Kindern bringen solle.

»Nach dem Mittagessen wirst du mich in der Kunst unterweisen.«

»Und meine Kinder?«

»Gehen mit dir, wenn ich die *isra'* erlernt habe!« Er stand auf und verließ den Raum.

Sie erhob sich und schaute zu Achmed. Der nickte und ging voran.

Als sie die Zelle, die sie in der Meditation gesehen hatte, betrat, sahen ihre Kinder sie mit großen Augen an, als trauten sie ihnen nicht, doch dann sprangen sie jubelnd auf und umarmten ihre Mutter. Marta vergoss Freudentränen, und Benjamin küsste und umarmte seine Mutter und rief dabei ständig: »Mama hat uns gefunden. Mama hat uns gefunden!«

»Ich hab es doch gesagt, Benni, hab ich es nicht gesagt, dass Mama uns finden wird?«, jubelte Katharina.

»Können wir jetzt endlich nach Hause fahren? Hier gefällt es mir nicht!«, bettelte Benjamin.

Marta strich ihrem Sohn liebevoll übers Haar und überlegte einen Moment. Sie spürte die Blicke ihrer Kinder auf sich gerichtet. Sie hatten so viel durchgemacht, sie durfte sie jetzt nicht enttäuschen. »Ein wenig müssen wir uns noch gedulden, aber dann geht es heim.«

»Versprochen?«, hakte Katharina, die die Unsicherheit ihrer Mutter spürte, misstrauisch nach.

»Versprochen!«, erwiderte Marta und war sich dabei nicht so sicher, ob sie dieses Versprechen auch wirklich würde halten können. Aber daran wollte sie im Moment nicht denken, sondern genießen, dass sie wieder mit ihren Kindern vereint war.

»Es tut mir leid, Mama«, begann Katharina – und plötzlich liefen dem sonst so beherrschten Mädchen Tränen aus den Augen. Marta schaute sie verdutzt an.

»Es ist alles nur meine Schuld«, brachte sie unter Schluchzen hervor.

»Du kannst doch am allerwenigsten dafür!«

»Ich hatte doch Benni aus dem Hort abgeholt. Als der

Lieferwagen vor uns hielt, habe ich zu spät gecheckt, dass die uns entführen wollten.«

»Wie solltest du das auch ahnen!«

»Wir hatten doch diese Anrufe von diesem kranken Typen gehabt. Ich habe es zu spät mitgekriegt, weil ich unter den Kopfhörern gehangen und Musik gehört habe.«

»Und dann?«, fragte Marta.

»Haben die Typen gesagt, dass wir keine Dummheiten machen sollen. Wenn du ihre Forderungen erfüllst, wären wir bald wieder daheim.«

»Ich habe gewusst, dass du uns holen wirst«, meinte Benni, sich an seine Mutter kuschelnd, die ihm durchs struppige Haar fuhr.

»Stimmt, Benni war richtig tapfer«, stieß Katharina ihren kleinen Bruder an.

»Erzähl weiter«, bat Marta.

»Wir sind dann ziemlich lange gefahren. Haben Cola und ätzende Brötchen bekommen.«

Plötzlich kam Achmed und forderte Marta auf, mit ihm zu kommen. Sie wuschelte ihrem Sohn noch einmal durchs Haar, dann erhob sie sich. Benjamin weinte und klammerte sich wie wild an seine Mutter. Jetzt, da sie wieder da war, wollte er sie nicht mehr hergeben.

»Nicht weinen, Benni, ich muss nur eine Sache erledigen, bin aber zum Abendessen zurück. Großes Ehrenwort!« Doch Benni wollte sie nicht loslassen. Ahmed näherte sich bereits, scheinbar um die beiden gewaltsam zu trennen. »Keine Angst, mein Schatz«, raunte sie dem Jungen ins Ohr und küsste ihn dann zärtlich auf die Stirn. »Das Schlimmste ist überstanden!«, log sie, dann machte sie sich von ihrem Sohn frei und schaute Katharina bittend an. »Komm, Benni, wir knobeln! Wetten, dass du mich nicht schlägst«, rief das Mädchen ihrem Bruder zu. Widerwillig ging Benjamin zu Katharina, die bereits ihre geballte Faust zum Spiel erhoben hatte.

Marta küsste ihn, warf noch einmal einen nachdenklichen Blick auf ihre Kinder, dann folgte sie Achmed in die Halle. Hasan erwartete sie schon.

»Wie lange brauchen wir?«

»Zwei, drei Tage. Lässt du uns auch wirklich gehen, wenn du die Fähigkeit zur *isra'* erworben hast?«

»Ja«, sagte er ausdruckslos.

Sie glaubte ihm nicht.

»Schwöre!«

Er schwor, doch gab er sich dabei keine Mühe, sie zu überzeugen. »Wenn ich das wollte, wärt ihr schon längst tot. Und jetzt lass uns anfangen.«

»Woher kanntest du meinen Großvater?«

»Ach, der törichte alte Mann. Die Rosenkreuzer unterhalten seit alters her bestimmte Beziehungen zu Sufis. Man sagt, das ginge auf die Freundschaft von Christian Rosenkreuz zu Hafis zurück, die gemeinsam Hasan erschlagen haben. Es war einfach, deinen Großvater hinters Licht zu führen. Ich habe mich als Sufi in der Nachfolge von Hafis ausgegeben. Ein paar Verse, ein bisschen humanistisches und esoterisches Geschwätz, und schon hielt er mich für einen Gefährten.«

»Und lief in deine Falle. Was hast du mit ihm gemacht?«

»Ich? Nichts. Bevor er mir geben konnte, was ich wollte, ist er in die Tiefe gesprungen. Damit ist die Plauderstunde beendet.«

Der Tod ihres Großvaters tat ihr weh, doch gleichzeitig erfüllte es sie mit Stolz, dass es ihm gelungen war, das Geheimnis vor Hasan zu schützen. Auch von ihr sollte er das Geheimnis der Rosenkreuzer nicht erfahren. Sie rettete sich über den Nachmittag mit Meditationsübungen.

»Morgen kommen wir aber deutlich voran. Keine Spielchen. Wir wollen doch nicht, dass deinen Kindern etwas zustößt«, drohte er unmissverständlich.

Sie hielt seinem harten Blick stand. »Es gibt nur diesen Weg! Keinen anderen! Bedaure, ich wäre auch gern früher als später mit dir fertig!«

Achmed brachte sie in die Zelle zurück. Zum Abendessen gab es getrocknetes Fleisch, Käse und Brot, dazu gesüßten Tee. Nicht gerade üppig.

Nach dem Essen zog sie die Kinder nah an sich heran und flüsterte ihnen ins Ohr, sie sollten sich aufs Bett setzen und still sein. Sie folgten ihrer Aufforderung. Ein Seitenblick überzeugte sie davon, dass es Benni schwerfallen würde, aber Katharina hatte verstanden und hielt ihren kleinen Bruder im Arm.

Marta kehrte ihren Kindern den Rücken zu, setzte sich auf den Boden und begann zu meditieren. Alles würde nun davon abhängen, ob es Alfonso geschafft hatte, bis nach Alamut zu kommen, und ob es ihr gelänge, mit ihm Kontakt aufzunehmen.

Sie löste sich langsam von sich, da riss ein Stöhnen von Benni sie in die Realität zurück. Ärgerlich drehte sie sich zu den beiden um. Sie saßen schuldbewusst wie begossene Pudel da, und Benjamin bat kleinlaut um Verzeihung. Marta konnte ihren Kindern nicht böse sein. Aber in ihrem Beisein zu meditieren, war schwer, denn jeder ihrer Gedanken war bei ihnen. Deshalb kämpfte sie darum, das Denken zum Schweigen zu bringen. Sie hatte ihre Kinder vermisst, sich um sie gesorgt, tausend Ängste ausgestanden, und jetzt sollte sie die beiden aus ihrem Denken verbannen und so tun, als ob sie nicht da wären, um mit Alfonso in Kontakt zu treten.

Marta versuchte es erneut. Langsam und ohne Gefühl für die Zeit brachte sie endlich den Strom ihrer Gedanken zum Erliegen, trocknete ihn aus und löste sich von sich selbst. Sie verließ ihren Körper und entdeckte Alfonso schließlich am Fuß des Festungsberges. Er hatte Wort gehalten. Erleichtert nahm sie Kontakt zu ihm auf, sprach in seinem Kopf und lotste ihn ins Hauptquartier der *fidawiyya*. Vorsichtig folgte er ihren Einflüsterungen, sich vor den Patrouillen verbergend, bis er endlich vor ihrer Tür stand und sie öffnete. Benjamin, der durch dieses Geräusch aufwachte, schrie erschrocken auf.

Marta tauchte aus ihrer Meditation auf und herrschte Benjamin an: »Du hast nichts gesehen!« Dann nahm sie ihren Sohn in den Arm und beruhigte ihn, während Alfonso sich unter dem Bett versteckte. Keine Sekunde zu früh, denn im gleichen Augenblick stand Achmed mit zwei Wächtern in der Tür.

»Wieso ist Tür offen?«

»Einer von deinen Leuten stand plötzlich in der Tür und hat uns erschreckt. Such ihn und frag ihn, was er wollte! Ich werde mich morgen bei Hasan beschweren«, herrschte sie ihn an. Da sie die Zellentür schlecht von innen geöffnet haben konnte, knallte Achmed sie verärgert wieder zu.

»Und wie kommen wir jetzt raus?«, fragte sie Alfonso, als er unter dem Bett hervorkroch. Er sah verwegen aus in seinem schwarzen Anzug und mit geschwärztem Gesicht und geschwärzten Händen. Ihren Kindern erklärte sie, dass Alfonso ihnen helfen würde.

»Wart es ab«, meinte er.

»Was trägst du denn da auf dem Rücken?« Trotz der angespannten Situation belustigte sie sein Anblick.

»Mein Notfallset.«

»Ah, dein Notfallset.«

Sie ließen einige Zeit verstreichen, um die Bewacher

in Sicherheit zu wiegen. Benjamin schlief wieder ein, und Katharina versuchte, ihre Mutter auszufragen, was sie mit diesen Leuten, in deren Gewalt sie sich befanden, zu tun hatte. In ihrer Fantasie schien die abenteuerliche Vorstellung Gestalt anzunehmen, dass ihre Mutter ein Doppelleben führte und so etwas wie eine Geheimagentin wäre. Doch zunächst galt es erst einmal, dem Kerker und diesen Verrückten heil zu entkommen. Und dann? Würden sie bis ans Ende ihrer Tage von ihnen verfolgt werden? Wegen irgendwelcher obskurer Geheimnisse? Darüber, entschied Marta, würde sie später nachdenken.

»Wenn wir hier raus sind, werde ich versuchen, dir alles zu erklären, zumindest so weit ich es verstehe, versprochen«, antwortete sie ihrer Tochter liebevoll.

Alfonso nahm seinen Rucksack ab, holte zwei Schraubenzieher heraus und begann, das Schloss zu knacken.

»Lernt man das auch in eurem Kloster?«, fragte sie.

»Kloster?« Katharina rollte angewidert die Augen.

Marta brauchte nicht viel Fantasie, um sich vorzustellen, dass ihre Tochter in Alfonso eine Art Mönch sah, der allen Genüssen abgeschworen hatte. Das fände sie natürlich krass. Alfonso antwortete nicht, sondern öffnete die Tür.

»Für alle Fälle«, sagte er zu Marta und drückte ihr eine Pistole in die Hand. Er zeigte ihr, wie man die Waffe mit dem Daumen entsicherte. »Falls du Gebrauch von ihr machen musst, schaust du durch Kimme und Korn, erfasst das Ziel, und dann drückst du einfach ab. Fällt dein Gegner nicht um, wiederholst du den Vorgang. Tut mir leid, dass wir keine Zeit mehr für Schießunterricht hatten. Im Notfall wird es auch ohne gehen.«

Dann verstaute er die Schraubenzieher, setzte den Rucksack wieder auf und nahm behutsam Benni hoch. Marta schlich, vorsichtig gefolgt von Katharina, auf den Flur. Den Abschluss bildete Alfonso mit dem schlafenden Benjamin auf dem Arm. Sie bogen nach rechts ab, öffneten eine Tür und durchquerten den Saal, in dem Maria mit Hasan die Meditationsübungen gemacht hatte.

Als sie die Mitte des Saales erreicht hatten, ging plötzlich das Licht an, und vor ihnen standen Hasan, Achmed sowie zwei bärtige Männer mit Waffen. Marta schoss auf Achmed, der seine Pistole hob. Der *fidai* schrie auf und ließ die Waffe fallen. Sie hatte ihn an der Schulter verwundet. Dann richtete sie ihre Pistole auf Hasan. Alfonso schob Katharina hinter sich und beruhigte Benjamin, der von dem Lärm erwacht war.

»Keine Bewegung, oder ich erschieße Sie, Hasan. Und glauben Sie mir, nach der Angst, die ich um meine Kinder ausgestanden habe, wäre es mir ein Vergnügen. Befehlen Sie Ihren Leuten, die Waffen abzulegen, und zwar alle!«

Hasan zögerte. Marta gab einen Schuss ab und hoffte, dass er kurz vor Hasan in den Boden einschlagen würde. Tatsächlich traf die Kugel den Steinboden, zerplatzte aber beim Aufschlag, und einer der Splitter ritzte dem Shaykh die Wange auf. Blut floss.

»Eine harmlose Streifwunde. Bei richtiger Behandlung bleibt nicht einmal eine Narbe. Glauben Sie mir, ich bin Ärztin. Ich warte! Bei der nächsten Kugel wird Ihnen kein Arzt der Welt mehr helfen können.«

Widerwillig gab er den Befehl, und seine Männer legten ihre Maschinenpistolen und Messer ab. Dabei ließ er Marta nicht aus den Augen. Sie wusste, dass er nur auf einen Fehler wartete, um sie anzugreifen.

»Brav, und jetzt gehst du voran. Und wehe, einer deiner Leute folgt uns!«

Marta lächelte freundlich, als spräche sie über einen Blumenkauf. Hasan wies seine Leute an, nichts zu unternehmen. Dann nahm er, wie Marta es verlangte, die Hände hinter dem Kopf zusammen und bewegte sich vor ihr her Richtung Ausgang. Alfonso und die Kinder folgten ihnen. Als sie die Festung verlassen hatten, empfing sie ein üppig leuchtender Sternenhimmel. Jetzt dirigierte Alfonso den Anführer der *fidawiyya*. Sie mussten eine halbe Stunde klettern, ehe sie den Jeep der Entführer erreichten. Benjamin und Katharina setzten sich hinten in den Wagen, Alfonso fesselte Hasan, bevor er ihn mit Marias Hilfe in den Kofferraum verfrachtete, dann fuhren sie los.

Wieder raste er, dass Maria Hören und Sehen verging und sie schon befürchtete, er werde sie zu guter Letzt noch durch seine gewöhnungsbedürftigen Fahrkünste alle ins Jenseits befördern.

Sie nahmen den gleichen Weg, auf dem sie hergekommen waren. Zweimal hielten sie unterwegs an, um etwas zu essen, zu trinken, zu tanken und die Toilette aufzusuchen, was in dieser Gegend kein Vergnügen darstellte. Alfonso parkte etwas abseits und blieb beim Wagen.

Drei Kilometer vor der iranischen Grenze stoppten sie. Alfonso öffnete den Kofferraum, zog mit Martas Unterstützung den verschnürten Hasan heraus und löste mit einem Messer seine Fesseln. Hasan stand ein wenig benommen und unsicher blickend auf.

»Eigentlich müsste ich dich der Polizei übergeben, aber vermutlich würde mir keiner glauben, weil die Leiche meines Großvaters unauffindbar sein dürfte. Erschießen wäre auch eine Möglichkeit. Du hättest es vermutlich verdient. Aber es ist genug Blut in dieser Geschichte geflossen.« Sie dachte an die Kämpfe, die Christian, Maria und Hafis zu bestehen hatten. »Ich bin Ärztin. Du wirst das vielleicht nicht verstehen, aber ich habe einen Eid geschworen, Leben zu retten, nicht zu zerstören. Aber eines schwöre ich dir, Hasan. Solltest du oder einer deiner Abgesandten jemals wieder in meine Nähe oder in die meiner Kinder kommen, dann stirbst du einen Tod, den du dir in deinen schlimmsten Träumen nicht vorstellen kannst!«

Sie hatte langsam und ohne Eifer gesprochen. »Außerdem ist es sinnlos. Ich kann dir das Geheimnis um die *isra'* nicht vermitteln. Mein Großvater hat es tief in mir verwahrt. Ich kann es zwar nutzen, aber anderen nicht offenbaren. Die Sufis haben Recht, man kann einen Kuss nicht durch einen Boten schicken.«

»Was hättest du gemacht, wenn der da nicht aufgetaucht wäre?«, fragte Hasan, auf Alfonso deutend.

»So lange harmlose Meditationsübungen mir dir gemacht, bis du uns vermutlich gefoltert und erschossen hättest. Dieses Geheimnis, Hasan, ist nicht für dich bestimmt, genauso wenig wie für die *fidawiyya* oder, wie wir sagen, für die Assassinen. Niemals.«

Hasan wurde nachdenklich. Er tat so, als glaubte er ihr. Alfonso trat zu Marta und bat sie, mit den Kindern zwei Kilometer weiter zu fahren und dort auf ihn zu warten.

»Nein«, sagte sie.

Doch Alfonso schüttelte den Kopf. »Ihr werdet sonst nie Ruhe haben. Denk daran, was er deinen Kindern und deinem Großvater angetan hat. Und was er noch vorhat zu tun. Meinst du vielleicht, Hasan gibt auf?«

Mit einem Blick auf ihre Kinder stieg sie ein und fuhr los. Nach zwei Kilometern hielt sie an. Den Kindern erklärte sie, dass sie hier auf Alfonso warten würden, der mit Hasan noch ein Gespräch unter Männern zu führen hätte. Was Benni und Katharina niemals erfahren würden, Marta aber ahnte, war, dass dieses Gespräch unter

Männern aus einer Kugel bestand, die Alfonso Hasan in den Kopf schoss. Die Gefahr für die Rosenkreuzer, aber auch für Marta und die Kinder, war damit endgültig gebannt.

Nach einer guten halben Stunde stieg Alfonso zu ihnen ins Auto. »Dein Großvater war auch mein Vater«, sagte er.

Er schaute sie traurig an, und sie gab Gas und brauste los, ohne ein Wort zu sagen. Sie wollte nur weg und alles so schnell wie möglich hinter sich lassen.

»Gehen wir jetzt endlich wieder nach Hause?«, quengelte Benni vom Rücksitz.

»Ja«, erwiderte Marta, »jetzt geht es endlich nach Hause.«

Da fing Benni mit seiner hohen Knabenstimme an zu singen:

»Jetzt fahr'n wir übern See, übern See, jetzt fahr'n wir ....«

Vier Tage später kehrten sie erschöpft nach Altendorf zurück. Das beschauliche Städtchen und ihre schmucke Gründerzeitvilla kamen ihr jetzt vor wie eine andere Welt.

Epilog

Als Benjamin sein Kinderzimmer betrat, lächelte er selig. Marta ging das Herz auf. Nun spürte sie, wie die Ängste allmählich zerstoben. Doch da fiel ihre Tochter ihr überraschend um den Hals. Wie lange hatte sie das schon nicht mehr getan? Seit der Scheidung nicht ein Mal. »Ich habe immer gewusst, dass du uns rausholen wirst«, flüsterte sie ihr zu. Dann machte sie sich schnell los. »So, und jetzt will ich erst mal mit meinen Freunden chatten!«, sprach's und verschwand in ihr Zimmer.

Jetzt, wo die Kinder beschäftigt waren, hatten Marta und Alfonso etwas Ruhe und setzten sich ins Wohnzimmer.

»Und nun?«, fragte sie.

»Du bist die Erbin, aber ich nehme an, dass du die Erbschaft nicht antreten willst.« Marta nickte. Er erhob sich. »Du bist mir ein paar Erklärungen schuldig, findest du nicht?!«, sagte sie streng zu ihm. Alfonso dachte nach. Schließlich rang er sich durch, bat sie, niemals darüber zu reden, und begann zu erzählen: »Die Version der Geschichte, die ich kenne, hat sich als nicht vollständig erwiesen, den anderen Teil kennst du. Laut unseren Manifesten begab sich Christian Rosenkreuz tatsächlich auf die Wallfahrt nach Jerusalem. Sein geistlicher Führer starb auf Zypern. In Damaskus erkrankte er, brach die Pilgerfahrt ab und begab sich zu den Weisen nach Damcar, um von ihnen zu lernen. Um sein Wissen zu erweitern, ließ er sich in Kairo in den medizinischen Wissenschaften und in Fès in Magie unterrichten. Allerdings, und hier weicht die Fassung, die ich kenne, von dem ab, was du gesehen hast, wurde er nicht von Sarazenen entführt, sondern traf wohlbehalten in Spanien ein. Dort wurde er von spanischen Juden in der Kabbala unterrichtet, bevor er wieder nach Deutschland zurückkehrte. Weder in Spanien noch in Frankreich, auch nicht in Deutschland war man interessiert an seinen Vorschlägen, um das Leben der Menschen zu verbessern. Also gründete er einen geheimen Orden und weihte die Mitglieder in das geheime Wissen ein, das er empfangen hatte. Die Aufgabe der Rosenkreuzer bestand fortan darin, dafür zu wirken, die Welt besser zu machen. Für das Gute muss man kämpfen. Auch wenn man nicht siegen wird, so wird man aber verhindern, dass es untergeht und das Böse seine unumschränkte Herrschaft antritt. Das Amt des Großmeisters wurde in unserer Familie vererbt. Als die *fidawiyya* wieder erstarkten und sie nach dem Geheimnis griffen, beschloss dein Großvater, im Verborgenen weiterzuleben, und ließ sich offiziell in Hamburg begraben. Von Altdorf und vom Schwarzwald aus leitete er den Orden. Er wollte dich immer aus der Geschichte heraushalten, als er aber Hasan in die Fänge geriet, musste er das Geheimnis weitergeben. Nur der Erbe konnte es empfangen, und der bist du und nicht ich. Leider! Also versenkte er es in die Tiefen deines Bewusstseins, bevor er in den Tod sprang. Seitdem war Hasan hinter dir her, und ich habe versucht, dich zu schützen.«

Er war schon fast aus der Tür, als sie zu ihm ging und ihm einen Kuss auf die Wange gab. »Tut mir leid, dass ich aus der Art geschlagen bin.«

»Bist du? In unserem Manifest hat Christian Rosenkreuz als erste Aufgabe für alle Rosenkreuzer festgelegt: *Keiner soll sich einer anderen Beschäftigung hingeben als Kranke pflegen*. Die medizinische Wissenschaft wird als vornehmste und Paracelsus, der gute Arzt schlechthin, als Wohltäter der Menschheit angesehen.«

Alfonso lächelte zum Abschied sein schönes, bubenhaftes Alfonsolächeln, während sie ihm zurief: »Pass auf dich auf.« Aber da war er schon weg. Und sie war mit ihren Kindern allein.

Zwei Tage später leistete sie einer Aufforderung des Jugendamtes Folge und erschien dort mit Benjamin und Katharina. Alexander Rubin traf mit seinem Anwalt und teuren Geschenken für die Kinder ein. Marta aber belegte, dass sie mit ihren Kindern einen kleinen Urlaub unternommen hatte, und schob der Jugendamtsleiterin den unverschämten Brief Alexander Rubins zu, der nicht einmal bereit war, Termine abzustimmen, sondern sie kurzfristig und diktatorisch nach seinem Gusto festlegte. Bevor Rubins Anwalt protestieren konnte, packte Marta eine Aufstellung auf den Tisch, die dokumentierte, wie säumig und widerwillig Alexander Rubin seinen Unterhaltspflichten nachgekommen war. Die Jugendamtsleiterin vertiefte sich in die Liste, dann runzelte sie die Stirn. In diesem Fall könne sich Marta natürlich auch ans Gericht wenden, und man könnte eine Pfändung erwägen. Rubin lief rot an vor Zorn, wollte seiner Erregung Luft machen, doch sein Anwalt hielt ihn zurück. »Wir können dagegen leider nichts machen, Herr Dr. Rubin.«

»Und das Kindeswohl?«, stieß er hervor.

»Uns Kindern geht es bei Mama sehr gut«, sagte Katharina kalt. Man sah ihr an, dass sie von ihrem Vater enttäuscht war. Alexander Rubin wurde unter dem Blick seiner Tochter still. »Das schönste Geschenk, das du uns machen kannst«, setzte sie hinzu, »ist, dass du Mama besser unterstützt.«

Marta war sehr stolz auf ihre Kinder. Auch Alexander Rubin versuchte, sich zu ändern, im Rahmen seiner Möglichkeiten versteht sich, indem er die Realität anerkannte und nicht mehr versuchte, Marta das Leben schwerzumachen und ihr die Kinder abzujagen.

Eines aber ließ Marta keine Ruhe. Ein halbes Jahr später suchte sie einen bekannten Mediävisten auf. Sie befragte ihn über August von Virneburg. Der Mediävist schob erstaunt seine dicke Hornbrille auf dem Nasenrücken hin und her. Im Zentrum der Aufmerksamkeit stand immer Augusts berühmter Onkel, Heinrich von Virneburg, der Erzbischof von Köln, jener Kirchenfürst, der den Inquisitionsprozess gegen den deutschen Mystiker Meister Eckhart ins Rollen brachte und der Kölns Beginen im Rhein ertränken ließ.

»Dabei«, setzte er genießerisch fort, »verknüpft sich mit Augusts Tod einer der unheimlichsten Kriminalfälle des Mittelalters. An einem Februartag fand man ihn tot vor dem Straßburger Münster. Gerüchte machten die Runde, dass ihn der Teufel geholt hätte. Die Hände waren abgeschlagen, und der Mörder musste ihm das Schwert durch den Mund in das Gehirn getrieben haben. Der Schädel war vollkommen deformiert.«

»Haben Sie eine Erklärung dafür?«

»Nein. Seine Hände lagen vor dem Haus eines reichen Kaufmanns, in dem zuvor der Rabbiner mit seiner Familie gewohnt hatte, die einem Pogrom zum Opfer gefallen waren.«

Marta lächelte. So hatte Maria also doch noch für Gerechtigkeit gesorgt. Dann erklärte sie dem verblüfften Mediävisten: »Man schlug ihm die Hände ab, weil er sie blutbesudelt zum heuchlerischen Gebet erhoben hatte. Die Zunge, die so viel Unheil befohlen hatte, wurde ihm abgeschnitten und das Gehirn, in dem der Teufel wohnte, zerstört.«

»Es gibt zwar keine Belege für das, was Sie sagen, aber es würde dem Denken des Mittelalters nicht widersprechen«, resümierte der Professor nach einigem Nachdenken. Marta dankte dem Historiker für die Zeit, die er ihr geopfert hatte, und verabschiedete sich von ihm.

Wie immer auch Maria, die Tochter des Rabbiners, ihr Leben verbracht haben sollte, gewiss hatte sie gemeinsam mit ihrem Bruder Christian den Geheimbund der Rosenkreuzer geschaffen, für Gerechtigkeit gesorgt und ihre Familie begründet, die der Großmeister des Geheimbundes der Rosenkreuzer, in der das Geheimnis der *isra'* vererbt wurde.